생명공동체를 향한 문학적 모색

초판 1쇄 발행 • 2008년 3월 31일

지은이 • 류점석
펴낸이 • 김성은
펴낸곳 • 아우라
등록 • 제395-2007-00127호
주소 • 412-270 경기도 고양시 덕양구 화정동 966 한성리츠빌 801호
전화 • 031-963-4272
팩스 • 031-963-4276
이메일 • aurabook@naver.com

ⓒ 류점석 2008
ISBN 978-89-960463-0-1 93810

생명공동체를 향한 문학적 모색

류점석 지음

아우라 AURA

이십년이 넘도록 벽에 걸어두고 보는 사진이 한 장 있다. 날마다 들여다보는 것은 아니지만. 사는 게 녹록하다고 느낄 때나 삶에 너무 때가 끼어 사람이 뒷전으로 밀려날 때 거울 보듯 한번 보고 나면 마음이 맑아지기도 한다. 까만 염소가 내 정강이에 뿔을 들이대고 나는 마냥 즐거워 강아지 다루듯 염소의 목을 쓰다듬는다. 너럭바위에 앉은 나는 흰 고무신을 신고 있다. 사진에는 잡히지 않았지만 바위에 올라서기만 하면 경중경중 뛰는 그 염소도 더할 나위 없이 신이 났었다. 반년 가까이 그 염소와 함께 지낸 덕에 '아시시의 성 프란체스코'가 새들과 마음의 대화를 했다는 말이 거짓이 아니라는 것도 알았다.

얼마 전 아들 녀석이 "아빠, 사진에 있는 저 개는 어디 갔어?" 하고 물었다. 망설일 것 없이 사실대로 털어놨다. "쟤는 개가 아니고 염손데, 잡아먹었어"라고. 이 대답을 들은 아들과 그 누나의 표정을 잊을 수가 없다. 말은 안했지만 '어쩜, 아빠는 자기가 키운 동물을 잡아먹을 수가 있어? 식인종 아냐?' 그런 생각이 들었을 거다. 잡아먹은 것은 사실이지만 나는 그 자리에 없었다. 놓아주라는 말을 남기고 여행을 떠났으니까.

그때나 지금이나 우리 가족이 잡아먹은 그 염소에게 미안한 마음은 다른 데 있다. 그 염소를 키우면서 잘 키워 천수를 누리다 죽으면 봉긋한 무덤을 만들어 묘비석이라도 하나 만들어줘야지 하는 마음을 먹은 적은 한번도 없었다. 오히려 우리 가족의 먹거리가 된 것을 다행으로 생각한다. 내가 염소에게 미안했던 까닭은 짝짓기 한번 못하고 일생을 마친 그의 삶 때문이다. 내가 마을과 멀리 떨어진 산골 토담집에서 혼자 살았기에 어쩔 수 없이 '억지 춘향이' 노릇을 해야만 했던 염소였다. 사람과 단둘이 살면서 때론 방안에서 비를 피하기도 했던 그 숫염소는 삶을 향유하지 못했다. 목에 끈을 둘러 활동반경을 제한함으로써 나는 염소의 본성을 억눌렀던 것이다.

나는 생태학적 사고만이 삶의 터전을 보존하고 삶의 질을 높일 수 있다는 주장에 동의한다. 종(種)의 다양성이 확보되어야만 생태계의 질서가 건강하게 작동한다는 논리도 자명하다. 먹이사슬 체계에서 모든 생명체가 유기적으로 상호 작용한다는 의미에서 생명은 대등할 수 있다. 하지만 나는 생태계에서 인간은 암적 존재고, 인간과 박테리아가 대등하다는 근본주의 생태학의 견해를 따를 수는 없다. 인간이 생태계 질서를 교란시켰다는 이유로, 인간만 사라지면 생태계가 평형을 유지할 거라고 생각지는 않는다. 모든 생명체가 펼치는 생명현상 자체가 '이기적 유전자'의 작용이라는 주장은 일견 타당하다. 그런 까닭에 인간의 욕망을 거세해야 한다는 주장은 설득력이 없다.

인간은 생태계에서 자신의 지위를 확인하고 스스로 조절자 역할을 맡을 수 있는 유일한 생명체다. 인간이 생태계에서 조절자 역할을 자임하기 위해서는 자기비판이 전제되어야 한다. 고생물학적 발견에 따르면, 거대한 석상들(모아이)만이 한때의 영화를 말해주는 이스터(Easter) 섬에도 과거엔 울창한 숲이 있었다. 뜨거운 사막을 뚫고 나오는 검은 기름은 먼 옛날에 사막이 삼림지대였음을 말해준다. 신화 속

주인공 길가메시가 숲의 신 훔바바를 살해하고 궁전과 신전을 지을 목
재를 약탈했던 곳도 바로 그곳이다. 마지막 남은 한 그루의 나무를 벤
사람은 남벌의 역사를 모른 채 횡재에 감사했을까? 생태계에 깃들어
사는 인류는, 상황 악화의 책임을 앞세대에만 돌릴 뿐, 자신을 돌아보
지 않아 파국을 재촉한다. 우리는 뒷세대에게서 빌린 땅, 그들에게 되
돌려줘야 할 지구에 살고 있다. 그들이 아직 반환을 요구하지 않는다
하여 멋대로 재앙의 불씨를 뿌려서는 안된다.

갯벌에 묻혀 말없이 땅을 소생시키고 오가던 철새들을 불러모아 인
간의 마음을 맑게 했던 새만금의 갯지렁이와 조개는 왜 사라져야만 했
던가? 무지한 자들은 용감하다. 선거과정에서 취약지구를 방문하여 선
심성 공약을 남발한다. 갯벌에서, 들녘 논밭에서, 야산에서, 도심의 한
뙈기 공원에서, 실개천에서, 그리고 강가에 뿌리를 박고 강물에 몸을
내맡긴 물풀의 모둠살이에서 생명의 박동을 느끼지 못하는 자들은 돌
진한다. 첫 삽을 떴으니까 밀어붙여야 하고, 어느 정도 진척이 되면 그
간에 쏟아부은 돈이 아까워서라도 완결해야 한다는 논리다. 눈앞의 작
태 너머 생명의 질서를 감지한 사람들이, 무지한 자들의 전행을 꾸짖고
막을라치면, 잘살게 해줄 텐데 웬 딴소리냔 식이다.

다시 한반도 남쪽이 들썩이고 있다. 돈이 더 잘 돌고 살림살이를 더
나아지게 하기 위해 '대운하'를 건설하겠다고 한다. 화물주 대부분이
운하를 이용하지 않겠다고 해도 경제를 살리기 위해 추진하겠다는 것
이다. 때마침 이산화탄소 배출량 감축에 대한 세계적 관심이 언론에 보
도되자, 말을 바꿔 운하 건설이 친환경적 결단인 듯 선전한다. 돈의 흐
름만 좇는 사람들에게, 얕은 강물의 다슬기, 참게, 피라미의 삶을 신경
쓸 겨를은 없다. 운하가 몰고 올 환경 재앙과 홍수를 경고하면, 그들은
독일의 RMD(Rhein-Main-Donau) 운하를 들먹인다. 독일은 171km를

30여년(1961~92)에 걸쳐 건설했지만 우리는 550km를 4년 안에 끝낼 수 있다고 치자. 문제는 복합적인 요인을 고려치 않는, 혹은 고려할 수 없는 무지와 맹목이다. 독일의 연 강수량은 600~800mm 정도이다. 멕시코 난류가 영향을 끼치는 서안 해양성 기후이기 때문에 연중 강수 분포가 고르다. 한반도의 연 강수량은 독일의 두 배이며, 장마철 며칠간의 호우만으로도 독일의 연중 강수량을 초과할 때가 많다. 정작 우리가 본보기로 삼아야 할 것은, 1928년에 완공되자마자 홍수가 나서 2000여 명의 목숨을 앗아갔고 홍수피해를 막기 위해 수로를 따라 높은 둑을 쌓았다가 후유증이 심각하여 하천 복원공사를 하는 데만도 공사비의 10배가 소요되고 있는 미국의 플로리다 운하이다.

세계화? 신자유주의? 세계를 무대로 돈이 누비는 길 혹은 그 돈을 가진 자들에게 지구를 내주자는 논리 아닌가? "호박씨 까서 한입에 털어넣는다"는 말이 있다. 세계화의 허와 실을 파악해 정책을 입안할 수 없는 자들은, 해외로 나가 애써 번 돈을 마구 쓰라고 부추긴다. 우리말을 이렇게 천대하고 영어에 얽매여 얻고자 한 것이 뭔가? 해외에 나가 관광하고 물건을 사는 데 어눌하지 않을 정도의 영어? 언어는 존재의 집이라는데 더듬거리는 영어로 우리 말글을 지워내 우리의 마음과 정신을 비우자는 말인가?

조화로운 생태계는 사람들이 가만히 있어도 자연이 저절로 만들어내는 것이 아니다. 물리적 환경이 질서정연한 평형상태를 지속해나가기 위해서는 인간이 조절자의 역할을 충실히 수행해야 한다. 종의 다양성을 유지하는 데 지혜를 모으고, 생태계의 다양한 구성요소들이 유기적으로 상호 작용할 수 있도록 막힌 곳을 뚫어야 할 책무가 인간에게 있다. 생태계 질서가 확립되는 과정에서 인문학적인 요소, 특히 언어를 비롯한 문화적 요소들의 다양성은 필수적이다. 사람들이 추구하는 행복의 내용에 무엇을 담아야 할까를 좀더 곰곰이 생각해야 할 때다.

로렌스(David Herbert Lawrence)는 폭력적 세계화 시대, 정글의 법칙이 국제질서를 지배하던 시대에 살았다. 그리스도교가 원주민들에게 종교·문화적 열등의식을 확산시키면, 상업적 권력은 군사력을 바탕으로 약소국을 유린했다. 서구 열강의 백인 인종주의자들에게 초원을 질주하는 흑인, 논밭에 들러붙어 있는 황색 인류는 사람이 아니었다. 야만이 생존논리였던 시절, 제국의 본산 영국의 시민 로렌스는 자신의 신념 때문에 주류에 끼어들지 않았다. 돈과 재물의 신 맘몬(Mammon)에게 사로잡혀 허상의 노예가 된 동시대인과 타협할 수 없었다. 생명의 터전인 땅에 발을 딛고 내 몸을 사랑하고 몸의 언어에 솔직하고 생명의 숨결을 느끼고자 했던 로렌스는 시대의 반항아였다. 문학을 통하여 바람직한 삶, 생명을 향유하는 삶을 모색했던 로렌스는 시적 상상력을 통하여 시대와 대화하고 인간의 상처받은 영혼을 치유하고자 했다. 생명이 얽혀 무늬를 새긴 자연으로 나아가 삶을 찬미하고 사랑하는 마음을 가두어두지 말 것을 제안했다. 신이 드리운 회색 그늘에서 벗어나 이승의 삶에 몰입하는 것만이 불사조의 영생법이라 했다.

이 책이 나오기까지 개화를 기다리는 마음으로 응원했던 아내 미정 씨, 딸 시명이, 아들 가헌이에게 고마움을 전한다. 어머님을 비롯한 형제자매들이 계시고, 나를 아는 많은 분들과 마음과 손으로 이어져 내가 있음을 알기에, 그 모든 분들께 감사드린다.

2008년 3월 8일
류점석

I. 들어가는 말: 생태계 위기와 문학

  '환경'이란 개념은 생명체, 특히 인간을 중심에 둔 부차적인 주변요
소를 일컫는 말이다. 독일어 움벨트(Umwelt)에 담겨 있듯이, '환경'이
란 인간을 둘러싸고(um) 있는 세계(Welt)를 지칭한다. 그러므로 '환
경'이란 말에 전제된 생명체는 주로 인간이라 할 수 있다. '환경' 개념
으로만 보게 되면, 동물과 식물 그리고 무생물은 그들이 인간에게 제공
하는 편의의 정도에 따라 그 가치가 결정되고 만다. 이 관점에 따르면,
산과 들에서 자라는 나무를 캐다가 성장을 억제시켜 화분에 심거나, 매
혹적인 소리를 가진 새들을 조롱에 담아 집안에 두는 것은 문제될 게
없다. 이러한 행위는 인간의 생활환경을 향상시키기 때문이다. 환경 개
념이 갖는 인간중심주의의 한계를 보여주는 대목이다.
  '생태계' 개념은 '환경' 개념이 지닌 한계를 극복한 개념이다. '생태
계'(ecosystem) 개념은, 생명체는 물론 주변적 요소로 간주되던 무생

물도 공동체 내에서 대등한 지위를 갖는다는 인식을 토대로 한 것이다. 생명활동이 다양한 작용의 결과라고 한다면, 생태계 개념은 복합적인 작용이 유기적으로 이루어지는 공간의 체계성을 강조한다. 『생태학』(*Ecology*)의 저자 오덤(Eugene P. Odum)은 1935년 생태계라는 용어를 제창한 탠슬리(A. G. Tansley)의 업적에 대해, "그는 동물이 식물에 의존할 뿐만 아니라, 식물도 동물에 의존하며, 둘 다 무생물계와 밀접한 관계를 이루고 있음을 파악했다"고 말한다.[1] 이렇듯 '생태계' 개념은 중심과 주변부 분리라는 인간 편향적인 '환경' 개념의 울타리를 허무는 것이다.

환경은 생태계와 많은 속성을 공유하고, 생태계는 자연과 많은 속성을 공유한다. 그러나 '자연'은 가장 포괄적 개념으로서 모든 존재를 전체적으로 지칭하기도 한다. 자연에 대한 정의는 물리적 공간, 공간의 구성요소 이상을 포함한다. 자연(nature)이 불러일으키는 원초적 감동, 구성원을 심리적으로 해방시키는 사회적 의미 즉 인문학적인 의미까지를 고려하게 되면 자연을 정의하기는 더욱 어려워진다. 그래서 윙크(Martin Warnke)는 『정치적 경관』(*Political Landscape*)에서 "자연을 자연으로 인식하게 된 것은 중요한 성과"라며 이렇게 말한다.

자연이 자연 자체로 인식될 수 있게 된 것은 유럽의 관념사에서 중요한 성과로 간주된다. 아마도 이러한 능력은, 마술과 미신에 쌓인 자연으로부터 우리가 스스로 벗어남에 따라 증대되어왔을 것이다. 자연은 더이상 낯선 상징물과 종교적 도덕적 의미 부여로 인하여 압도되거나 어둠에 휩싸이지 않았다. 새로운 과학적 자연관은 미학적 관점과 결합하여, 낭만주의 시대에는 세계에 대한 인간의 관계를 새롭게 정의하는 단계에까지 이르렀다는 주장이 있다.[2]

새로운 과학적 자연관은, 인간과 더불어 호흡하는 자연이라는 우리에게 친숙한 도교와 불교의 자연관이 아니며, 『자연이란 무엇인가』(*What is Nature*)에서 소퍼(Kate Soper)가 말한, "인위적이지 않은 모든 것이 자연"[3]이라는 생각과도 다르다.

소퍼의 자연관은 유·불·선의 동양사상과 맥이 닿아 있으며, 17세기 스피노자의 "신은 곧 자연이다"라는 범신론에 나타난 특징이기도 하다.[4] 자연의 상징적 의미를 관념적으로 확장시키면 환경과 생태계, 자연에 대한 개념이 모호해지고 만다. 문학이든 철학이든 삶의 터전을 생태학적으로 고찰하는 시도는, 우선 물리적 자연에 직면한다. 생태계를 생명활동이 지속되는 생물권으로만 이해한다면, 자연은 이 생태계에 대기와 지하의 작용 등 물리·화학적 변화가 이뤄지는 공간까지 포함하는 개념이다. 만약 생태계를 생명현상이 발생하는 생물권과 이와 유기적인 관계를 맺는 무생물권까지 포함해서 이해한다면 생태계 개념은 자연 개념과 다르지 않다.

> '생태학'의 어원은 그리스어 오이콜로기아(oekologia), 즉 거주지(oekos)에 관한 연구(logia)이다. 경제학(oekonomia)이 거주지를 관리하는 학문이라면 생태학은 살고 있는 거주지를 연구하는 학문이다. 거주지는 개체가 살고 있는 환경, 넓게는 생물권 전체, 더 넓게는 자연 또는 우주 전체를 의미한다.

미국의 생태주의자 커머너(Barry Commoner)는 자연을 살아 있는 총합체로 인식하는 18세기의 자연 연구가들의 고전생물학(classical biology)을 지지하며 이상적 생물학자로 화이트(Gilbert White)를 꼽은 바 있다. 화이트는 런던 남서쪽 80km 정도에 위치한 전원풍의 마을

셀본(Selborne)에서 목사보로 일했다. 화이트는 셀본에 살며 교구의 야생동물, 계절 변화, 오래된 풍습 등을 탐문해 기록해두었다. 그가 1751년 이래로 친지들에게 보낸 편지들을 모아 출간한『셀본의 자연사』(*The Natural History of Selborne*, 1789)는 자연에 대한 당대 시각의 한 본보기였다. 시대적 기류와 그의 종교적 편향으로 인하여 화이트의 자연에 대한 연구는 공과 과를 동시에 지닌다. 신의 섭리를 찬미하는 화이트의 종교적 목소리에는 자연 자체는 뒷전으로 밀려나 있다. 그는 "백해무익한 곤충들을 철저히 연구"함과 동시에 "그들을 박멸하는 모든 수단을 강구해야 한다"고 주장함으로써, 배타적 인간중심주의에서 벗어나지 못한 인식수준도 노출한다. 자연친화적 삶에서 만끽하는 환희가 자연을 연구하는 계기가 되었다가도, 만물을 창조한 신의 섭리를 깨달아야 한다는 종교적 한계에 갇히기도 했다. 자연에 대한 과학적 통찰을 강조한 화이트였지만, 그의 자연관은 공리주의자의 신념에 머무르고 만다. 화이트의 자연관에서 발견되는 한계에도 불구하고, 우리는 그에게서 생태학적 인식의 근본적 요소를 발견할 수 있다. 그가 전원생활에

목가적(arcadian)이라는 말의 어원인 아르카디아(Arcadia)는 신화시대 그리스의 산속 이상향을 지칭한다. 아르카디아의 주민들은 에덴동산과 같은 순결한 대지에서 평화롭게 살아갔다고 한다. 여기에서 유래한 목가주의(Arcadianism)는 자연과의 친밀한 조화를 유지하며, 소박한 전원생활을 영위하려는 이상주의를 의미한다. 목가주의는 현대의 생태학적 전망의 하나로서, 때로는 소박한 향수라는 덫에 걸려 사회운동의 추진력을 상실케 하는 부정적 특성을 지니고 있음에도, 지배 아닌 공존을, 이기적 자아의 전횡보다는 공동체 내에서의 겸손을, 자연을 약탈의 대상으로 보기에 앞서 인간을 자연의 일부로 인식하는 생태학적 윤리의 한 계기를 마련해주었다.

서 향유한 자연과의 목가적 조화가 그것이다.

화이트의 전원에 대한 목가적 감수성이 빛을 발하는 「자연 연구자의
여름밤 산책」(The Naturalist's Summer-Evening Walk)을 감상해보자.

> 시골의 정경, 다양한 소리, 많은 향취들이 섞여 있다.
> 양들의 딸랑거리는 방울소리 혹은 암소의 숨소리도,
> 살랑대는 미풍에 이제 막 깎은 건초의 풋내음이 묻어 있고
> 시골집의 굴뚝에서 피어난 연기는 나무들 사이를 노닌다.

> Each rural sight, each sound, each smell, combine;
> The tinkling sheep-bell or the breath of kine;
> The new-mown hay scents the swelling breeze,
> Or cottage-chimney smoking through the trees.[5]

감각의 촉수를 들이대는 사람에게만 자연은 자신의 과실을 맛보게
한다. 자연이 빚어내는 감각적 신호에 민감한 사람은 숲을 거닐며 한순
간 시인이 된다. 시인의 마음에 깃든 우수는 내면을 정화하여 자연과의
유대를 더욱 돈독히 한다. 자연은 자신의 품에 들어온 사람의 무뎌진
감성을 강렬하게 자극하여 방문객들에게 포근한 안식처로 다가선다.
『자연의 경제』(*Nature's Economy*)의 저자 워스터(Donald Worster)에
의하면 이러한 자연이야말로 사람들에게 고향의 이미지로 다가와 지친
영혼을 다독거려준 바로 그 자연이다.[6] 그러나 이러한 자연관은, 자연
을 수단시한다는 이유로 건강한 생태학적 인식으로 간주되지 않았다.
목가풍의 음풍농월에 심취하는 자연관은 자연을 유기적 총체로 수용하
는 미덕은 지녔지만 인간중심주의라는 한계에 갇혀 있었으며, 그런 이

유로 생태주의자들이 극복하고자 한 관념이었다.[7]

　낭만주의자들은 프랑스혁명이 좌절된 이후의 정신적 공황상태로 인해 자연에 칩거했다. 그래서 그들을 한낱 현실도피자일 뿐이라고 보는 시각이 있다. 그리고 그들의 정제되지 않은 언어는 너무 감상적이었다. 하지만 타성에 젖은 자신을 전복시키는 것은 이론이 아니다. 자기로부터의 혁명에 불씨를 던지는 것은 이상향을 그리는 열망인 것이다. 자연에서 목가적 정서로 세례를 받은 사람만이 생명공동체를 향한 열망에 사로잡힐 수 있다. 이 목가적 이상의 중요성은, 생태학적 운동의 출발점에서 탁월한 능력을 발휘한 카슨(Rachel Carson)도 충분히 인정하고 있다. 카슨은 미국의 북동쪽 메인 주 연안에 있는 자신의 집 근처를 산책하면서 여문 사색의 결실들을 기록했다. 『침묵의 봄』(*Silent Spring*)에서 그는 목가적 향수를 불러일으켜 생태학적 실천의지를 강화하고자 했다. 워스터는 카슨의 생태학에 대하여 『자연의 경제』에서 다음과 같이 말한다.

> 카슨은 과학기술자들이 좀더 겸허해져서 그들 자신과 모든 인류에게 좀더 안전한 미래를 보장할 수 있어야 한다고 주장했다. 마침내 그녀가 상징적으로 보여준 과학적 양심은 생태학 운동의 주된 교의가 되었다. 즉 과학이 일깨워준 총체적 생명에 대한 전망, 자연공동체의 모든 구성원들과 협력하며 살아간다는 도덕적 이상 등을 추구하는 윤리는 셀본의 목가적 이상의 일부였다.[10]

워스터에 따르면, 문학적 상상력은 목가적 향수를 자극하여 아르카디아로 회귀하려는 열망을 강화시키는 기능을 담당한다고 한다. 인류의 회귀본능을 일깨워준 워즈워스(William Wordsworth)와 소로우(Henry D. Thoreau)의 목가주의는 생태학적 감수성이 할 수 있는 것을 보여주었다. 하지만 이들을 낭만주의자로 분류한 데자르뎅(Joseph R. DesJardins)은 『환경 윤리』(*Environmental Ethics*)에서, "다윈 이전의(pre-Darwinian) 사고를 조장"한다는 이유로, 그들의 목가주의적 경향을 비생태학적이요 반생태학적이라고 비판한다.[11] 낭만주의자들이, 인간은 자연과는 전적으로 다른 존재다라는 전제에서 출발한다고 데자르뎅은 주장한다. 낭만주의자들은 인간의 영혼은 초월적이며 자연은 저급한 물리적 실재일 뿐이라고 생각한다는 것이다. 그에 의하면 인간은 자연의 일부일 뿐 자연을 초월하는 존재가 아니며, 생태학적 윤리는 결코 낭만주의자들의 자연관과 공존할 수 없다고 한다.

그런데 목가주의적 향수를 구현하는 시들이 정말 생태계 위기와 관련해 비판적 사고를 무디게 하는가? 시적 상상력으로 인간이 갈망하는 본향을 그려내는 일은 정책 구호가 갖지 못하는 힘을 지닌다. 주관적이라 하여 비과학적이라는 오명을 씌워 폄하하는 사고는, 계량화해 확인해야만 믿으려 하는 근대성의 부정적 측면이다. 목가풍의 시를 피상적 낭만에 의탁하는 비생태학적 산물로 평가할 수만은 없는 것이다.

로렌스는 시집 『보라! 드디어 우리 해냈음을』(*Look! We Have Come through*, 1917)의 서문 격인 「현재에 대한 시」(Poetry of the Present)에서 자신의 시적 경향을 다음과 같이 말한다.

> 우리는 분리 고착된 것들을 언급하지 않는다. 우리는 찰나적인 것, 즉각적인 자아, 자아의 영적 기운에 대해 말한다. 또한 우리는 자유시에 대해 얘기한다.[12]

'찰나에 포착된 것' '가공되지 않은 자아' '자아의 원형질' 등을 자유시로써 표현하고자 했던 로렌스는 시를 통해 공동체적 삶을 새롭게 모색한다. 우리 시대의 생태학적 실천은 사태의 심각성에 대한 철저한 분석과 함께 목가적 향수를 생태학적 열망으로 전환하는 시도를 병행하는 것이다. 현실에서는 로렌스의 「무성한 초원」(The Wild Common)이 그려낸 원시적 생명력과 환희가 사라지고 삭막한 자연이 생활터전으로 되고 말았다. 먼저 「무성한 초원」에서 건강한 땅의 박동을 느껴보자.

> 갈색의 흙덩이 같은 토끼들이,

그들이 뜯어먹어 속도 변변히 남아 있지 않은,

신음하는 풀 위에 웅크리고 있다.

그들은 잠자고 있는가?___살아 있기는 한가?___자! 보라,

내가 두 팔을 치켜들자, 토끼들은 놀라 줄행랑을 놓고, 언덕은

그들의 발길질에 무너지고 다시 선다.[13]

Rabbits, handfuls of brown earth, lie

Low-rounded on the mournful turf they have bitten down to the quick.

Are they asleep?___are they living?___Now see, when I

Lift my arms, the hill bursts and heaves under their spurting kick!

(*Complete Poems*〈이하 CP〉33면, 2연)[14]

길버트(Sandra M. Gilbert)는 이 시를 평하여, 지적인 허무주의자가 희망을 잃고 방금 꿈에서 깨어나 더이상 안길 수 없는 몽환의 상태를 간절히 재현하고 있을 뿐, 현실은 아니라고 말한다.[15] 또다른 비평가 브리스메이슨(Jillian de Vries-Mason)은 "소리와 이미지가 훌륭히 결합"(correspondence of sound and image)하여 우리에게 더 생생한 충격으로 다가온다고 한다.[16] 두 비평가의 주된 관심사는 다르다. 하나의 시각은 시적 세계에 촛점을 맞추어, 로렌스가 그려내는 원시적 초원의 조화로운 상태는 꿈속에서나 가능하고 현실에서는 불가능하다고 한다. 또다른 시각은 시적 기교에 주목하여, 시적 언어가 적절히 구사되어 생동감 넘치는 정경을 재현하는 데 성공한 시라는 것이다. 상이한 시각으로 다른 요소들을 조명한 두 평가가 만나는 지점은, 초원을 조화로운 생태계로 시인이 탁월하게 구현해냈다는 데 있다. 원초적 고향의 향수를 간직한 낙원으로 다시 복귀할 수 없다는 슬픔이, 회귀에 대한 갈망

　인간은 도로를 포장하고, 도랑을 만들고, 습지의 물을 빼내고, 토양을 압축시키고, 삼림의 수목을 베어냄으로써 지표 유출수(runoff)를 증가시키며, 토양 침투수(infiltration)를 감소시키고, 지하수위(water table)를 저하시킨다.[17] 지하수의 대부분은 대수층(aquifer), 이른바 불투수층의 암반이나 점토질과 다공질 지층 사이의 거대한 관에 채워져 있다. 건조한 지역에서는 대수층의 물이 충당되지 않거나 매우 느리게 충당된다. 이러한 대수층의 물은 화석연료와 같은 재생 불가능한 자원이나 마찬가지다. 세계적으로 대수층에서 퍼 올린 물의 약 70%는 관개 농업에 이용된다.

　농작물에 대한 관개는 대수층의 지하수를 고갈시키는 것 외에 토양 염화를 일으킨다. 토양 염화는 따뜻하고 건조한 지역의 논밭에서 물이 증발함에 따라 소금이 축적되는 현상을 말한다. 현재 물 부족보다는 토양 염화로 인한 피해가 더 심각하다. 우려되는 가장 큰 위험과 재앙은 지하수, 특히 도시나 공장이나 농지에 많은 물을 제공하고 있는 대수층의 오염이다. 지하수는 일단 오염되고 나면 정화가 거의 불가능하다. 분해 미생물들을 거의 포함하지 않으며, 태양광선이나 흐르는 물, 또는 표면수를 깨끗하게 해주는 자연적인 정화과정 중 어떤 정화과정도 거칠 수 없기 때문이다. 이미 공업 중심지에 있는 지하수는 더이상 마실 수 없는 지경에 이르고 말았다. 공업 지역의 땅이 오염되고 땅의 오염이 지하수의 오염으로 이어지는 것은 생산성을 향상시키기 위하여 땅이 간접적인 방식으로 착취된 데서 그 원인을 찾을 수 있다.

　농업 지역의 땅이 오염되고 황폐화된 정도 역시 공업 지역에 못지않다. 농산물을 식량으로 생산하기보다는 해외 시장의 수요를 충족시키기 위한 상품으로 취급해 재화적 성격을 강조하는 것에 오염과 황폐화의 원인이 있다.[18] 불행한 일이지만 이윤 추구에만 매달리는 기업에 의해 농업이 운영되면, 장기적인 비옥도와 생산성의 유지라는 땅의 기본적인 생존조건들이 포기되고, 단기적인 경작물 수확이 극대화된다. 목전의 이윤 추구에 급급한 나머지 토양의 침식은 가속화되고 있다. 토양 유실이 수반하는 더 큰 문제는, 유실되는 토양에 휩쓸려 독성을 띤 농업용 및 공업용 화학물질들이 강의 하류로 운반된다는 것이다.

    땅에 대한 그릇된 인식의 또다른 사례는, 토양과 주요 농지의 손실을 고려하지 않고 도시 외곽을 확대하는 것이다. 도시로 유입되는 인구의 폭증, 과밀한 주택 건설, 이로 인한 생활쓰레기의 처리 불능 등은 삶의 질을 현격히 저하시키고 있다. 생존을 위협하는 방사능 폐기물 등은 대체로 엄격히 통제되는 반면, 강한 독성을 지닌 공업용 폐기물의 처리는 사적 이윤을 추구하는 기업에 맡겨지고 있는 실정이다. 대중의 관심사로 부각될 때까지 이 독성 폐기물들은 단속의 눈길을 피해 쓰레기 하치장에 방치되어 땅을 치명적으로 오염시킨다. 이런 지역을 재개발하여 건립한 주택지의 주민들은 특정한 병을 앓게 되고 주택지를 폐쇄하는 경우도 발생하고 있다.[19] 오덤(Eugene P. Odum)이 조사한 독성 폐기물 사건 중에서 뉴욕 주의 러브캐널(Love Canal) 사건은 쓰레기 하치장에 건립한 주택지에서 환자가 발생하여 주택지를 폐쇄했던 사건이고, 케폰(Kepone) 사건은 살충제를 만드는 공장에서 유출된 독성물질이 그 공장의 노동자들뿐만 아니라 버지니아 주의 제임스 강을 오염시켜 한동안 그 지역이 마비된 사건이었다. 그밖에 미주리 주에서는 독성물질 다이옥신에 오염된 마을 전체를 버려야 했던 사건도 있었다.[20]

    열대 지역에 관한 무지한 속설 중의 하나는, 이 지역의 토양은 비옥하기 때문에 숲을 베어내고 거기에 농작물을 경작하면 인류에게 필요한 대량의 식량이 산출되리라는 것이다. 지역에 따라 토양이 비옥한 곳도 있지만, 아마존 유역의 열대우림 지역의 토양은 대부분 매우 척박하다. 상업적 혹은 농업적 이유로 그곳의 숲을 훼손하는 행위는 땅을 포함한 전체를 파괴하는 행위가 될 수 있다. 식생대를 파괴하는 것은 해충과 싸우는 능력뿐만 아니라 영양분을 보유하고 재순환시키는 땅의 기능을 박탈하는 결과로 이어진다. 표층토가 얇은 열대 토양들은 식생대의 유기적 작용을 받쳐줄 자체 조직을 갖추지 못하고 있다. 어떤 이유로든 현재의 삼림 남벌을 멈추지 않으면, 지표면의 사막화는 가속화될 것이다. 인류 문명의 여명기에 길가메시가 권력의 위세를 떨치기 위하여 삼나무 숲을 베어내고 건물을 지었다. 그러나 지금 그 지역의 사막화라는 참담한 결과는 열대우림 지역과 관련해 매우 시사적이다.[21]

을 더욱 간절하게 한다.

건강한 대지, 그 대지를 채우는 땅과 흙에 주목해보자. 땅을 기어다니는 아이가 그냥 그래왔듯이 흙을 한 움큼 입에 넣어도 아이를 말리고 싶지 않은, 생명으로 버무려져 한번 먹어보고 싶은 흙이 깔린 바닥에, 군데군데 쌓여 있는 흙 모드라기들처럼 토끼들이 웅크리고 있다. 떨어진 낙엽들은 거기서 썩어 갈색빛 나는 흙이 되어 토끼의 밥이 되고 잠자리가 되는 것이다. 기름진 땅은 무생물이고 토끼는 생물이고 땅에서 돋아난 풀도 생물이라는 분별심이 들어설 틈이 없다. 물레방아처럼 돌아가는 생명의 순환이 생기 넘치고 질서정연할 뿐이다. 그러나 로렌스의 「무성한 초원」에서처럼 땅이 숨을 쉬고 그 땅속의 물과 흙이 건강했던 시절은 옛일이 되고 말았다.

로렌스가 토끼의 활기찬 발길질(spurting kick)을 보고 새삼 땅과 언덕의 생명현상을 느꼈던 순간이 영원히 전설에 묻히지 않기 위해서는 자연을 경제적 논리로 유린해서는 안된다. 오염의 결과를 일상적인 삶 속에서 곧장 생명의 위협으로 느끼게 하는 것이 대기오염이다. 로렌스의 「무성한 초원」에서 우리는 생물들이 자연과 유기적으로 들이쉬고 뿜어내는, 대지의 원시적 기운을 호흡함으로써 심각한 현재의 대기오염 상태를 깨닫게 된다.

> 햇빛에 싸인 살갗 위를 감싸듯 타고 흐르는 대기가
> 일곱 종달새의 노랫가락에 실려 내 몸에 입 맞춘다.
> 너 여기에 있구나! 여기에! 우리 드디어 널 찾았어! 온 천지에
> 실체로서의 너를 찾아헤맸다. 너, 애무를 받을 시금석!
> 오롯이 드러난 청년이여!

Over my skin in the sunshine, the warm, clinging air

Flushed with the songs of seven larks singing at once, goes kissing

    me glad.

You are here! You are here! We have found you! Everywhere

We sought you substantial, you touchstone of caresses, you naked

    lad! (CP 34면, 8연)

따사로운 햇살과 맑은 대기를 만끽하는 청년이 벗은 몸으로 자기를 확인하고 자기를 느끼는 물가엔 상서로운 기운이 흐른다. 햇살이 볕에 나와 선 건강한 살갗을 어루만지고, 들려오는 종달새들의 노랫소리는 대기의 흐름에 리듬을 실어준다. 우리에게도 봄이 되면 들녘에 나가 끙끙거리며 아지랑이 풀린 봄기운을 더 마시려던 때가 있었다. 하지만 이젠 대기의 각종 오염지수를 나타내는 경고판의 빨간 불빛들은 밖에 나

대기의 오염은 광활한 지역에 걸쳐 분포하기 때문에 피해면적이 대규모일 때가 많다. 화석연료의 연소는 공업 지역뿐만 아니라 멀리 떨어진 곳의 휘발성 산화물 농도도 증가시켜 생태계를 위협한다. 대규모 화력발전소에서 연소되는 석탄 가스는 이산화황의 주요 배출원이며, 자동차의 배기가스는 산화질소의 주된 배출원이다. 일반적으로 현대 산업국가의 대기오염 물질의 30% 이상을 이 두 물질이 차지한다. 이산화황은 녹색 식물의 광합성 작용을 방해한다. 이산화황은 공기 중의 수증기와 반응하여 옅은 황산 물방울을 만들어내 산성비가 된다. 지구 표면으로 내려온 황산 물방울은, 산을 중화하는 토양과 물의 수소 이온지수(pH) 완충 기능이 낮은 곳에서 식생과 물고기에게 치명적인 수준까지 산성도를 증가시킨다.[22]

질소산화물의 농도는 이미 생명에 영향을 주는 수준에 이르렀다. 질소산화

물은 인간을 비롯한 고등동물의 호흡기를 자극해서 질병을 유발하고, 물과 반응해서는 질산을 만들기 때문에 산성비를 촉진시킨다. 그리고 다른 오염물질들과 반응하여 식생에 치명적인 영향을 준다. 독일의 구릉지대에서 볼 수 있는 침엽수 잎의 황화 현상과 조락 현상, 나뭇가지 끝에서부터 말라 들어가 결국은 나무가 죽게 되는 현상은, 질소산화물이 탄화수소와 반응하여 생성된 광화학 스모그(photochemical smog)의 작용이 그 원인이다.

오존(Ozone)은 '화학적 잡초'이다. 오존은 그것이 없으면 우리는 살 수 없으나 적절치 못한 곳에 있으면 함께 생장하는 다른 생물에게 피해를 준다. 오존은 성층권(stratosphere)에서 태양 광선이 산소와 반응할 때 자연적으로 발생한다. 대기의 상층부에 위치한 오존은 치명적인 자외선으로부터 생물을 보호해준다. 지구 역사의 초기에 형성된 오존층 덕분에 육상생물은 현재의 상태로 진화할 수 있었다고도 한다. 프레온 가스나 에어로졸 같은 화학적 오염물질과 고공 비행하는 제트기가 배출하는 염화불화탄소 등은 생명의 방패인 오존층을 파괴하고 있는데, 특히 극지방에서의 오존층 파괴가 심각한 상태이다. 산업화 과정의 필연적 산물이라고도 할 수 있는 대기 중 이산화탄소 양의 증가는 온실효과로 이어져 기상 이변의 주범으로 지목된다. 현 상태에서 획기적인 조치를 취하지 않으면 대양의 온난화에 따른 극지의 해빙은 해수면의 상승을 불러와 인간의 거주지를 침식할 가능성이 높다. 지구 온도의 상승은 강우 양식에 변화를 일으켜 농업 생산을 혼란에 빠뜨리고, 이는 인간의 생존을 위태로운 지경으로 몰고 갈 수도 있다.[23] 지구 온난화 이후의 과정을 달리 보는 사람들도 있다. 극지의 빙하와 고산지대의 만년설이 녹아 바다로 흘러들면, 기상이변을 야기하며 해수의 온도를 낮춘다는 것이다. 지구는 물론 지구상의 대기는 해수의 영향을 강하게 받으므로 수온 저하는 지구를 냉각시켜 빙하기를 초래할 것이라고 그들은 예측한다. 이러한 예측은 이산화탄소 과잉배출 당사자로 지목된 기업들이 지원하는 연구 결과물인 경우가 많다. 하나의 현상에 대한 이렇듯 상이한 판단은 책임소재를 흐리게 한다. 문제를 해결할 수 있는 처방은 미뤄지고 책임을 회피하려는 공방만 난무한 가운데 생태계 위기는 심화된다.

가 거닐며 숨쉬는 것조차 불안하게 한다. 그리고 현 지구 생태계는 어느 한 부분 건강한 곳이 없다. 비가 오는 날엔 산성비를 걱정하고, 햇볕이 좋은 날에는 피부암을 걱정해야 한다.

각종 오염 외에, 우리는 삶의 터전을 황폐케 한 죄로 삶 자체에 짓눌리고 있다. 삶에 달리 희망을 걸 수 없는 사람들의 얼굴은 공포에 질려 있고 그 공포는 상대를 전염시킨다. 열정 없는 인간들이 모인 도시에서의 삶은 자연과 조화를 이루지 못한 삶이 감수해야 할 폐해가 단지 외부적인 것만이 아님을 보여준다. 로렌스의 「도시의 삶」(City-Life)이다.

아! 내 살붙이인 가난한 사람들을 위하여,
그들의 살붙이인 내가
그들의 얼굴에, 공포에 질린 그들의 가련한 얼굴에
쇠갈고리가 박혀 있음을 볼 때에
내 영혼은 비명을 지른다. 나는 알기 때문이다.
그들을 그토록 옭아매는 그 갈고리를 내가
제거할 수 없다는 것을.

For oh the poor people, that are flesh of my flesh,

I, that am flesh of their flesh,

when I see the iron hooked into their faces

their poor, their fearful faces

I scream in my soul, for I know I can not

take the iron hooks out of their faces, that makes them so drawn,

(CP 632면, 부분)

로렌스에게 도시적 삶은 절망 속으로의 침잠이며, 도시란 불의의 사고가 빈발하는 의외성의 공간이다. 계획한 삶이 순차적으로 전개되는 곳이 아니기에, 도시에 산다는 사실은 자신으로부터 멀어지는 삶에 익숙해질 것을 요구한다. 도시적 삶은 공간의 협소함 이상으로 심리적 위축을 조장한다. 도시생활에서 마주치는 타인들은 공간의 근접성 때문에 나의 살붙이일 수도 있지만, 적은 몫을 서로 나눠 가져야 하기에 나에게 갈고리가 되기도 한다. 좁은 도시 공간에서 마주치는 각 개인들의 긴장된 얼굴은 상대방에게 참기 힘든 고역이기도 하다. 사람이 사람에게 든든한 버팀목이 되지 못하고, 서로의 만남이 삶에 활기를 주지 못한다. 각자가 생명을 연명하기 위하여 삶에 집착할수록 자연과 생태계는 오히려 상처를 입게 된다.

인류와 생태계의 위기를 사회적 현상으로 인식하는 사회생태학자 중에는 과도한 인구 증가에 주목하는 사람들이 있다. 인간은 자신의 욕구를 충족시키기 위해 자원을 낭비하고, 토지를 불합리하게 사용하며, 에너지를 무절제하게 소비한다. 이러한 욕구로 인하여 인구의 증가는 언젠가는 지구에 시한폭탄이 될 것이며, 인구는 기하급수적으로 증가하는 데 비해 식량은 산술급수적으로 증가하기 때문에 적극적인 인구억제정책이 시급히 시행되어야 한다고 맬서스(Thomas Malthus)는 주장한다. 『인구론』(*An Essay on The Principle of Population*, 1798)에서 자신의 주장을 체계화한 맬서스는, "기술이 인간과 자연 환경 사이에 내재한 문제를 해소시키기보다는, 성장 촉진을 통하여 자연을 더 지배함으로써 문제를 범지구적으로 확대하며 인구억제정책을 지연시킨다"고 주장한 초기의 기술 비평가였다. 자연이 인구와 소비를 균형있게 지탱하는 능력에는 한계가 있으며, 이 한계를 넘어서면 자연의 힘은 파괴적으로 작용하여 사회적 위기를 가속화시킬 것이라는 맬서스의 예견은

　　고등학교(Nottingham High School)에 진학하여 고향 이스트우드(Eastwood) 인근의 산업도시 노팅엄으로 옮겨가기 전까지 로렌스와 그의 가족은 줄곧 이스트우드에서 살았다. 로렌스 당대의 도시가 규모면에서 현대의 도시와는 견줄 수 없을 정도로 작았으리라는 것은 충분히 짐작할 수 있지만, 각종 오염과 소음으로 대변되는 도시적 생활여건은 도시화의 진척이 미진한 관계로 현재의 도시들보다 더 쾌적했으리라고 속단하는 것은 옳지 않다. 아버지가 석탄을 캐는 탄부였기에 불가피하게 눌러 살아야 했던 이스트우드는 로렌스에게 천형의 유배지라는 인상을 주었을 것이다. 탄부들의 막사가 밀집해 있기 때문에 어쩔 수 없이 타인의 삶이 눈에 들어오고, 삶에 찌든 사람들의 악다구니를 일상적으로 들어야 하고, 고개를 들어 먼 산이라도 쳐다볼라치면 온통 까만 탄진이 앞을 가리는 삶의 공간은, 감수성이 예민한 로렌스에게는 벗어나고픈 곳이었다. 초기의 로렌스 시에 자연이 철저히 원시적으로 그려진 것은 이러한 판단을 가능케 한다. 안온한 정서를 유발하는 도시적 분위기는 의도적이라고 볼 수 있을 만큼 찾아볼 수가 없다. 워든(John Worthen)은 당대의 이스트우드를 다음과 같이 소개하고 있다. "이스트우드에서 살아남는 자들은 건강한 사람들이었다. 그곳에는 홍역, 디프테리아, 설사, 성홍열, 백일해 등의 일상적인 전염병들이 창궐했다. 19세기 후반에는 그 지역 사망률의 17%를 차지한 결핵이나 기관지염 등의 호흡기 질환이 널리 퍼졌다. 1930년 마흔넷의 나이에 늑막염과 결핵으로 죽은 로렌스는, 생후 2주부터 기관지염을 앓았다고 임종의 순간에 털어놓았다."[24]

지금도 통용된다. 머피(Raymond Murphy)는 "기술적 효율성을 향상시키면서 오늘에 이르기까지 인류는 수적으로 팽창했으며, 더 높은 생활수준을 유지하는 과정에서 쓰레기 과잉 방출, 자원의 고갈 등의 문제를 심화시켜왔다"[25]고 주장함으로써 맬서스 이론의 핵심인 인구 문제를 생태계 위기의 문제로 전환시키고 있다.

뒤보(René Dubos)는 생태계 위기의 근원을 농경문화의 발달에서 찾는 학자 중 한 사람이다. 그에 의하면 신석기 후기 수렵과 채집의 경제에서 정착 농경문화로의 이행은 생태계 파괴의 첫걸음이었다고 한다. 수렵과 채집 단계의 원시 인류는 소유와 비축의 개념에 민감치 않아서, 생태계 순환을 방해할 정도로 자연을 약탈하지는 않았다. 정착 농경생활로 인해 농업생산성이 향상되고 잉여생산물이 부의 수단이 되면서 상황은 돌변했다. 농업문명 시대의 인류는 경쟁하고 비축하면서 소유권과 계급 질서를 확립하게 된 것이다.[26] 사유재산제의 도입으로 인간은 더욱 탐욕스럽게 변했고, 인간의 탐욕은 자연을 약탈하고 파괴하는 것을 일상의 일이 되게 했다. 식량과 자원의 소비가 생존을 위한 수준을 넘어, 과시를 위한 상징적인 행위로 변질되고 말았다. 수급의 불균형은 기아에 허덕이는 상황과 생산물을 폐기하는 상황을 동시에 발생케 하고 있다. 이 과정에서 녹색혁명(green revolution) 혹은 과학적 농경(scientific agriculture)으로 표현되는 식량 생산의 산업주의적 패러다임은, 지속 가능한 모델(sustainable model)의 토대였던 임업·축산·농업 사이의 필수적인 연결망을 와해시키고 말았다고 생태여성주의자인 시바(Vandana Shiva)는 말한다.[27]

녹색 건초와 사료를 목장에 운반하고 목장에서 나온 퇴비와 유기물질을 다시 들판으로 운반하는 순환은 농업에서 점차 무너져왔다. 재생과 지속을 가능케 하는 재료들이, 공장에서 생산된 재생 불가능한 재료와 위험한 농화학 물질로 대체되었기 때문이다. 지력을 유지시켜주는 미생물과 곤충은 이제 생산성을 증진하기 위해 박멸해야만 하는 병해충일 뿐이다. 효과가 즉시 나타나는 화학비료와 농약에 의존하는 새로운 농경법은 필연적으로 땅의 유기적인 기능을 상실케 하여, 자기보정작용을 할 수 없게 한다.

30

　그렇다면 이 현상들을 불러일으킨 근본적인 원인은 무엇인가? 인류의 시원을 설명하고 존재의 목적을 구현하려는 신화와 종교의 교의에 따른다 하더라도 생태계의 균형을 깨뜨릴 수밖에 없는데 그 이유는 무엇인가? 사회성원의 사고유형을 결정하는 데 기여하는 신화와 종교가 생태계 파괴를 조장해온 것은 아닌가? 결론적으로 말하면 생태계 위기의 원인에는 인간의 본성, 특정한 시기의 사상, 그리고 신화 및 종교에 대한 해석이 밀접한 관계를 맺고 있는 것으로 보인다.

　커머너(Barry Commoner)는 『잦아드는 원』(*The Closing Circle*)에서 생태학적 원칙을 다음과 같은 네 가지로 요약한다. 첫째, 모든 생물은 여타의 생물들과 유기적인 관계를 맺고 있다. 둘째, 모든 분자는 생물체 안의 생명과정에서 위치를 바꾸고 옮겨갈 뿐 결코 소멸되지 않는다. 셋째, 생물 조직이나 생태계의 구조는 변화에 적응하여 그 과정을 지속하기 때문에 현재가 최선의 상태이다. 넷째, 현재의 상태란 많은 댓가를 지불하면서 진행되는 과정의 한 단면일 뿐이다.[28] 커머너의 생태학적 원칙들에 일관되게 나타난 생각은, 다른 요소들과 유기적 관계를 맺고 있는 생태계 내의 한 요소는 살아서는 물론 죽어서도 상호작용을 하며, 현재의 생태계 상황은 자체의 여러 가지 원인들이 작용한 결과이며, 생태계의 변화는 앞으로도 지속되리라는 것이다.

　커머너가 추상적으로 정리한 생태학적 원리가 감성을 자극하여 명징하게 구현되는 경우를 우리는 로렌스의 시 「뱀」에서 발견할 수 있다. 이 시의 화자는 생태계 조절자로서의 인간의 결단을 강조한다. 뱀이 들쥐를 잡아먹고 다시 독수리의 먹이가 되는 생태계의 먹이사슬 체계를 바라보고 연민을 갖는 것은 감상적 판단일 수 있다. 하지만 인간이 자연을 약탈하고 다른 생명체들을 대상으로 자신의 종(種)적 이기주의를 실현하는 것을 용인하고 이를 약육강식의 자연질서가 실현되는 것으로 생각할 수는 없다.

로렌스의 「뱀」에서 화자는 발로 바닥만 한번 차도 뱀이 도망친다는 것을 안다. 더위에 지친 뱀이 마음 편히 물을 마시게 했어야 했는데, 잘못된 교육 때문에 뱀을 쫓고 말았다고 후회하는 화자의(로렌스의) 타자에 대한 배려야말로 진정한 인본주의(humanism)의 모습을 보여준다.

이른바 휴머니즘을 인간중심주의로 이해하고 비판하는 사람들의 주장에 따른다 해도 결코 폐기할 수 없는 한 가지 원칙은 그 속에 담긴 비판적 사유이다. 생태계 위기의 심각성을 인식하고, 문제를 야기한 원인의 하나를 인간이라는 종(species)의 배타적 이기주의라고 진단하는 것 자체는 인간의 비판적 사유이다. 기계적 공생이 아닌 유기적 상생의 질서가 확립되어야만 인간과 여타의 생명체들이 더불어 누리는 삶을 영위할 수 있다. 이렇듯 휴머니즘을 궁극적으로 실현하는 것도 인간이 비판적으로 사유할 때만이 얻을 수 있는 결실이다. 로렌스의 시에서 화자가 뱀을 연민에 찬 마음으로 관조하는 까닭은, 인간이 먹이사슬의 최정점에 있다는 교만과는 거리가 멀다. 인간의 주체적 사유를 의미하는 휴머니즘에 입각해 로렌스는 타자를 응시한다. 타자가 자아의 생물학적 삶은 물론 정신세계에도 깊이 연결되어 있음을 인식하고, 연민의 대상으로 타자를 받들 때만이 참된 평화가 공동체에 깃든다는 레비나스(Emmanuel Levinas)적 타자관을 선취했기 때문이다.

역사 전개과정에서 확인되는 비인간적 폭력을 극복하고 참된 평화를 모색하고자 레비나스는 타자 개념을 창안했다. 레비나스에 의하면 이성에 기반을 둔 타협과 통제, 이른바 합리적 접근만으로는 전쟁과 폭력을 해소할 수 없다고 한다. 공동체의 존속을 일차적 과제로 삼는 참된 도덕이 확립되어야만 조화로운 공생이 가능하다는 것이다. 레비나스는 국가 단위의 정치에 참여하는 개별 주체들의 원초적 관계를 중시한다.

근원적 윤리학을 옹호하고 새로운 주체성을 정립하는 것은 그의 저서
『전체성과 무한성』(*Totality and Infinity*)의 주된 관심사이다.[29]

레비나스는 서구 형이상학은 전통적으로 동일성을 확립하려는 차원
에서 자아와 타자를 분리하는 데 길들여져 있다고 한다. 그에 따르면
이러한 존재론은 자아 중심적이며 변형된 전체주의 철학이다. 서구 근
대성의 핵심적 요소인 자아 중시와 전체성 강조의 이념이야말로 자연
을 황폐시키고 인간을 소외시킨 요인이었다고 한다. 삶의 초월적 측면
에 대한 무관심은 전쟁과 폭력을 야기하고 공동체를 투쟁의 장으로 전
락시킨 근본적 원인이라고 레비나스는 판단한다. 레비나스 철학의 주
된 관심은 전통적 형이상학과 자아 중심의 배타적 주체성을 해체하고
새로운 주체성의 원리를 발견하는 데 있었다. 자아 중심적 주체성과 구
별되는 새로운 주체성은 자아가 타자를 대상으로 폄하하지 않고 타자
역시 주체성을 잃지 않고 자아와 상호 작용한다는 윤리적 주체성이다.[30]

개별 주체로서의 인간은 독립적이며, 자기 충족적 내재성(interiority)
으로 인해 자아 중심적이다. 또한 인간은 타자를 향한 자기 극복을 통
하여 절대적 초월자 또는 외재성(exteriority)으로서의 타자와 관계를
맺고자 한다. 인간은 타자를 위해 헌신하는 타자 중심적 존재, 이른바
이타(利他)적 주체가 되기도 한다. 레비나스의 윤리학에서는, 일상적
자아 중심에 기인한 향유(enjoyment)의 주체성과 타자 중심의 이타적
초월을 지향하는 형이상학적 주체성은 서로 대립하거나 배제하는 관계
에 있지 않다.[31] 인간은 독립적이고 자아 중심적인 주체로 자신의 생존
을 유지하기 위해 지극히 이기적일 수 있다. 그러나 타자를 향한 자기
초월적 행위 주체자로서 인간은 다른 차원의 존재이다. 타자를 허용하
는 자아는 세계에 거주하면서 원대한 삶을 즐기며 노동하는, 향유의 주
체가 된다. 타자의 출현으로 인해 인간은 자아 중심적 차원의 주체성을

결코 잃지 않는다. 레비나스에 따르면, 자아 중심적 향유의 주체가 타자의 출현을 계기로 이기적인 욕망을 포기하고 타자에 대한 책임을 통감하는 주체로 거듭날 수 있다는 것이다. 이기적 자아의 주체성을 순간적으로 멈추게 하고 이타적 주체성을 발휘하게 하는 것은 타자의 얼굴이라고 한다.

타자의 얼굴에 새겨진 타자의 내적 요구는 내가 결코 외면할 수 없는 눈빛으로 나의 책임있는 응답을 촉구한다. 결단을 강요하는 타자의 눈빛은 나의 자유를 제한하는 것이 아니라 스스로 양심의 부름에 순응했다는 자긍을 통해 나의 자유를 증진시키는 결과를 낳는다. 타자의 요구는 나의 존재를 부정하거나 내가 후회할 결정을 강제하지는 않는다. 잠자고 있던 나를 깨우는 타자의 눈빛은 근본적으로 비폭력적이며 나의 자유에 호소해 공동체의 일원으로서 행동하게 한다. 그에 대한 도덕적 책임을 완수함으로써 나의 자유는 더욱 증진된다고 레비나스는 말한다.[32] 타자의 얼굴과 눈빛을 대하고 내가 해야 할 일은, 그를 위해 내가 할 수 있고 해야만 하는 일을 결정하는 것이다. 우리가 눈빛을 외면하지 않고 호소에 책임을 져야 하는 타자란, 고향을 떠나 유랑하는 사람, 과부, 고아 등이다.[33] 생태계 위기 시대에 문제적 상황을 극복해야만 하는 우리는 레비나스의 타자 범주에 자연과 여타의 생명체들을 포함해야만 한다. 그러한 생태학적 실천을 로렌스는 시적 상상력을 통하여 선구적으로 수행했다.

레비나스는 여성적 타자의 존재와 그 역할은 자기의 존재를 확인하고 타자를 위한 윤리적 행위 능력을 향상시키는 데 필수적 요건이라고 한다. 가정을 지키는 여성적인(feminine) 것이 없다면, 세상은 거주할 수 없는 곳이 되고 윤리적인 삶은 불가능해진다. 근대적 주체로부터 배제된 '여성적인 것의 하나로서 여성적 타자'는, 윤리적 주체가 타자와의 관계에 진입할 수 있도록 훈육하는 역할을 담당하고 있다. 또한 여성적인 것은 윤리적 삶이 유한한 시간의 한계를 극복하고 무한한 존재의 지평으로 진입할 수 있도록 매개하는 역할도 수행한다. 레비나스에 의하면, 여성적 타자와의 에로스적 관계에서 발생하는 생산성으로, 인간은 유한한 시간 안에서 무한성의 차원, 절대적 미래, 폭력과 죽음을 극복한 무한한 존재의 차원에 도달한다는 것이다.[34]

생태학적 지성을 토대로 문학적 상상력을 이해하고 그 문학적 자산을 유기적으로 조직하여 실천적 담론으로 전환하는 것이 이 글의 목적

생태학(Ecology)이라는 용어는 독일의 생물학자이자 철학자인 에른스트 헤켈(Ernst Haeckel)이 1866년에 처음으로 사용한 것으로 알려져 있다. 생태학적 문학(ecological literature), 혹은 문학생태학이라는 용어는 미커(Joseph W. Meeker)의 『생존의 희극』(The Comedy of Survival, 1974)에서 처음으로 등장한다. 생태학 이론을 철학에 접목한 것이 네스(Arne Naess)의 심층생태학(deep ecology)이고 사회학에 접목한 것이 북친(Murray Bookchin)의 사회생태학(social ecology)이라면, 문학생태학은 바로 생태학 이론을 문학에 접목한 것이다. 생태학이라는 용어는 처음 등장한 이래 100여 년이 지나서야 일반적인 용어가 되었다. 그러나 생태학의 이념(Idea of Ecology)은 그 용어보다 훨씬 오랜 역사를 가졌다는 것이 워스터(Donald Worster)가 『자연의 경제』(Nature's Economy, 1977) 「서문」에서 밝히고 있는 생각이다. 그에 따르면 현대 생태학의 역사는 18세기부터 시작된다. 당시 생태학은 지구라는 생명망(fabric of life)의 터전을 더욱더 포괄적으로 조망하기 위하여 등장했다고 한다. 즉 지구상의 모든 살아 있는 유기체들(living organisms)을, 상호작용하는 전체로 기술하려는 목적에서 생태학이 유래했다는 것이다.

이다. 왕성한 생명력의 향연에 합류하여 삶을 풍요롭게 하려 한 로렌스의 경우엔, 그가 의도한 생태학적 체계란 애초부터 없었다. 그의 시에서 단편적으로 보이는 특성을 바탕으로 생태주의를 구성하기 위해서는 창조적 독법이 필요하다. 로렌스의 시를 생태주의라는 그물에 담아 개괄함으로써, 그물에 걸려 파닥거리는 그의 생태학적 생각들을 엮어가도록 하자.

II. 로렌스가 구상하는 생명공동체

제1장

로렌스 시문학의 생태학적 의의

몇 세대 후의 생존이 불투명한 상황에서 우리는 인류가 축적한 지적(知的) 성과물들 사이의 유기적인 협력체제를 구축해 생명공동체가 지속 가능하게 해야 할 것이다. 삶에 대한 가치관을 전환해야만 생명의 공멸(共滅)을 막을 수 있다는 주장은 삶의 현장에서 심화되는 황폐화를 느끼지 못하는 사람에게는 다소 과장돼 보일 수도 있다. 따라서 먼저 생태학적 안목을 체득하는 일이 선행되어야 할 것이다.

교조적 선언이 아니라 생명활동에 대한 깊은 통찰을 문학적으로 빚어낸 예를 우리는 로렌스에게서 발견한다. 그의 시적 형상화는 미적 취향을 깨우는 일종의 당의정(a medicine of cherries) 역할을 한다. 윤리와 지적 통찰력 그리고 미적 쾌락을 버무려 새로운 미학으로 승화시키는 시적 상상력을 그의 시 「뱀」에서 확인하자.

한 마리의 뱀이 낙수 대롱 밑으로 왔다.

어느 무더운 날, 나 또한 더위에 속옷 바람으로

물을 마시러 거길 갔고.

검은 기운에 싸인 우람한 캐럽나무의 현묘한 그늘로

나는 물 주전자를 들고 계단을 내려왔다.

그리고 조용히 서서 기다려야 했던 까닭은, 거기에 그가

나보다 먼저 와 대롱의 물을 받고 있었기 때문이다.

A snake came to my water-trough

On a hot, hot day, and I in pyjamas for the heat,

To drink there.

In the deep, strange-scented shade of the great dark carob-tree

I came down the steps with my pitcher

And must wait, must stand and wait, for there he was at

      the trough before me. (CP 349면, 1~2연)

　현묘한 생명의 기운이 물씬 풍겨나는 캐럽나무 그늘 아래, 깊고 야릇
한 향기가 감도는 무더운 여름날, 덥기도 하고 갈증이 나기도 하여 실
내복 차림으로 주전자 하나를 들고 뜨락으로 향하는 계단을 내려오다
누군가(snake, someone) 자기보다 먼저 와 조용히 그리고 부드럽게
물을 마시는 정경을 목격한다. 소가 물을 마시듯 그런 듬직한 모습으로
고개를 들어 두번째로 온 나를 망연히 바라보다가, 두 뿌리로 나뉜 혀
를 내밀어 잠깐 동안 노래를 부르기도 한다. 더위에 시달려 눈앞이 아

른거리고 현기증이 나는 순간에도 「뱀」의 화자는 거부할 수 없는 생명의 질서가 잔잔히 흐르고 있음을 발견한다.

사람은 보고 느낀 것을 사색을 통하여 재구성할 수 있으며 그런 사람의 눈과 생각에 포착된 현상은 자신의 인식과 해석에 따른 질서의 재현이다. 인위적으로 재구성된 점을 감안하더라도, 나무와 뱀과 사람 사이에 가치의 경중을 따지지 않는 정경이 아름답다. 평등의 원리에 근거한 이러한 생명의 질서는 인간의 아량을 바탕으로 성립될 수밖에 없다. 더 늦게 도착했지만 막대기로 뱀을 위협해 쫓아내고 먼저 물을 마신다고 해도, 그러한 상쟁(相爭)의 관계가 생태계 먹이사슬의 실상이라고 하면, 통념상 크게 비난받을 소지는 없다. 하지만 자신의 생명이 갖는 존엄성이 다른 생명의 가치를 존중함으로써 강화되고 보존된다는 것을 깨달은 사람은 철저히 현실주의자가 되어야 한다. 생태계에서 생물들의 종(種)적 다양성이 확보되어야만 인간 생명의 자기 조직화도 원활히 진개되기 때문이다.

하지만 나는 그를 얼마나 좋아했는가를 고백해야 한다.
내 물 대롱에서
물을 마시고, 평온한 그곳에서 감사의 몸짓도 하지 않고 떠나
이 땅의 불구멍 속으로 들어가는 그가
다소곳한 손님처럼 왔던 사실에 나는 얼마나 가슴 벅차했던가?

But must I confess how I liked him,
How glad I was he had come like a guest in quiet, to drink
    at my water-trough
And depart peaceful, pacified, and thankless,

Into the burning bowels of this earth? (CP 350면, 8연)

뱀의 위엄에 싸인 몸짓 하나하나에 넋을 잃고 빨려들어가는 화자에 겐 다른 의식이 끼어들 틈이 없다. 사회가 부과한 여러 가지 제약요소 들로 인하여 자신을 속박하는 인간들과는 달리, 당당하게 자기를 드러 내는 뱀을 보며 화자는 자신의 품격도 동반 상승함을 느낀다. 길버트 (Sandra M. Gilbert)가 말하기를, "전통적인 이미지들을 다루는 로렌스 의 방식은 파괴적이고 놀라워서(반드시 실망스러운 것은 아니지만), 관습에 근거해 기대하는 바들을 철저히 부정"하는 방식으로 시대와 대 화한다는 것이다. 로렌스는 이 시를 통하여 뱀에게 사탄의 이미지를 애 써 덮어씌우려는 기성 종교의 의도를 저버리고, "뱀은 악이 아니라 선" 임을 보여주고자 한다. 길버트의 말을 더 들어보자.

　　그가 내보이는 바로는, 사탄으로서의 뱀은 악이 아니고 선이다. 밀턴이 재현하는 사탄에 대한 블레이크의 관점대로, 뱀은 "추방당해 왕위를 잃고 지하에 유배된/머잖아 복위할 왕"이다. 세속을 초월하며 영생을 상징하는 뱀은, "불구멍"에서 출현해 그곳으로 다시 사라진다. 비록 우리의 "저주받 아 마땅한 교육"이 스스로에게 뱀은 독이 있어 위험하다는 사실을 깨우쳐 줄지라도, 남근을 상징하는 뱀은 "생명의 왕들" 가운데 하나다.[1]

로렌스는 삶을 억압하는 전통 혹은 통념이라는 권위에 반기를 든다. 그리스도교[2]에서 가장 부정적인 상징 동물인 뱀을 통하여 시대와 사회 적 허위의식에 대한 대립각을 날카롭게 세운 로렌스의 의도는 단순히 그리스도교를 비판하는 데 있지 않다. 절대성을 지향하는 그리스도교 가 지배하면서, 창조적 역동성이 삶에 스며들 여지를 차단하는 이른바

「창세기」의 낙원에 관계된 신화를 그 이전의 바빌로니아 혹은 다른 문명권의 신화와 비교해 뱀을 달리 조명해볼 수 있다. 아담은 첫번째 나무인 선악을 판별하는 나무의 열매를 먹고 나서 지혜를 얻었다. 그보다 더 중요한 남은 한 가지의 운명적인 일은, 생명의 나무에 달린 열매를 먹어야만 지식을 통해 자신에게 계시된 영원한 생명을 얻을 수가 있다는 것이다. 하지만 이 단계에서 뱀은 영웅 혹은 인류의 영생을 방해하는 주인공으로 등장한다. 수메르의 길가메시(Gilgamesh) 신화에서 보듯, 뱀은 인류의 영생을 방해한다. 대홍수에서 유일하게 살아남은 지혜로운 인간 우트나피시팀(Utnapishtim)에게서, 먹으면 다시 젊어지는 나무를 얻은 길가메시는 잠시 물에 들어가 목욕을 하는 동안, 그 나무를 뱀에게 도난당하고 만다. 허물을 벗으면서 영원히 살아간다고 믿는 뱀의 속성과 관계있는 신화다. 「창세기」의 신화도 이런 각도에서 다시 읽을 수 있다. 브로스(Jacques Brosse)의 『나무의 신화』에 따르면, "뱀의 역할은 자신이 지키고 있는 영원한 생명의 나무인 선량한 나무로부터 아담과 이브의 관심을 돌리는 데 있었다. 그러나 뱀의 유혹은 또다른 의미를 지닐 수 있다. 뱀 자신이 (다른 민족들의 신화에서 실제로 뱀이 그랬던 것처럼) 영원한 생명을 얻고 싶었고, 그래서 정원 한가운데 감춰져 있는 생명의 나무를 발견해야 했다는 것이다. 혼자서는 그것에 접근하는 것이 불가능한 뱀은, 선악과를 먹음으로써 그것을 분별해낼 수 있는 자들을 교묘하게 부추겼으며, 이들은 결국 신의 명령에 복종하지 않은 댓가를 치뤄야 했다."[3]

이단 배제의 전횡을 그는 문제삼고 있는 것이다.

로렌스는 뱀과의 관계에서(연장하면 모든 생물들과의 관계에서), 기존의 관계를 맹목적으로 수용하라는 종교적 압력에 맞서 그것에 반기를 들며 뱀과의 단독 강화(講和)를 시도한다. "내가 너로 여자와 원수가 되게 하고 너의 후손도 여자의 후손과 원수가 되게 하리니 여자의 후손은 네 머리를 상하게 할 것이요 너는 그의 발꿈치를 상하게 할 것이니라"(「창세기」3장 15절)고 한 둘 사이의 저주를 마감하려는 것이 로렌스의 생각이다. 로렌스가 「뱀」에서 시사한, 자기 신뢰(self-reliance)를 바탕으로 한 인간의 주도적인 상황전개 능력은 생태계 위기를 해결할 수 있는 원동력이 된다.

　교육은 발전적 변화의 가능성을 열어두고 인간의 자기 신뢰에 대한 동기를 지속적으로 부여하려는 것이다. 하지만 기존 질서를 유지하고 강화하며 그 틀에서 벗어나지 못하는 교육은, 개인의 사유를 마비시키고 공동체의 활력을 소진시킨다.

　　　가르침을 담은 교육의 목소리가
　　　그는 마땅히 죽어야 한다고 외쳐댔다.
　　　시칠리아에서 까만 뱀은 해롭지 않지만, 황금 빛깔의 뱀은
　　　치명적인 독사라는 이유로.

　　　덩달아 내 마음의 소리도, 내가 만일 버젓한 사내라면
　　　몽둥이를 들어 당장 눈앞의 뱀을 쳐 죽이라고 촉구한다.

　　　The voice of my education said to me
　　　He must be killed,
　　　For in Sicily the black, black snakes are innocent, the gold
　　　　　are venomous.

　　　And voices in me said, if you were a man
　　　You would take a stick and break him now, and finish
　　　　　him off. (CP 350면, 6~7연)

로렌스는『무의식의 환상곡』(*Fantasia of the Unconscious*)에서, "어떤 어린이도 열살이 되기 전까지는 공적 교육기관에 위탁되어서는 안된다"고 했고, 자신이 교사로 재직했던 시절이 "어린이의 영혼과 자연을 통한 학습능력 이상의 것을 파괴하는 데 참여했던 시절"이었음을 고백했다.[4] 로렌스가 살았던 시절의 학교교육은 성장하는 산업 분야에 노동자를 공급하는 데 목적이 있었기 때문에, 교육 현장에서 어린이들은 기계의 요구에 신속하게 대처할 수 있도록 훈련받았다. 그러한 교육은 지금도 계속되고 있다.

물질적 욕구를 인간의 본능으로 인정하는 자본주의와 이 사회를 지탱하는 이념은 개인들의 차이(difference)와 삶의 다양한 가치를 인정하지 않으려 한다. 교육이 사회의 이런 기류를 확대 재생산하는 첨병 역할을 하는 것은 심각한 문제다. 사회에서 기득권층의 목소리이기도 한 교육의 목소리(voice of my education)는 '빨리 돌이나 막대기를 던져 뱀을 쫓아버리고 네가 먼저 물을 마셔야 한다'고 충동질하며 배타적 인간중심주의를 자극한다. '네가 만일 어엿한 사내라면, 제깟 미물인 뱀과 노닥거려서야 되겠느냐'는 말로 생태계의 생물들과 유기적 관계를 맺는 것을 방해해온 것이 교육이었다. 적어도 로렌스에게 교육은 기존의 체제를 유지하려는 올가미에 지나지 않았다. 그래서 로렌스는 역기능을 조장하는 교육의 '보이지 않는 손' 중에서도 가장 강력한 힘을 지닌 그리스도교적 인식체계에 저항했던 것이다.

뱀에 대한 의식과 무의식은 각기 다르다. 의식의 세계에서는 신화와 종교가 설정한 뱀과의 악연을 되새기면서, 인류를 낙원에서 추방당하게 만든 악마이기에 빨리 해치워야 한다는 관념이 지배한다. 하지만 더 깊은 심연에서는 추방당해 땅 위를 유랑하고 있지만, 인류가 답습하는

전통의 허물을 벗고 생명력을 삶의 최고 가치로 실현하는 날이 오면, 새
롭게 제왕의 자리를 차지할 것이라는 생각을 떨칠 수가 없다.

　시에서 뱀은 인간이 떠올리기도 싫어하는 어둠의 세계로, 하나의 지
팡이 혹은 곧장 날아가는 창처럼 기어들어간다. 유연하지만 단호하게
중심을 향해 뒷걸음질치지 않고 가는 뱀은, 로렌스로 인하여 경이로운
생물이자 자신의 굴절된 삶을 되돌아보게 하는 선구적 영물로 다시 태
어난다.

　　　그가 무시무시한 구멍 속으로 머리를 들이밀 때

　　　그의 윗등을 풀고 천천히 몸을 당겨, 드디어

　　　더 깊숙이 들어갔을 때

　　　그 가공할 검은 구멍으로 몸을 끌어넣는 것에 대한,

　　　마음먹은 대로 암흑으로 들어가며, 남아 있는 몸을 서서히

　　　감아 당기는 것에 대한, 공포와 반항심이

　　　그의 등이 사라지자, 나를 엄습했다.

And as he put his head into that dreadful hole,

And as he slowly drew up, snake-easing his shoulders, and

　　　entered farther,

A sort of horror, a sort of protest against his withdrawing

　　　into that horrid black hole,

Deliberately going into the blackness, and slowly drawing

　　　himself after,

Overcame me now his back was turned. (CP 351면, 13연)

로렌스는 뱀의 생물학적 특성과 신화적 해석을 적절히 병치해 삶의 공간에 대한 심층적 이해를 도모한다. 로렌스는 빛과 어둠의 세계를 넘나드는 뱀을 감각적 이미지로 형상화하며 이원적 세계 사이에 소통의 발판을 마련하고자 한다. 로렌스의 뱀은 두 세계를 연결하는 전달자 혹은 탁월한 권능을 갖고 있는 하데스(Hades)로 인식된다. 빛과 어둠의 세계는 분리된 지상과 초월의 세계가 아니다. 지하세계의 신 하데스가 현묘한 향기를 발산하는 수선화로 유인하여, 바다의 요정들과 함께 꽃을 꺾는 페르세포네(Persephone)를 납치해갈 때 지하세계의 문은 사람에게도 열려 있었다. 두 상반된 이념을 상징하는 지상과 지하의 세계는 서로에게 관심을 갖는 상통의 세계였다. 신화에 등장하는 두 세계는, 기후 현상이 상보적 주기를 형성하듯 자연현상을 반영하고 있기 때문에 서로를 보완하는 것이었다. 그리하여 뱀은 두 세계를 연결하는 기둥이자 살아 있는 나무가 되었다. 나무는 하데스의 지하세계에 뿌리를 박고 지상으로 가지를 뻗으며 열매를 맺는다. 로렌스에게 뱀은 상보적 두 세계가 생명의 잔치를 준비하는 통로인 것이다.

땅을 부둥키며 허물을 벗고 재생을 거듭하는 뱀에 대한 전복적 시각으로, 로렌스는 고루한 인습에 저항하고자 했다. 이는 기존 질서에 대한 도전이었다. 동시대 문학의 동업자들은 로렌스가 실현하고자 한 신념의 전복성을 경계하고 무시하였다. 개인은 개인대로 국가는 국가대로 배타적인 이익을 추구하며 타자를 경쟁 상대로만 몰아가던 19세기 말 20세기 초에, 로렌스가 설계한 삶의 미래상은 생명의 발산과 삶 자체의 유기적 작동을 지향했다.

나는 신천옹을 생각하면서
그가, 나의 뱀이 돌아오기를 갈망했다.

그는 내게 왕으로 다가왔기 때문이다.

명계에서 왕위를 찬탈당하고, 유배중인 왕,

이제는 곧 복위할 왕 말이다.

그리하여 나는, 생명의

왕과 친교할 기회를 놓치고 말았다.

내겐 속죄해야 할 바가 있다.

그 얼마나 비열한 짓이었던가.

And I thought of the albatross,

And I wished he would come back, my snake.

For he seemed to me again like a king,

Like a king in exile, uncrowned in the underground,

Now due to be crowned again.

And so, I missed my chance with one of the lords

Of life.

And I have something to expiate;

A pettiness. (CP 351면, 마지막 3연)

　　로렌스는 뱀에게서 '구세주'의 이미지를 본다. 이는 노수부(老水夫)
가 구세주로 온 신천옹(Albatross)을 몰라보고 살해하여 저주를 받아
역경을 초래한다는 콜리지(Samuel Taylor Coleridge)의 「노수부의 노

래」(The Rime of the Ancient Mariner)를 로렌스가 의식하고 있음을 보여준다.[5] 인간들이 무심코 행하는 생명 파괴가 감당할 수 없는 저주와 재앙을 불러올 수 있음을 로렌스는 콜리지의 경고로 대신한다. 「뱀」의 화자는 재생을 상징하는 '생명의 왕'인 뱀을 타성에 젖은 강박관념에 사로잡혀 위해하고자 했던 비열한 짓을 깊이 반성한다. 로렌스는 뱀과 조우하는 전반적인 상황을 설정할 때 의도적으로 에덴동산의 분위기를 연출함으로써,[6] 창세 신화에서 야훼 하느님이 뱀과 인간에게 내린 저주에 동의할 수 없음을 드러낸다. 그는 종교·신화적 터부를 깨고 그리스도교 근본주의에서 벗어나 뱀과의 화해를 시도한다. 그러나 '삶에서 자신의 몫을 최대로 키워가라'고 주입하는 전통적 가르침의 목소리에 굴복하여 화해하는 데 실패한다. 비록 문화적 통념으로부터 자유롭지 못해 뱀을 위협하긴 했지만 곧바로 생명의 왕이라는 뱀의 지위를 깨닫는다. 삶과 죽음의 경계를 허물어 영원한 재생을 가능케 한다는 뱀의 신화적 상징성을 새롭게 부각함으로써 진정한 화해가 이루어질 것임을 암시한다.

동시대 그리스도교인들의 비난을 무릅쓰고 뱀의 상징성을 산문적으로 풀어낸 로렌스의 소설 『날개 돋친 뱀』(The Plumed Serpent)에서, 뱀은 진화하여 새가 된다. 이 새가 신령스런 동물로서 영혼을 지녔으며 이념이 승화된 상징물이라고 말할 정도로 로렌스는 뱀이 지닌 상징성을 중시한다. 로렌스가 생명을 중시하고 생명현상의 근원인 섹스에 종교적인 의미까지 부여하기에, 프로이트적 해석으로 남근의 상징물인 뱀에 집착한다고 말할 수도 있다. 하지만, "만일 그(로렌스)가 지식인들과 프로이트주의자들에게 우호적이지 않았다면, 그 이유는 자발적 도덕성을 강조하는 그가 거의 종교 수준에 달하는 도그마들을 용납할 수 없었기 때문"[7]이었을 것이다. 로렌스는 프로이트가 주창한 리비도

(libido) 개념의 도식적 구도를 인정할 수 없었다.

　로렌스가 삶 자체의 역동성을 생성과 변화로 이해하며, 생명과 삶의 본질을 가장 함축적으로 나타낸 최고의 상징 —— 시간적으로는 과거와 현재 그리고 미래를, 공간적으로는 생물들이 사는 지상의 위·아래를 이어주는 영물—— 으로 뱀을 선택한 이유는 뱀의 재생성에 있다. 그리고 생명력이 완전하게 발현되는 상태란 상호보완적인 요소들이 유기적으로 작용하는 상태[8]로 이해한 로렌스에게 뱀은 생명력 재조직화의 실체로 인식되었다. 주기적으로 허물을 벗어 재생을 반복하는 뱀의 생리적 특성에서 생명과 삶의 이상적 모델을 발견한 로렌스는, 탐욕적 이념들이 낳은 시대적 광기에서 비켜나 지적·종교적으로 경계인이 되었다. 반인본주의(anti-humanism)라는 사상[9]으로 당대의 특권적 소수의 권익을 대변하는 주류에 맞서, 로렌스는 생명공동체에서 인간의 책무를 수행하려는 인본주의를 결코 포기하지 않았다. 그는 인간의 아량과 책임을 바탕으로 한, 생명체들의 본능적 자기 발현의 평등을 구상했다.

　뱀은 인간을 부추겨 낙원에서 추방당하게 함으로써 지상의 인간 역사를 마련했다는 점에서 지극히 로렌스적이었다. 로렌스는 생명현상을 개체 단위로 분리하여 이해하는 시대적 타성에서 벗어나 생명체의 유기적 상호작용을 포착하고 해석하는 안목을 지닌 작가였다. 로렌스는 생명에 대한 심층적 통찰력을 바탕으로 자본주의 체제 하에서 관음증의 대상으로 전락하고 만 성적 행위를, 두 생명체의 관계 발전에서 절정의 국면으로 이해할 수 있었다. 그는 생명체들의 관계를 유기적 작용이 지속되는 하나의 장(field) 혹은 체계(system) 개념으로 인식함으로써, 생명공동체를 운영하는 윤리적 근간을 제시했다.

　성공한 소설가가 자신의 명성에 걸맞은 시인으로 평가받게 되는 경우는 매우 드물다. 그 반대의 경우도 마찬가지다. 한 작가의 문체와 감수성이 산문과 운문이라는 서로 다른 영역에서 모두 잘 발현되기는 어렵다. 이는 장르 자체에 따라 작가의 기량이 달리 드러날 수 있기 때문이다. 하지만 사회적 통념에 근거하여 한 작가의 다방면에 걸친 탁월성이 평가받지 못한다면, 이것은 궁극적으로 인류의 문화적 손실이 아닐 수 없다. 로렌스의 경우에서 우리는 산문과 운문이 유기적으로 상호작용한 성숙한 (시적) 소설뿐만 아니라, 사색이 리듬에 실려 압축되는 시들의 사례를 발견하게 된다. 블랙머(Richard P. Blackmur) 등의 일련의 비평가들은, "문학을 통하여 삶을 탐구하고 삶의 문제에 대한 해소를 시도하는"[10] 문학적 경향을 근거로, 로렌스의 시적 능력을 부정적으로 평가한 적이 있었다. 이는 비평가의 문학적 준거와 시인의 감수성이 접점을 찾지 못한 데 기인한 것이다. 로렌스의 산문이 그렇고 삶 자체가 그렇듯, 시인으로서 로렌스는 마스크를 쓰지 않고 즐겨 작중 화자가 되곤 했다.[11]

로렌스와 동시대에 활동한 작가들 중에는, 자신이 특별한 재능을 지녔으며, 특권을 부여받은 존재라는 의식에 젖어 있는 사람들이 있었다. 작품의 구도를 기하학적으로 구성하고 일상의 삶을 제거해내려고 했던 이 부류에게는, 삶과 예술을 작품에 공존시키려 했던 로렌스의 시도는 경계의 대상이 되었다. 프랑스의 상징주의 시인들이 시도한 인간적 체취의 탈색과 흄의 "반인본주의적 고전주의로의 회귀"를 지향하는 것은 당시의 유행이었다. 이런 경향은 파운드(Ezra Pound)와 엘리엇(T. S. Eliot) 그리고 예이츠(W. B. Yeats)를 거쳐 현대시의 주된 흐름으로 정착되었다. 당시의 대표적인 소설가들은 이런 현대시의 상징 기법을 소설의 창작 기법으로 즐겨 활용하곤 했다.

로렌스의 시는 주류 비평가들로부터 내용과 형식 모두가 비예술적이라는 비판을 받기도 했다. 로렌스의 시들은 주제의 흐름에 너무 집착하

　　작가의 사생활과 경험 등이 허구라는 문학적 장치를 통하여 재현되는 일반적인 문학 장르에서, 작가 자신이 여과되지 않고 생경하게 노출되는 것을 예술 지상주의자들은 기법의 미숙으로 간주한다. 로렌스는 조이스(James Joyce)나 제임스(Henry James) 그리고 그들의 계승자들과는 달리, 소설 미학에 집착하여 언어와 문체에 대한 기교를 실험하는 것, 소설이라는 문학의 구조를 기하학적으로 구성하는 것 등 당대의 유행을 거부했다. 로렌스의 주된 관심사는, 장르에 구애받지 않고 인생의 의미를 탐색하고 새로운 유형의 삶을 구상하는 것이었다. 대부분의 로렌스 소설에는 작가의 사상을 반영하는 주인공들이 등장하여, 인생의 의미, 인간관계의 유형 등 삶 자체의 문제를 탐구하고 작가의 견해를 전달하는 방식으로 이야기를 전개해간다. 『아들과 연인들』(Sons and Lovers)의 폴 모렐(Paul Morel), 『무지개』(The Rainbow)의 우술라(Ursula), 『사랑하는 여인들』(Women in Love)의 버킨(Birkin), 『캥거루』(Kangaroo)의 소머즈(Somers) 등이 작중 화자로서의 로렌스라는 평가가 일반적이다. 로렌스의 또다른 특징 중 하나는 소설과 시를 문체적 측면에서 구분하려는 시도가 뚜렷하지 않다는 점이다. 소설에서 산문의 한계를 뛰어넘는 운문적 언어를 구사하여 시적 분위기를 연출하기도 하고, 시에 사건과 인과적 전개 기법을 도입하여 서사적 운문을 선보이기도 한다. 로렌스의 이러한 문학적 시도가 그에 대한 상반된 평가의 빌미가 되기도 한다. 특별히 시에 나타난 직관적 인식과 살아 있는 리듬으로 표현된 그의 문학정신은, 1921년에 발표된 「뱀」의 문학적 성취로 연결된다. 발표 시기와 관련지어 시라는 장르적 특성이 아니었다면, 이 시가 구현하고자 한 문화비판적 사상은 로렌스를 곤혹스럽게 한 어떤 소설보다도 더 로렌스를 현실적인 곤경에 빠뜨렸을 것이다. 사탄의 상징물이며, 태초의 인류를 타락케 한 뱀을 생물권 차원에서 인류와 동등한 피조물로 인식하고, 편견이 작용하여 인류와 척을 지게 된 뱀을 무한한 외경심을 토대로 재조명해야 한다는 로렌스의 생각이 소설 형식으로 기술되었다면, 반인본주의적 경향이 팽배했던 당대의 시류는 로렌스를 결코 용납하지 않았을 것이다.

여, 시들이 갖춰야 할 기교와 형식에 미달한 것들이 많다는 것이다. 이러한 비판은 로렌스의 다른 장르의 작품에도 해당되었다. 이는 '왕성한 생명력의 발현'에 주목한 로렌스가 동시대의 문학 경향을 받아들일 수 없었던 데서 기인했다. 로렌스가 위선적인 도덕관념에 맞서며 완성했던 작품들은, 타성에 대한 저항이었다.

영미의 어느 시인과 비교하더라도 양적·질적으로 결코 뒤지지 않은 시들을 발표했다고 하는 로렌스에 대한 평가는 리비스(Frank R. Leavis) 이래로 정설로 굳어지고 있다. 로렌스를 비판하는 대부분의 비평가들도 로렌스가 다양한 관심사에 따라 다양한 형식의 글을 썼다는 점만은 인정한다. 그의 문학과 사상에 나타난 탁월한 지혜를 감식하고 공유하는 것은 독자 개인의 몫이다. 로렌스처럼 극단적으로 엇갈리는 평가를 받는 작가를 이해하기 위해서는, 작가와 작품에 대한 기성의 선입견을 버려야 한다. 블랙머가 "예술은 멀고 인생이 너무 가까운" 시들이라고 로렌스를 비판하는 데 빌미가 됐던, 예술에 대한 로렌스의 관점은 "예술은 삶의 비평"이라는 전통적인 관점과 맥이 닿아 있다.[12] 로렌스에게 문학은, '인간이 삶의 원리에 충실한 삶을 영위하기 위해서는 무엇을 하며 어떻게 살아야 하는가?'에 대한 대답을 탐색하는 공간이었다.

1000여편에 이르는 로렌스의 시들은 시집마다 관심사가 대단히 다르다. 시집의 발표순에 따라 시들을 분류한 뒤 관심사와 주제의 변천과정을 추적하여 시인의 전모를 파악하는 일반적인 방법은 로렌스의 경우 남다른 의미를 지닌다. 로렌스는 처음부터 각각의 시집들에 담아야 할 주제들을 미리 정해놓고 시를 썼다는 느낌을 줄 정도로 그의 단계별 관심사들은 현격한 차이를 드러낸다.

핀토(Vivian de S. Pinto)와 하프(G. Harp)를 비롯한 다수의 비평가

들은 로렌스의 시적 상상력의 전개과정을 대체로 다섯 단계로 구분한
다. 첫번째 단계(제1기)엔 『연애 시편과 기타』(*Love Poems and Others*,
1913)로 대표되는 그의 초기시들이 포함된다. 이 시기의 시엔, 체임버
즈(Jessie Chambers)와의 10여년에 걸친 연애와 그에 얽힌 삶이 시적
모티프를 이룬다. 벅찬 가슴에서 분출되는 '삶과 자연에 대한 낭만적
인식'으로 특징지어지는 시집이다. 두번째 유형(제2기)의 시들은 프리
다(Frieda von Richthofen Weekley)[13]라는 독일 여인을 만난 이래로
겪어야만 했던 고통·불안·좌절, 내면의 안식을 얻기까지의 과정들이
기록된 『보라! 드디어 우리 해냈음을』(*Look! We Have Come through!*,
1917)이라는 시집에 수록되어 있다. 시집의 제목에서도 볼 수 있듯, 스
승의 아내였던 여인을 만나 주변 사람들과 빚었던 갈등, 우여곡절 끝에
평정심에 도달하는 여정에 대한 기록이다. 격렬한 사랑과 지독한 증오
로 얼룩진 가슴앓이가 잦아들며 심리적 안정이 찾아든 시기였다. 관계
에 대한 뼈저린 통찰이 있었기에, 모든 요소들이 유기적인 관계를 맺는
우주로 시적 상상력이 확대되었다. 요동치는 생명현상을 정형시의 틀
에 가둘 수 없다고 판단한 로렌스가 자유시를 실험한 것도 바로 이 시
기였다. 파운드(Ezra Pound)로 대표되는 형식미학과 결별하는 시기이
기도 했다. 『새, 짐승, 꽃』(*Birds, Beasts and Flowers*, 1923)에 묶인 세
번째 유형(제3기)의 시들은 생명에 대한 미시적 관찰을 특징으로 한다.
로렌스의 뛰어난 시적 기교뿐만 아니라 원숙한 정신세계를 보여주는
이 시기의 시들은, 관념에서 벗어나 사물에 대한 섬세한 관찰과 심원한
이해를 보여준다. 이전 시기에 보여준 유기체적 자연관이 더욱 발전하
여, 생명현상에 대한 외경심을 갖는 자연주의자로 나아가고 있음이 드
러난다. 사회의 제도와 정치적 상황에 관심을 쏟은 네번째 유형(제4기)
의 시들은 시집 『팬지』(*Pansies*, 1929)에 묶여 있다. 팡세(짧은 생각들)

를 연상시키는 시집의 이름과 같이[14] 이 시집에는 다양한 주제가 뒤섞여 있다. 작품의 완성도에 있어서 많은 편차가 드러나지만 생명, 삶, 사랑이라는 일상적 관심사에서 사회적 차원으로 시적 예지를 확장한 단계였다. 마지막 다섯번째 유형(제5기)의 시들은 사후에 출판된 『마지막 시들』(Last Poems, 1932)에 실린 작품들이다. 로렌스 자신이 폐결핵으로 죽어가고 있다는 사실을 외면하지 않기에, 시적 분위기는 비장미를 자아낸다. 삶에 여한을 남기지 않고 죽음을 향해 담담하게 나아가는 그의 모습에서, 연인 페르세포네를 찾아 하데스의 지하세계로 향하는 오르페우스의 내세관을 엿볼 수 있다.

로렌스의 회고에 의하면 그는 열아홉살 때 처음 시를 발표하였다고 한다. 십대 후반부터 시를 쓰기 시작하여 마흔다섯에 생을 마감하기까지 자연과 인간 그리고 사회에 대한 관심, 여기에 신화와 종교에·대한 관심은 가히 멈출 수 없는 물결이었다. 제1기의 초기 시들에서는 자연과 인간을 포함한 일상적 사물들이 시상에 따라 자유롭게 등장한다. 로렌스로 하여금 일상의 삶을 반추케 하고 타자와의 바람직한 관계를 유지하게끔 영감을 불러일으키는 자연은 목가풍의 향수에 싸인 자연이었다. 생태주의를 구성하는 요소들 중에서 낭만주의적 특성을 소거하려는 평자들은 로렌스의 이러한 자연관을 비판하며 그를 인본주의자로 분류한다. 하지만 로렌스는 자연의 생명체와 사물을 객체인 대상으로 보지 않고, 그들을 통하여 관계적 삶에 더욱 밀착하려고 했다. 시인은 자신과 타인을 이해하고 수용하여 새로운 생명공동체의 밑그림을 그려나갔던 것이다.

로렌스의 시적 상상력은 생명공동체의 윤리를 세우고자 하는 생태주의 철학자들의 사상과 상호보완적 관계를 갖는다. 인간이 생명체라는 점에서 여타의 생물과 유사하지만, 인간은 관계성을 사유할 수 있는 이성적 동물이라고 로렌스는 보았다. 북친(Murray Bookchin)도, 인간은 분석적·도구적 이성의 기능으로 인하여 여타의 생물들과는 다르며, 인간이 본질적으로 이성적 존재라는 사실을 과소평가하지 않아야 한다고 했다. 인간은 약육강식의 먹이사슬에서 벗어나, 생태계의 감식자·조절자로서의 역할을 감당해야 한다는 것이다. 요나스(Hans Jonas)에 의하면, 자식에게 무한책임을 갖듯 인간이 여타의 생물에 대하여 그런 책임을 유지함으로써 생태계는 영속성을 확보할 수 있다고 한다. 북친과 요나스의 인간에 대한 신뢰는, 인간이 생명공동체 건설에서 자신의 책임을 다해야 한다는 로렌스의 신념과 일맥상통한다.

제2기에 로렌스는 타인과 사회와의 관계적 삶을 경험하고 그 속에서 형성된 자의식과 대면하게 되었다. 전통 윤리에서는 일탈행위일 수밖에 없었던 스승의 아내 프리다와 결행한 사랑의 도피행각은 삶에 대한 로렌스의 태도를 치열하게 만든 계기가 되었다. 개인의 감정에 충실한 선택과 이에 따른 책임은 전적으로 자신에게 있음을 절감하게 된 시기였다. 관습적 규범에서 이탈한 탕아에 대한 제재는 가혹했다. 병원균을 대하는 듯한 친지들의 시선은 로렌스와 프리다가 감당하기엔 너무나 혹독했고, 그들이 냉대를 피해 유랑하면서 감내해야 했던 생활고는 끔찍했다. 그들이 기대고 때로 위안을 얻었던 유일한 물적·내면적 토대는 그들의 몸과 생존에 대한 확인에서 오는 생명의 환희였다. 언제나 뜻대로 순탄했던 것만은 아니나, 몸과 마음으로 이어지는 그들의 사랑은 감당하기 어려운 삶의 무게를 덜어주고 미래에 대한 가냘픈 희망이나마 돋게 하는 원천이었다.

몸의 언어로 표현되는 진리만이 가식적인 삶으로부터 인간을 지켜주며, 인류가 궁극적으로 신뢰할 수 있는 안식처는 몸이라고 강조했던 철학자는 바로 니체(F. W. Nietzsche)였다. 들뢰즈(Gilles Deleuze)와 가따리(Félix Guattari)에 의해 강조되었듯, 로렌스는 니체, 밀러(H. Miller) 등과 더불어 양심의 가책이라는 강박적 심리에 내재한 모든 냉소적 수법을 분석하여, 삶을 향유하지 못하고 무기력해진 유럽 문명인의 실상을 고발한다.[15] 그들의 병적 심리상태란 생명과 몸에 대한 증오였기에, 로렌스는 무력감을 세련된 감수성으로 호도하는 허위에 찬 사회 병리현상을 들춰내고 그 환부를 도려내고자 했다. 그 과정에서 유럽 문명의 핵심축인 근대주의적 사상과 그리스도교는 해체를 거쳐 새롭게 구성되어야 할 대상이었다.

제3기에 이르러 로렌스의 생태주의적 안목은 더욱 세련되어졌고 시적 상상력은 원숙미를 보였다. 목가주의에 대한 초기의 우호적인 태도는 자연에 대한 관심으로 승화되었고, 만물에 내재한 유기적 관계를 인식하고 시적으로 구현하는 원동력이 되었다. 낭만주의 시인들이 식물과 동물 그리고 사물을 피상적으로 느꼈던 것과는 달리, 로렌스는 직관적으로 자연물의 실체를 투시하여 본질에 이르고자 했다. 시대적 통념을 거스르는 반그리스도교적 진화론에 근거한 로렌스의 생명과 자연관은 인간에 대한 시야를 확장하게 하는 역할을 했다.

유기체적 자연관은 로렌스의 시를 지탱하는 하나의 핵심축이다. 생명은 본질적으로 자기 조직화를 통하여 신진대사와 생식을 수행하며 후세대와의 연속성을 성취하는 과정에서 진화하게 된다. 이러한 사실은 유기적 상호작용이 개체 단위와 종의 단위에서 공존하면서 생명현상이 이뤄지고 있음을 의미한다. 생물권 존중의 정도를 생물권 평등의 수준에까지 올려, 사회생태학자들로부터 분석적 이해를 포기한 '영성 신비주의자'라는 비판을 받기도 한 카프라(Fritjof Capra)는, 변화의 내용이 전체의 유기적 작용으로 결정된다는 시스템적 사고(systems thinking)를 바탕으로 생명에 대한 새로운 차원의 이해를 가능케 했다

는 평가를 받고 있다.『생명의 그물』(*The Web of Life*)에서 생명공동체
가 하나의 유기체로서 작동하기 때문에, 생태계 내의 각 요소들이 대등
하게 중요한 기능을 발휘하고 있다고 한 카프라의 주장은 로렌스의 생
명사상과 일맥상통한 것이다. 카프라는 인간의 지위를 여타의 생물 수
준으로 깎아내린 것이 아니라, 생물들과의 관계적 중요성을 새로이 규
명했으며, 로렌스가 이런 카프라의 인식을 선취했음을 우리는 간파해
야 한다.[16]

   제4기의 시들은 정치·경제·문화 전반에 대한 로렌스의 시각을 보여
준다. 제1차 세계대전을 치르면서 국가간의 분쟁을 해결하는 최악의
방식을 경험한 터라, 탐욕적 제국주의의 만행들이 새삼스러울 게 없는
상황이었다. 자본주의적 질서에 편입된 무비판적 소비자에 불과한 인
간들은 사용가치에 따라 상품을 구매하는 주체가 되지 못했다. 소비함
으로써 존재한다는 허위의식과 상품이 갖는 교환가치에 의탁해 자신을
표출하고자 하는 심리가 만연함으로써, 인간의 소외는 심화되고 있었
다. 삶과 취미를 동시에 실현하는 방식으로 노동은 수행되지 못했다.
노동이 생계를 해결하는 권태로운 작업의 반복일 뿐이라면, 그런 노동
은 최소화되어야 한다고 로렌스는 주장한다. 새들이 자유로울 수 있는
까닭은, 물욕으로 인하여 좁은 영역에 얽매이고 마는 인간들과는 다르
기 때문이다. 새는 소유의 개념에 묶이지 않고 나고듦이 자유로우며 내
일을 걱정해 비축하지 않는다. 생명공동체의 삶이 상생의 원칙 위에서
타자를 배려하는 방향으로 나아가기 위해서는, 소비 대상과 소비 주체
가 전도되는 아이러니한 현실을 극복해야 한다. 로렌스가 자본주의를
비판하면서 의도한 바는 생명공동체의 각 영역에서 인간의 냄새가 물
씬 풍겨나게 하는 것이었다. 로렌스의 생명공동체 윤리는 공동체 윤리
와 경제활동의 바람직한 상을 정립하고자 한 윤리·철학자들의 실천적

이론과 일맥상통한다. 인간을 치장하는 요소들을 벗겨내고 생명에 충
실한 본연의 인간에 주목한 까닭은 인간의 존엄성을 회복하자는 의도
가 있었기 때문이다.

부버(Martin Buber)는 대상에 대한 이해를 심화시키는 '나—그것'
의 관계와 타자와의 전면적인 만남을 이룩할 수 있는 '나—너'의 관계
를 적절히 조화시킴으로써 공동체를 더욱 활기차게 만들 수 있다고 했
다.[17] 레비나스(E. Levinas)는 대등한 관계보다도 타인을 더 긍휼히 여
기고 모시는 관계를 정립할 것을 제안했다. 단편적이고 이기적인 관계
를 극복한 인간들은 생명 자체의 질서를 깨닫게 된다. 이러한 깨달음의
내용을 하나의 가치관으로 정립하여, 절제된 삶을 주장하는 사람이 슈
마허(E. F. Schumacher)이다. 여타의 생명체들에 대한 관계와 절제된
삶의 양식에 대한 로렌스의 신념은 레비나스와 슈마허의 주장과 궤를
같이한다.

제5기의 시가 묶인 로렌스의 마지막 시집은 그의 사후에 출간되었
다. 로렌스는 지병인 폐결핵의 악화로 생명이 서서히 잠식되는 상황 속
에서 절대자와 죽음에 대한 특유의 사색을 전개해나갔다. 우주와 인류
의 근원에 대한 해석으로서의 신화와, 사회공동체 윤리로서 삶을 해명
하는 종교에 대한 로렌스의 태도는 유사하다. 삶과 죽음의 관계를, 페
르세포네가 대지의 여신 데메테르(Demeter)를 방문하는 시기와 하데
스의 지하세계를 주기적으로 찾아 머무르는 시기로 이해한 로렌스는,
'죽음의 배'를 타고 떠나는 지하세계로의 여행이 휴식과 삶을 위한 재
충전의 계기가 되기 위해서는 이승에서 준비를 철저히 해야 한다고 말
한다. 로렌스는 죽음의 세계란 삶을 재료로 꾸는 꿈이라고 생각했다.
이승에서 향유하는 절제된 삶의 내용이 바로 사후세계이며, 사후세계
에 대한 준비과정이 현생의 삶이라 할 정도로, 로렌스의 삶과 죽음에

대한 이해는 유기적이었다. 로렌스는 그리스도교의 틀 내에서 종교 전반을 조망하기 때문에 불가피하게 서구 중심적이긴 하나, 신인(神人, godman) 예수의 인간적인 면모를 중시한 점, 인간이 초극되는 상태를 신격인 예수로 인식하는 발상은 해탈의 종교인 불교적 교의와 유사하다. 로렌스의 유연한 종교적 태도는 조화를 근간으로 삼아야 할 생명공동체의 윤리적 토대가 될 수 있다.

레비-스트로스(Claude Lévi-Strauss)에 따르면, 신화적 사고와 과학 사이에 존재하는 실질적인 분리는 17~18세기에 일어났다고 한다. 그 당시의 베이컨, 데카르트, 뉴턴과 같은 과학자들과 계몽주의자들은 신화와 우화의 부조리한 세계로부터 이성을 해방하는 것이야말로 자신의 임무로 여겼다.[18] 신화에 대한 그들의 시각은 신화를 인류 문화에 대한 상징적 기술로 읽지 못한 결과이다. 신화를 이해하는 방법들 중의 하나는 기원전 3세기경의 에우에메로스(Euemeros)가 주장한 이른바 에우에메리즘이다. 에우에메리즘은 신화 실재설로서 신화란 역사적 사실을 변조한 각색된 역사라는 것이다. 이러한 신화론에 입각해 있는 헨리에타 맥컬(Henrietta McCall)은, "메소포타미아 신화들의 기원은 아마도 기원전 4천년에서 3천년 사이에 도시국가들이 건립되던 시대로 추정해볼 수 있다. 신화 속 신들의 모습은 실재했던 왕들의 모습에서 비롯되었으며, 특정한 신들의 명성은 성소 주위의 주민들에게 왕에 대한 충성을 강화하기 위하여 특별히 고취되었다"고 한다.[19] 엘리아데(Mircea Eliade)는 신화를 시공을 초월한 '대표적 역사'로 재평가하면서, 신화를 통해 인간은 영원한 현재 그리고 성스러운 시간과 기원 속으로 재통합된다고 말한다.[20]

철학과 윤리가 하나로 녹아 있는 신화에서 지혜를 구하는 것은 인류의 과거와 미래를 풍요롭게 하는 일이다. 로렌스는 신화란 모호하고 미신적이라는 근대 계몽주의자들의 생각에 동의하지 않았다. 로렌스가 인류의 문화적 유산에 접근해 묻혀진 생명의 숨결을 되살려낸 것은 그가 삶에 대한 외경심으로 충만했기 때문이다. 개인의 유한한 시간 안에서 무한성의 차원, 즉 생명의 대물림을 통한 인류의 지속에 열정적 관심을 표명한 작가가 로렌스였다. 로렌스는 남녀관계를 대체로 생명의 자기 조직화 과정으로 이해했다. 생명과정을 생생하게 전달하는 것이 사회적 위선과 시대적 허위를 혁파하는 실천이라고 여겼던 로렌스를 감정적 편향에 따라 단죄하던 경향이 난무하던 시절에 리비스(F. R. Leavis)는, 새로운 전망을 실현하고자 사회적 통념에 저항한 작가로 로렌스를 재조명했다.

우리는 들뢰즈와 가따리 그리고 골딩(Alan Golding)의 평가에서 다시 한번 로렌스의 진보성을 확인할 수 있다. 인간의 삶에 사물이 미치는 영향을 가늠하려는 작업이 미미하던 시대에, 생명 중심의 삶을 생명공동체라는 틀로 파악하려 했던 로렌스의 방식이 낯설었던 것은 분명했다. 하지만 생태학적 예지자로서 그의 작품은 모든 구성요소들이 공동체의 삶에 일정하게 기여한다는 사실을 상기시켰다. 이는 일상의 작은 것들이 갖는 소중한 의미를 깨닫게 했다. 생명력을 북돋아 활기가 넘치는 삶이 구현되는 세계, 이른바 생명공동체를 실현하는 도상에서 그가 터부시해야 할 대상은 없었다. 금단의 영역을 인정할 수 없었기에 그의 작품은 외설이라는 평가와 추문으로 검열과 판금에 시달려야 했다. 지금도 평가의 기준에 따라 로렌스의 문학작품들이 입방아에 오르내리는 까닭은, 섹스를 이해하는 그의 시각에 기인한다.

로렌스가 활동하던 시기에 로렌스에게 외설의 굴레를 씌워 매도했던 이른바 문학 주류로서의 '고전주의자들'도 작품의 소재로 섹스를 종종 다루었다.[21] 그들은 어떤 점에서 로렌스보다 더 상업적으로 섹스를 이용했다는 평가를 받기도 한다. 로렌스가 그들과 다른 점은 성행위를 음습한 곳의 비밀이나 관음증의 대상으로 삼지 않았다는 사실이다. 로렌스를 비난하는 자들은 몸과 마음이 상호 작용하여 생명현상이 펼쳐진다는 상식을 인정하려 들지 않았다. 생성하고 변화하는 지상의 삶에서 인간적 향취를 제거하고, 형이상학적 체계와 가부장적 신(神)의 질서로 삶을 추상화하려 했다. 로렌스를 일컬어 "휴머니즘과 로맨틱한 감상에 젖은 낭만주의자"로 비난했던 엘리엇 부류의 고전주의자들은, 성적 관심을 '불결하고 사소한 비밀'(dirty little secret)로 간주했다. 로렌스가 성적 본능의 발현을 건강한 생명현상으로 이해했다는 말은, 리비도(libido)의 활동으로 생명현상을 해석하는 프로이트의 정신분석학에 동의했음을 뜻하지는 않는다. 로렌스와 정신분석 사이의 관계에 대한 들뢰즈와 가따리의 다음과 같은 말은 리비스의 로렌스 이해와 맥을 같이한다.

적어도 로렌스가 정신분석의 성과에 주저했던 까닭은 성욕의 실상을 발견한 것에 대한 두려움에 기인한 것은 아니다. 오히려 그는 정신분석이 부르주아적 동기로 채색된 기괴한 상자에 성욕을 가두고 있다는 순전히 본능적인 인상을 가졌다. 성욕을 매우 역겨운 삼각형에 가두는 것은, 다른 노선을 따라 역할을 수행하는 욕망 생산으로서의 온전한 성욕을 질식시키는 것이다. 질식된 성욕은 '불결하고 사소한 비밀', 불결하고 사소한 가족의 비밀, 자연과 생산의 위대한 공장이 아닌 사적인 극장을 만들어낸다. 로렌스는 성욕이란 그것보다 훨씬 강력한 힘 혹은 잠재력을 지녔다고 생각했다.[22]

로렌스의 의도는 프로이트와 정신분석에 대항한 싸움을 전개하려는 것이 아니었다. 생명을 잉태하는 성욕의 자연스런 발산을 억압하는 것이나, 음습한 유희로 치부해 상업적으로 밀매하는 것 모두 용인할 수 없었을 뿐이었다. 로렌스가 보기에 프로이트는 성욕을 오이디푸스 콤플렉스라는 정신분석학적 육아실에 가두고 그것을 현학적으로 재단하는 기계론자와 다르지 않았다. 로렌스에게 프로이트의 오이디푸스는 하나의 관념, 즉 자본주의가 파놓은 함정에 빠진 사람들을 지배하는 관념일 뿐이었다.[23] 로렌스는 신의 어깨 너머에서 성욕을 희롱하는 고전주의자들의 위선과 정신분석이라는 수술대 위에서 성욕을 난도질하는 프로이트 학파의 만용 모두를 거부했다.

전통과 권위를 강조하고 자본주의에 기생하면서 그들만의 은어로 섹스를 상품화하는 주류 문학에 로렌스는 저항했다. 남녀 양성의 생명력의 표출인 성욕이 창발적(emergent)으로 결실을 맺는 섹스는 일상적 관계일 뿐만 아니라, 생명을 확장해간다는 의미에서 소중하고 성스런 관계였다.[24] 이런 까닭에 성적 결합을 억압하는 가치 체계와 제도를 로렌스는 죄악시했던 것이다. 개별 주체성이 서로를 보완하고 타자와 더불어 삶을 향유하면서 후세대를 충원하는 관계야말로, 레비나스의 타자 개념에 부합하는 일례라 하겠다.

리비스 이래로 로렌스의 생명사상에 주목하는 비평가들은, 로렌스의 소설들은 왕성한 생명력이 개인과 사회를 구원할 수 있다는 메시지를 담고 있다고 말해왔다. 소설에 나타난 로렌스의 이런 메시지는 공동체의 윤리적 토대를 구축하는 데 타산지석이 될 수 있다. 하지만 로렌스의 생명 예찬이 주관적 생기론으로 이해되는 지점에서 우리는 진일보해야 한다. 생태주의를 통해 로렌스의 시를 고찰하는 까닭도 여기에 있다.

1990년 출간된 로렌스에 대한 비판적 인식을 담은 『D. H. 로렌스의 도전』(*The Challenge of D. H. Lawrence*)의 「서문」에서 편집자인 스콰이어즈(Michael Squires)와 쿠시먼(Keith Cushman)은 "로렌스의 다양한 작품들은 우리 시대를 곤경에 처하게 한 중요한 문제 대부분을 망라해 탐색하고 있다"고 말한다. 그리고 로렌스의 작품들이 이 시대를 사는 우리들에게 "우리가 속한 어둡고 신비한 우주의 일원이 된다는 사실이 무엇을 의미하는가?"에 대해 사유케 하고, "현대 사회와 공동체에 대한 의문"을 갖게 한다고 한다. 아울러 '자유와 통제' '성과 인간의 정체성' '사랑과 권력' '언어와 진리'에 대한 의문을 로렌스는 지속적으로 제기해왔다고 한다.[25]

스콰이어즈와 쿠시먼이 로렌스 문학의 주요 관심사를 이렇게 정리한 것에는, 이 시기의 로렌스 연구경향과 무관하지 않다. 국내의 로렌스에 대한 연구성과를 1980년대 중반까지 정리한 김정매의『한국에서의 로렌스 수용』을 보면 연구의 특성이 유사하게 나타남을 알 수 있다. 1930년부터 1987년까지의 서지학적 연구를 통해 로렌스 연구동향을 빈번한 주제 순으로 보면 "자아와 자아주의, 이원론 혹은 양면성, 성장과 성격형성, 생명력과 생명주의, 성과 성이론, 여성상과 여성의식, 프로이트 심리학, 이미지 패턴, 산업 혹은 반산업주의, 종교성" 등이다.[26]

문학생태학적 비평의 시각으로 로렌스를 조망한 단행본 분량의 연구물은 1990년대 중반에 이르러서야 가능했다. 1996년 라차펠(Dolores LaChapelle)의『D. H. 로렌스: 원시적 미래』를 평하면서 라이언(Thomas J. Lyon)은, 로렌스나 라차펠이 자신의 문학적 토대로 삼고자 했던 바는, "우리 인류와 살아 있는 실제 세계의 지속성이라는 천부적 권리"를 공유하는 것이라고 했다.[27] 라차펠은 로렌스의 산문을 연구대상으로 하여 일반적 자연, 숲, 영혼을 울리는 공간, 유기적으로 작용하는 남녀의 상호보완적 이원성, 관계적 삶 등을 체계적으로 재구성함으로써 기존의 연구를 발전적으로 집대성했다는 평가를 받고 있다.

조화로운 생명공동체를 건설해야 할 우리는, 이론의 늪에 빠질 수 있는 과학지상주의의 생태학을 경계해야 한다. 마찬가지로 내적 감흥에 그치는 과도한 문학적 환상도 우리의 현실감을 마비시킬 수 있음을 알아야 한다. 바람직한 문학생태학이란, 생태학적 이론과 현실 인식이 문학작품으로 구현되어 실천적 지혜를 제공하는 것이다.

시를 통해서 거둔 로렌스의 문학적 성과는 양과 질 그 어느 쪽에서도 소설에 뒤지지 않았다. 우리는 로렌스의 시가 구상하는 삶과 공동체의 운영원리가 실제의 삶과 (바흐친의 개념으로) 대화적 관계에 있음을 알 수 있다. 로렌스의 시전집을 엮어낸 핀토는 로렌스의 시는 그의 인생편력과 궤를 같이하여 전개된다고 했다. 자연과 더불어 산 삶, 대인관계의 시련을 극복하고 이룬 사랑, 삶에 영향을 끼치는 모든 요소들과의 유기적 상호작용, 인간의 삶을 초라하게 하는 물질적 욕망과 그 근원으로서의 자본주의, 인간의 주체적 의지를 약화시키는 종교(그리스도교) 등을 주제로 로렌스는 시적 상상력을 펼쳤던 것이다. 이러한 주제들은 생태학을 구성하는 핵심적 내용들이다. 로렌스의 시가 그의 소설보다 생태학적 전망에 기여할 수 있는 요소들이 더 많이 내포돼 있다고 주장하는 근거도 여기에 있다.

생태계 위기를 극복하고 새로운 생명공동체를 모색하기 위하여 두 가지 전략을 병행해야 한다. 생태계 파괴에 의한 위협이 심각한 지역에서의 효과적인 대책은 강제성을 띨 수밖에 없다. 다른 한편으로는 생태계에 대한 과학적 이해와 생태학적 감수성을 키워 생태학적 원리가 우리 시대의 가치관으로 뿌리내리게 하는 것이다. 문학이나 윤리적 담론이 추구하는 생명공동체는 일종의 유토피아다. 하지만 생명공동체는 자신의 가치관을 전환한 대중의 결단에 의해서 구축될 수 있는 것이다.

　　생태주의를 문학비평 영역에 도입한 역사는 일천할 뿐만 아니라, 로렌스가 생태학적 연구주제로 부각되는 전례는 이 글에서 언급하는 정도를 크게 벗어나지 않는다. 1974년 조셉 미커(Joseph Meeker)의 생태주의 문학비평서 『생존의 희극』(*The Comedy of Survival*)이 발간되고, 1980년대는 문학비평 논문들만이 문학생태학적 관심을 유지해왔다는 것이, 토니 핑크니(Tony Pinkney)가 「낭만주의 생태학」(Romantic Ecology)에서 개관한 문학생태학적 비평의 초기 이력이다. 미국의 문학비평에서 본다면, 유럽에서 지속적으로 유입된 문학이론들과 자체의 신역사주의로 관심이 분산되었던 1980년대를 거쳐 1991년 조너선 베이트(Jonathan Bate)가 발표한 『낭만주의 생태학』은 문학생태학의 범위와 비평적 관심사를 재정립하는 계기가 되었다. 베이트는, 자연을 노래하고 그 시적 여운을 통하여 사람들이 자연과 새로운 관계를 맺도록 유도하는 낭만주의 시대 시인들의 시적 열망이 오늘날 생태주의와 유사하다는 점에서 낭만주의 시인들을 선구적이었다고 평가한다. 이런 까닭에 현대의 생태학이 표방하는 생태주의는 낭만주의의 자연관을 계승하고 발전시킨 관계에 있다는 것이 베이트의 평이다.[28]

제2장

인간: 생명공동체에 대한 책임의 주체

산업 발전이 자체의 성장 메커니즘에 빠지게 되면서 생태계 파괴는 이미 예견된 재앙이었다. 거대 기업들이 전 지구를 생산과 소비의 각축장으로 전락시키기 이전, 인간의 파괴력은 제한적이었다. 자연의 왕성한 복원력에 비해 인간의 훼손은 국부적이었고 일시적이었던 것이다. 모래 위의 숱한 발자국들을 파도가 씻어내듯, 인간이 지구에 낸 생채기들은 시간이 지나면 아물었다. 아무리 땅을 갈아엎더라도 땅은 늙을 줄 몰랐고, 바닷속을 헤집어 숨겨진 보물을 아무리 캐내더라도 바다의 재생능력은 소진되지 않았다.

지구가 자정능력을 상실한 이 시대에는 땅 위에다 굴뚝을 하나 세울 때도, 바다 밑을 파서 폐기물을 묻을 때도, 그 행위가 자연에 끼칠 폐해를 따져야만 한다. 요나스(Hans Jonas)는 『책임의 원칙』(*The Imperative of Responsibility*)에서 서구의 근대적 기획이 생태계 위기에 끼친 영향을 이렇게 언급하고 있다.

우리는 '베이컨적 기획'(Baconian program)이라고 부르는 것, 즉 지식을 활용하여 자연을 지배한다는 목표에 따라 인간이 자연을 약탈하는 것에 죄의식을 느낄 수 없었다. 이러한 기획은 자본주의의 이익추구 경향과 결합되면서 합리성이나 정당성을 고려할 겨를이 없었다.[1]

고도로 문명화된 삶에 수반되는 문제를 다시 과학기술을 활용해 해소할 수 있다는 주장도 있을 수 있다. 그러나 베이컨적 기획은 필연적으로 무한한 생산과 소비를 촉진시킬 것이고, 이는 인간을 소비의 메커니즘에 끌어들여 자본의 논리에 속수무책인 노예로 전락시키고 말 것이다.

자연이 과거와는 달리 인간에게 우호적일 수 없게 되었고, 자칫하면 인간 생명의 토대마저 위태롭게 할 수 있다는 점에서 우리는 획기적인 선택을 강요받고 있다. 쿤(Thomas S. Kuhn)의 용어로서 집단적 인식 체계를 의미하는 패러다임(paradigm)을 바꾸는 혁명적 변화만이 효력을 갖는 상황에 우리는 직면한 것이다. 쿤은 이렇게 말한다.

일반적으로 가치들은, 하나의 상징적 개념이나 모델에서보다는 다른 공동체들 사이에서 훨씬 광범위하게 공유된다. 또한 가치들은 대체로 자연과학자들에게 공동체 의식을 심어주는 데 중대한 역할을 한다. 가치들(과학적 패러다임)이 모든 시기에 작용하고 있지만, 한 공동체의 구성원들이 위기를 인식해야 할 때, 혹은 특정한 분야에서 공존할 수 없는 방식들 사이에서 어느 것을 선택해야 할 때, 그것들의 특별한 중요성이 드러난다.[2]

현재와 과거를 해석하는 관점이자 미래를 구상하는 원칙인 인식체계 혹은 가치체계(패러다임)를 인위적으로 바꾸기는 불가능하다. 역사의 추이를 파악한 구성원들이 변화양상에서 위기를 느낄 때만 패러다임의 전환은 가능하다. 패러다임의 전환이 전제해야 할 원칙 가운데 하나는, 인간의 삶에 규범적 모형을 설정하여 고착시키려 해서는 안된다는 점이다. 요나스에 의하면, 우리가 이 시대의 가치체계에 전제해야 할 요소는 "비존재(죽음)에 대한 거부, 특히 인간의 비존재에 대한 거부"이며, "생존을 위협받는 미래의 인류가 불가피하게 수용해야 할 윤리는 인류 파멸의 불씨를 제거하며 존재를 철저히 긍정하는 생태계 친화적 사상을 집단적 행위로 전환시키는 것"이라고 한다.[3] 미래의 인류가 우리의 행위 여하에 따라 삶의 질은 물론 생존까지도 위협받을 수 있는 상황에서, 미래 세대에 대한 책무를 다할 때, 생태계 친화적 삶을 근간으로 하는 윤리공동체의 구성원들이 상호견제를 통한 건강한 감시망을 유지할 때야말로, 칸트(Immanuel Kant)의 말처럼 근본악에서 발호한 "윤리적 자연상태"[4]에서 벗어날 수 있을 것이다.

피터(Chris Fitter)는 인간의 의식이 개입되지 않은 순수한 물질로서의 자연을 상정할 수 없다고 한다.[5] 또한 윙크(Martin Warnke)는 자연에 대한 샤머니즘적 인식에서 자연을 분석적 이성의 대상으로 정립한 과정이 결코 짧지 않다고 한다. 자연은 원천적으로 인간의 의식과 불가분의 관계를 맺는다는 것이다. 인간의 의식에 존재하는 자연과 물리적 자연의 경계를 우리는 확정할 수 없다. 인간의 생득적 본성인 '생에의 의지(혹은 힘에의 의지)'가 욕망의 형태로 구현된 양상이 세계요 자연인 것이다.

로렌스는 『연애 시편과 기타』(*Love Poems and Others*, 1913)로 대표되는 초기시에서 전통적인 정형화된 율조(trochaic pattern)로 어린 시절부터 익숙한 자연을 노래한다. 연애 감정이 담겨 있어 다정한 눈빛으로 사물들을 바라본다. 앞에서 감상한 「무성한 초원」은 이 시기의 로렌스를 그대로 드러낸다.

남편을 존중하고 신뢰할 수 없었던 어머니로부터 일반적인 자식 이상의 대접을 받았던 로렌스는, 어머니가 사망한 이후 정서적 격변을 겪으며 시를 창작하게 된다. 로렌스는 어머니이자 '신부'인 복합적 타자가 사라진 이후 여성에 대한 시각이 변해감을 느낀다. 「신부」(The Bride)를 보자

오늘밤 내 님은 소녀 같다.
    그러나 그녀는 이미 늙었지.
베개에 헝클어진 머리카락은
    금빛이 아니고,
섬뜩한 냉기로 엇꼬인
    섬세한 은빛.

    (…)

아니, 내 님은 신부마냥 잠을 자며
    완전한 것들을 추구하는 꿈을 꾼다.
드디어 내 님은 꿈꾸는 모습으로 누워
    그녀의 싸늘한 입술은 노래한다.
맑은 저녁나절에 지빠귀의 입 모양을 하고.

My love looks like a girl to-night,

But she is old.

The plaits that lie along her pillow

Are not gold,

But threaded with filigree silver,

And uncanny cold.

(…)

Nay, but she sleeps like a bride, and dreams her dream

Of perfect things.

She lies at last, the darling, in the shape of her dream;

And her dead mouth sings

By its shape, like thrushes in clear evenings. (CP 101면, 총 3연 중 1, 3연)

이 시는 돌아가신 어머니의 주검 앞에서 어머니와의 특별한 관계를 고해하듯 담담하게 회고하고 있다. 물에 빠져 죽은 오필리아의 시신을 보면서, 오욕에 찬 세상을 떠난 것에 대해 오히려 마음의 위안을 느끼는 햄릿이 이러했을까? 정략적 관계로 맺어져 내막도 모른 채, 들꽃을 머리에 꽂고 썩은 영혼들을 대신해 속죄의 세례를 받듯 물에 빠져 죽은 오필리아의 이미지가 어머니의 임종과 겹쳐진다. 육친과 이별했거나 애인과 사별한 사람이 마음의 동요를 그다지 느끼지 않는 까닭은, 죽음에 대한 관념이 절망적이지 않기 때문이다. 만남이 지속될수록 올가미와도 같은 관계의 사슬이 서로를 옥죄는 경우가 있다. 계략의 전모가 드러날수록, 노회한 정객은 딸의 애인(햄릿)이 파멸되기를 바랄 것이고, 햄릿은 부서지는 오필리아의 무구한 영혼에 비통함을 금할 수 없었을 것이다. 마찬가지로 로렌스는 병마와 싸우며 죽어가는 어머니를 보면서 이승의 윤리로는 결코 해소할 수 없는 영혼의 갈증에 삶이 잠식되어감을 통감했을 것이다. 햄릿이나 로렌스 모두 차라리 죽음이 그들 사이에 꼬인 운명의 실타래를 풀어주기를 바란 것이 아닐까? 나이 스물다섯까지 이어진 어머니와의 '신화적 관계'는, 왕성한 사랑을 꿈꾸던 로렌스에게 무거운 마음의 짐이었을 것이다. 이런 까닭에 어머니의 죽음은 로렌스가 신화적인 삶에서 현실로 복귀하여 새로운 삶을 영위케 하는 전환점이 되었다.

신화에서 어머니이자 연인이 되는 관계는 근원적인 관계들 중의 하나이다. 그리스의 우주창조 신화에서 우라노스(Uranos)는 가이아(Gaia)에게서 분리되어 나온 아들이면서 동시에 남편이다. 이집트 신화에서 오시리스(Osiris)를 부활케 하는 이시스(Isis)는 그의 누이이자 아내가 된다. 가나안 신화에서 바알(Baal)은 어머니 아셰라(Ashera)와 누이인 아나트(Anat)와 이중의 관계를 맺는다. 『예수에 관한 미스테리』(The Jesus Mysteries)에서 저자 프레케(T. Freke)와 갠디(P. Gandy)는 예수와 그의 어머니 마리아와의 관계를 이러한 신화의 틀로 해석하고 있다. 로렌스에게 이러한 신화적인 구도가 자리잡고 있음을 유추할 수 있는 편지의 한 대목을 보자. "제 마음은 수만 갈래로 찢어졌지만 오시리스나 이시스처럼 떨어져나간 조각들을 다시 모을 수는 없습니다. 플로리다에서 저는 종려나무를 삼킬 것이며, 그 씨앗이 저를 위하여 새로운 심장을 돋게 할 것인지 지켜볼 것입니다."[6]

어머니의 죽음을 접한 로렌스는 오랜 내적 갈등에서 벗어나 차라리 평온을 되찾았을 것으로 판단된다. 1875년 존 아서 로렌스(John Arthur Lawrence)와 결혼한 로렌스의 어머니 리디아 비어졸(Lydia

Beardsall)은, 전직 교사라는 자신의 경력과 청교도적인 가치관으로 인하여 광부의 일상적인 생활습관에 젖어 있는 남편을 도저히 존중할 수 없었다. 그녀는 자식들 앞에서 남편에 대해 노골적인 적의와 경멸의 태도를 보였으며, 아이들이 아버지와 어울려 노는 것을 원치 않았고, 아이들에게서 아버지의 흔적을 지우려고 했다. 둘째아들 어니스트(Ernest)에게 온갖 기대를 걸고 사랑을 쏟았지만 어린 나이에 세상을 떠나자, 그녀의 자식에 대한 과도한 열정은 데이비드에게로 집중되었다. 로렌스는 어머니의 기대를 저버릴 수 없는 아들로서 위축된 삶을 살 수밖에 없었다. 어머니의 죽음은 이러한 온갖 꼬인 관계로부터 로렌스를 풀어주는 계기가 되었다.

임종의 순간에 죽은 어머니의 입에서 개똥지빠귀의 노랫소리가 흘러나온다는 시의 구절에서 알 수 있듯, 로렌스는 죽음을 개인의 완전한 파멸로 인정하지 않았다. 오히려 이승의 온갖 제약된 삶에서 해방되어 완전한 것들로 채워진 궁극적인 삶을 누리게 되는 계기로 이해했다. 죽음이란 산 자에게 자신의 삶을 반추하게 하고 여생을 더욱 소중하게 여기도록 한다. 개인이 직접적으로는 자식에게 삶의 연속성을 이어주고, 간접적으로는 후세대의 마음에 생존의 흔적을 남긴다는 것이 로렌스의 생사관이었다. 로렌스는 죽는 순간까지 죽음은 몸이 깨어나지 않는 잠일 뿐이라는 생각을 간직했다.

삶이란 재생의 과정을 거쳐 지속된다는 로렌스의 신념은, 죽음이 의미하는 무상성을 관념적으로 초극하려는 자기 최면이 아니었다. 죽음이란 생명활동이 진행되는 과정 중에 나타난 하나의 국면일 뿐이었다. 로렌스처럼 삶과 죽음이 유기적으로 작용하여 서로를 보완한다고 보는 시각이야말로 생태학적 사고의 원천이다. 주검은 인간의 입장에서 삶의 잔해일 테지만, 분해자들에게는 삶의 양식이자 생명의 고리이다.

죽음을 거부하며 동시에 죽음으로 향하는 일상의 삶에서 자식과 부모는 서로에게 연민의 대상이 된다. 부모에게 자식은 개인과 종족의 연속성을 실현하려는 의지의 산물이자 생명활동의 한 매듭이다. 부모에게 자식은 양육의 짐을 부과하는 단순한 타자가 아니라 자신의 생존의 의미를 부여하며 자신의 삶을 풍요롭게 하는, 자타의 경계가 분명치 않은 타자이다. 부모가 자식을 바라보는 눈과 책임의식은 가장 승화된 시선이요 의지인 것이다. 우리는 시혜를 베푸는 인간적 오만이 아닌, 부모의 위치에서 자식을 바라보듯 새롭게 자연을 바라봐야 한다.

부모의 마음으로 여타의 생물과 자연을 대함으로써, 우리는 생태계를 구성하는 모든 요소들의 자기 발현에 깊이 감동하는 심성을 가꿀 수 있다. 그리고 무수한 타자의 생존이 자기 생존의 원천임을 몸으로 느끼고, 각성한 바를 몸으로 실천함으로써 새로운 윤리적 공동체를 건설해 갈 수 있다. 레비나스는 타자에 대한 연민의 시선만이 공동체의 평화 공존을 담보할 수 있다고 했고, 연민의 대상으로 아가들을 모셔야 한다고 했다. 생태계 위기 시대에 처한 오늘날 우리는 마땅히 우리가 보살펴야 할 아가의 자리에 자연을 놓아야 한다. 로렌스의 「맨발로 뛰노는 아가」(Baby Running Barefoot)에서 자신의 책무를 자각한 사람들이 갖는 자연을 향한 사랑을 확인하자.

> 아가의 뽀얀 발이 풀밭 위를 뛰며 가로지를 때
> 그들은 바람에 나부끼는 하얀 꽃들마냥 팔랑댄다.
> 물풀이 얇게 깔린 수면 위를 스쳐가는 바람결처럼
> 아가의 발들은 멈추었다 또 내달린다.
>
> 하얀 발로 풀밭에서 뛰노는 모습은

로빈의 노래가 생기에 차듯 경쾌하다.
혹은 유리잔에 앉았다 날아가며 부드럽게 날갯짓하는
나비 두 마리인 듯.

내 소망하노니, 연못 위를 스쳐가는 가벼운
바람결처럼, 아가 여기 내게로 달려오기를! 그리하여
그 앙증맞은 두 발이 내 무릎 위에 서고
나는 각각의 손으로 두 발의 온기를 느껴봤으면!

해뜰녘 오렌지나무의 새싹마냥 청초하고
어린 작약꽃처럼 선명한 비단결 같은 아가의 발을.

When the white feet of the baby beat across the grass

The little white feet nod like white flowers in a wind,

They poise and run like puffs of wind that pass

Over water where the weeds are thinned.

And the sight of their white playing in the grass

Is winsome as a robin's song, so fluttering;

Or like two butterflies that settle on a grass

Cup for a moment, soft little wing-beats uttering.

And I wish that the baby would tack across here to me

Like a wind-shadow running on a pond, so she could stand

With two little bare white feet upon my knee

And I could feel her feet in either hand

Cool as syringa buds in morning hours,
Or firm and silken as young peony flowers. (CP 64면, 전문)

대부분의 평자들은 이 시를 경쾌한 운율과 선명한 이미지가 성공적
으로 부각된 작품으로 평가한다.[7] 사랑 가득한 눈빛으로 마음에 품은
아가는 나의 맥박이 뛰듯, 잔디밭에서 아장거린다. 바람에 꽃봉오리가
간들거리듯 아가의 뽀얀 두 발이 바람결 같기도 하고 바람에 하늘대는
꽃들의 몸짓 같기도 하다. 나풀거리는 두 마리 나비의 날갯짓으로 날아
와, 내 무릎을 밟고 손바닥 위에 올라서서 작약꽃으로 피어난 아이는
풀밭을 휘감아 도는 바람이고 나비다. 나무를 바라보고 바다를 바라보
는 사람의 눈이 온통 파란 옥구슬이 되듯이, 풀밭에서 나비와 바람과
어울려 노는 아가를 바라보는 시인의 눈은 어느새 낙원의 거울이 된다.
인류가 지상에서의 삶을 시작한 이래로 모성을 자극하여 책임과 의무
의 정서를 불러일으키는 아가는 어른들의 심신을 정화시키고, 잃어버린
고향에 대한 향수를 불러일으킨다는 점에서 '어른들의 아버지'이기도
하다. 아이들의 놀이에 빨려들어간 어른들의 마음은 단아해진다. 동심
으로 정화된 어른을 통해 인류는 미래를 낙관할 수 있게 되고, 변화를
추진할 수 있는 새로운 힘을 얻는다. 허장성세에서 벗어나 아이들의 놀
이공간을 보존하겠다는 마음을 간직하게 되는 것이다.

부모가 자식에 대하여 책임과 의무를 느끼도록 하는 내면의 소리는
결코 부모를 억압하는 기제가 아니다. 오히려 정신적으로 고립될 수 있
는 개인을 깨우고 공동체에 참여하도록 하며 자기를 실현할 수 있는 기
회를 부여하는 기폭제다. 로렌스가 아가의 순수와 활력에서 영감을 받

아 단숨에 생태마을(ecotopia)의 정경을 그려내는 것도 그런 까닭이다. 생태계 질서에 토대를 둔 새로운 공동체의 성공을 기대할 수 있는 까닭은, 자식에 대한 부모의 무한한 책임에 인간은 본능적으로 민감하기 때문이고, 또 스스로 선택한 자기규제의 책무에 헌신하려는 책임의식이 인간에게는 보편적으로 나타나기 때문이다.

요나스가 제안하는 책임의 원칙은, 기술을 죄악시하는 생태학적 자연주의(ecological naturalism)에 빠지지 않으며, 생태계 위기를 기술적 문제로만 파악하는 개량주의적 한계에서도 벗어나 문제 해결의 길을 제시한다. 그는 인간행위의 새로운 유형에 적합하고 새로운 행위 주체에 합당한 책무(imperative)를 다음과 같이 요약한다. "너의 행위의 효과가 지상의 진정한 인간적 삶의 지속과 조화를 이룰 수 있도록 행동하라." 이 말을 부정어법으로 바꾸면 "너의 행위의 효과가 인간 생명에 기대되는 미래의 가능성을 파괴하지 않도록 하라"가 된다.[8] 새로운 책무는 개인이 자신의 생명을 버릴 수는 있어도 인류의 생존을 위태롭게 해서는 안된다는 것이다. 즉 우리는 현재 세대의 존재를 위해 미래 세대의 비존재를 선택하거나 미래 세대의 존재를 위태롭게 할 권리는 결코 가질 수 없다.

실존에 대한 개인의 조건적 의무와는 차원이 다른, 인류가 실존해야 할 무조건적 의무가 있다. 자유의지의 차원에서 자살에 대한 개인의 권리에 관해서는 말할 수 있지만, 자살에 대한 인류의 권리에 관해서는 어떠한 논리도 성립할 수 없다는 것이 요나스의 주장이다. 따라서 자신의 민족을 구원하는 경우라도 국가 지도자는 인류의 멸망을 초래할 수 있는 수단을 결코 사용해서는 안된다. 기술적 실험을 감행하는 경우에도, 예상되는 구원의 희망보다도 염려되는 불행의 가능성을 더 중시해야 한다. 인류를 상대로 무모한 모험을 시도해서는 절대로 안된다는 자

신의 주장을 강조하기 위하여 요나스는 조금은 진부한 파스칼의 종교
적 사유를 끌어온다.

파스칼(Blaise Pascal)에 따르면, 이승에서의 짧고 불확실한 쾌락과 내
세에서의 영원한 복락 혹은 저주의 가능성에서 내기를 하는 경우, 논리적
으로 고려하게 되면 당연히 후자의 가능성을 선택하게 된다. 양자의 손익
의 가능성을 비교해볼 때, 두번째를 선택해서 목표로 한 영생이 존재하지
않는다 해도 이승에서 오로지 유한한 작은 것을 잃을 뿐이다. 반면에 만일
영생이 있다면, 영원한 복락을 얻게 되고 영원한 저주를 피하게 된다.[9]

어떤 상황에서라도 인류의 운명을 건 도박을 해서는 안된다는 것이
미래 세대에 대한 우리의 의무인 것이다. 호혜성(reciprocity)에 기초하
는 전통적 이념에 따르면 나의 의무는 다른 사람의 권리이며, 반대로
다른 사람의 권리는 나의 의무가 되는 것이다. 예외적으로 비호혜적 책
임과 의무를 자발적으로 인정하고 기꺼이 실행하는 경우가 바로 부모
의 자식에 대한 의무이다. 물론 부모가 늙어서 사랑과 희생의 댓가를
보상받을 수도 있다. 그러나 부모의 사랑과 희생은 이해득실을 계산해
서 선택한 것이 아닌 자연이 불러일으킨 행동이다. 우리는 자기 자식들
에 대한 의무와 일반적인 후세대에 대한 의무가 같지 않음도 알고 있
다. 아이에 대한 양육의 의무는, 결과(아이)에 대한 원인(부모)의 책임
감에 근거한다. 이처럼 자연에 의해 제도화된 의무도 쌍방의 사전 동의
에 의해 발효되는 것이 아니며 취소할 수도 파기할 수도 없는 것이다.
자식에 대한 부모의 책임과 의무는 윤리 이전의 본능, 사회적 관계 이
전의 자연적 관계로 설명된다. 생태계 내의 각 요소들과 인간이 맺을
수 있는 가장 바람직한 무한책임의 관계는 이러한 자연적 관계이다.

누군가에 대해 책임이 있는 개인이 사람들과 더불어 살아가면서 누군가의 책임의 대상이 되기도 한다는 점에서, 호혜성은 인류의 역사에서 상존했다. 이는 인간의 비자족성에 기인한다. 모든 사람은 태어나면서부터 부모가 행하는 책임과 의무를 우선적으로 경험한다. 이 근원적 관계에서 생명체에 대한 책임 수행에 대한 학습이 시작된다. 사람이 일반적으로 책임의 능력이 있다는 것은, 인간이 언어를 사용하는 존재라는 것만큼이나 분명한 사실이다. 존재론적 특성인 책임의 능력으로 인하여 인간은 생명공동체의 전망을 실현할 수 있는 것이다.[10]

로렌스는 자신의 특수한 가족사적 경험으로 인해 편향된 시각에서 벗어나기 힘든 유·소년기를 보냈다. 남편을 존중할 수 없는 어머니에 의해, 아버지의 삶은 실패한 인생이라는 생각을 강요받았다. 생명을 매개로 교차되는 관계적 삶의 가치를 깨닫지 못했다면, 로렌스는 자기 비극의 원천이 운명적이라고 생각하며 삶을 비관하고 가족들을 원망하면서 실패한 삶을 살았을 것이다. 하지만 외부로 향한 로렌스의 긍정적인 시선은, 일이 갖는 의미를 수용하고, 삶과 노동이 동시에 향유되는 토대를 마련하고자 했다. 「아침 일」(Morning Work)을 보자.

> 철로 대피선 가에 선홍색으로 빛나는
> 적재된 젖은 침목 위의 무리지은 노동자들이
> 이른 아침의 푸른빛에 싸여 무언가 신비한 일을
> 하고 있는 것 같다. 화차는 쉼 없이 오가고
>
> 붉게 빛나는 얼레 같은 그들의 손과 얼굴들은
> 하나의 투명한 틀인 하루 동안 이리저리 옮겨 다닌다.
> 공명하는 담청색 탄광에서 바퀴 소리가 요란하고

일하면서 웃고, 게임을 하듯 그들의 노동으로 살아간다.

A gang of labourers on the piled wet timber

That shines blood-red beside the railway siding

Seem to be making out of the blue of the morning

Something faery and fine, the shuttles sliding,

The red-gold spools of their hands and their faces swinging

Hither and thither across the high crystalline frame

Of day: trolls at the cave of ringing cerulean mining

And laughing with labour, living their work like a game.

(CP 72면, 전문)

노동은 생계를 꾸려가는 방편이다. 또한 노동은 자기를 실현하면서 타인과의 교류를 가능케 하는 사회적 행위다. 강제성이 부과되는 노동은, 취향과 욕구에 따라 시작하고 중단하는 것이 자유로운 취미활동과는 다르다는 사실을 로렌스는 수용한다. 노동의 사회성을 강조하기 위하여 '노동이 곧 삶이요 삶이 곧 노동'이라는 식으로, 노동의 의무성을 탈색시키고 노동 자체를 미화하지는 않는다.[11]

산업사회의 비인간성을 비판하는 시에서 자주 드러나는 내용이지만, 로렌스는 통제되지 않고 생명을 부차적인 것으로 간주하는 산업화에 강한 거부감을 나타냈다. 그러나 로렌스는 영국에서 산업을 발전시키고 근대를 완성시킨 원동력이기도 한 탄광의 아침을 대단히 활기차게 그린다. 이 시는 노역장에서 노동에 임하는 사람들, 혹은 어머니로부터 천대받는 아버지의 비극적 일상을 로렌스 자신의 시각으로 해석하고 극화시키고 있다. 위선적인 도덕가가 아무리 노동의 존재적·사회적 의미를 강조하며 노동을 미화시킨다고 할지라도, 대부분의 노동은 힘들고 따분하다. 하지만 관계를 통한 삶을 이어가고 자기 존재를 실현시키기 위해서는 결코 피할 수 없는 것이 일이다. 불가피하게 해야 할 일이라면, 그것이 검은 막장을 파고 들어가는 일일지라도 웃으면서 하고, "게임처럼 일을 즐기며" 살 수밖에 없다.

검고 칙칙한 갱도, 무표정한 탄부들을 떠올리게 되는 탄광의 아침은 그 예상을 뛰어넘는다. 선별된 시어들(shines, blood-red, blue, morning, faery, fine, red-gold, crystalline, cerulean, laughing, like a game)이 밝고 경쾌하다. 여기에서 우리는 로렌스가 의도한 바를 읽어낼 수 있다. 아버지에 대한 편견으로 인하여 어머니 리디아뿐만 아니라 아들 로렌스에게도 아버지 아서 로렌스는 무책임하고 방탕한 사람이라는 이미지가 오랫동안 각인되어 있었다. 탄광촌에서는 자연스럽게 받아들여지던 남편의 생활방식이 아내 리디아에게는 수준 낮고 무절제한 방종으로 인식되었다. 남편의 불규칙한 생활과 술주정을 도덕적 타락으로만 여겼던 리디아의 생각은 아이들에게 그대로 전달되었다. 회복이 불가능할 것 같았던 부자지간의 유대가 정상적으로 복원되었음은, 탄부인 아버지의 삶을 애정어린 시선으로 경쾌하게 묘사하는 이 시를 통해 알 수 있다.[12]

스승의 부인과 벌인 사랑의 도피행각은 관습적 시각에서는 일탈자의 행위일 수밖에 없었다. 그래서 따가운 이목을 피해 유랑하던 시절에 삯일을 한 적도 있었던 로렌스였지만, 그를 동시대의 노동자 계급으로 분류할 수는 없다. 또 노동자의 삶에 대한 로렌스의 견해를 진정성이 결여된 방관자의 견해로 간주할 수도 있다. 노동과 개인의 삶은 상호 작용하여 서로를 변화시킨다. 감동과 여운이 넘치는 삶을 살기 위해서는,

노동이 삶에 끼치는 정화적 기능을 되살려야 한다고 로렌스는 주장했다. 노동은 타자와 소통함으로써, 상대방에 대한 이해를 진작시키고 궁극적으로는 자신의 삶을 풍요롭게 한다는 것이다.

로렌스는 도시의 외곽으로 밀려나 칙칙한 지하를 넘나드는 방탕한 갱부로서의 아버지가 아닌, 남편과 아버지로서는 부족하지만 노동자로서 최선을 다하는 아버지를 바라봄으로써 그의 삶을 이해할 수 있었다. 로렌스는 삶을 운영하는 핵심적 지침을 다양한 관계에 두고 아버지와 화해를 한 것이다.

타자를 향한 마음은 레비나스가 제안한 '타자에 대한 연민'으로 정화되어야 한다. 타자를 향한 연민은 행동을 유발하는 강한 힘으로 작용한다. 생명공동체를 건설하는 과정에서, 생명과 삶을 향한 내면의 불길이 소용돌이치는 단계는 필수적이다. 「소용돌이치는 불길」(Spiral Flame)을 보자.

오, 밤의 불기둥들이여! 젊은이들이여!
그대들은 군중들 앞에서 어둠을 뚫고 타오르는 불오름처럼
　　휘감아 돌며 춤을 추는구나!
우리의 혈관을 도는 혈기왕성한 신이여! 우리의 음부에서 불타오르는
신이여!
　그 화염이 우리를 휘감을 때, 오, 젊은이들이여!
그대들은 불같은 용기를 발산하고, 뜨거운 신뢰로 모두를 아우르도다!

생명으로 우리를 채우는 그 동일한 불꽃은 넘실대며
　　집을 태워 무너뜨리고,
모든 잡다하게 꾸민 장식품들과

그 자질구레한 허위의 잔해들에 묻혀 사는

　　모든 사람들을, 태우는구나!

안락의자에 자신을 깊이 묻어 죽은 자로 사는 모든 것들을.

O pillars of flame by night, O my young men

spinning and dancing like flamy fire-spouts in the dark

　　ahead of the multitude!

O ruddy god in our veins, O fiery god in our genitals!

O rippling hard fire of courage, O fusing of hot trust

when the fire reaches us, O my young men!

And the same flame that fills us with life, it will dance and

　　burn the house down,

all the fittings and elaborate furnishings

and all the people that go with the fittings and the

　　furnishings,

the upholstered dead that sit in deep arm-chairs. (CP 440면, 마지막 2연)

보델라(David Boadella)는 로렌스를 평하여, "두 가지의 극단적인 정서상태를 경험하는 사람"이라고 했다.[13] 이 시에서 로렌스는 "우주적 생명의 심층"에 닿아 호흡하는 생명의 불길 자체가 된다. "청년들이여, 밤의 불기둥들이여"라고 외치는 그는 어둠을 사르며 휘감아 오르는, 불꽃 같은 청년의 화신이다. 생명의 불줄기가 핏줄을 타고 돌아 새 생명을 잉태시키는 힘으로 강화되면, 그 힘은 생명을 향한 열정으로 타올라 서로를 품는 불길로 치솟게 된다. 생명을 향한 불꽃은 허식을 태우고 박제된 자들을 깨워서 생명의 축제에 젊은이들을 불러모은다. 그리하여 사람들 사이를 이어주는 사랑의 힘은 인류의 영속성을 잇게 할 생명의 세례를 베푼다.

그러나 북친(Murray Bookchin)은 저서 『사회생태론의 철학』(*The Philosophy of Social Ecology*)에서 '변증법적 이성'에 근거해 영성과 신비주의에 내포된 함정을 주목한다.[14] 그는 이 책의 「서문」에서, "무엇이 자연인가? 자연에서 인간의 지위는 무엇인가? 사회의 자연계에 대한 관계는 무엇인가?"라는 질문을 던지고 "현재의 일상적 삶 자체가 위협받고, 인류와 다른 생명체들의 미래가 보장되지 않는 생태계 위기의 상황에서, 가장 의미있고 중요한 작업은 이 질문들에 대한 답을 추구하는 것"이라고 하며 이렇게 덧붙인다.

자연이 무엇을 의미하든 간에, 우리는 인간이 자연과 어떻게 조화를 이뤄내야 하는지를 결정해야만 한다. 또한 우리는 다양한 유형의(과거, 현재, 미래의) 사회와 자연이 맺는 복합적인 관계에 대한 도전적인 질문에 대처해야만 한다. 우리가 만일 이러한 질문에 합리적이며 명료한 답을 주지 못한다면, 최소한 충분히 논의하지도 못한다면, 환경문제를 다룰 때 윤리적 방향성을 상실하고 말 것이다. 만일 우리가 자연이 무엇인지, 자연 속에서 사회와 인간이 처한 위치가 어떠한지를 알지 못한다면, 우리의 세상에 대한 인식이 논리적으로 명료하지 못할 것이며, 그 결과 효율적인 행동을 위한 지침을 제공하지 못하고 모호한 직관과 비이성적인 의욕만 내세우게 될 것이다.[15]

세 가지 질문은 "우리의 생태계 문제는 사회문제에 기인한다"[16]는 북친의 주장을 이해하는 열쇠가 된다. 북친에 의하면 이 질문들에 답을

할 수 있게 하는 것이 바로 변증법적 자연주의(dialectical naturalism)
로서 그것은 관습 이성(conventional reason)을 불신하는 생태학적 운
동에 하나의 대안을 제공할 것이라고 한다. "현실을 논리적으로 설명
하는 방식"인 변증법적 자연주의는, 진화의 현상을 유동적이면서도 형
성중인 것으로 인식한다. 변증법적 자연주의에 입각한 북친은 여타의
생태학적 연구동향에 대하여 매우 비판적이었다.

북친의 개념으로서 '관습 이성'이란, 사물을 분석하고 이해하는 이른바 도
구적·분석적 이성을 일컫는 말로 "A는 A이다"라는 기본 원칙, 즉 동일성의 원
칙에 입각하고 있다. 이 원칙에서 특정 현상은 그 자체일 수밖에 없고, 존재하
는 것은 모두 특정 시점에서 우리가 인지한 것 이외의 다른 것이 될 수 없음을
의미한다. 반면에 '변증법적 이성'이란, "A는 A이면서 동시에 A가 아니다"라
는 사고를 가능케 하는 이성이다. 이러한 현실인식은 실체가 가지고 있는 발전
적이고 진화적인 속성을 인정하는 것이다. 만일 인간의 생명 주기를 연구하는
변증법적 사상가라면, 그는 유아기의 정체성을 인간 발달단계의 특정 상태를
유지하면서 동시에 이후의 발전단계——청소년기, 청년기, 장년기 등——로
발전해가는 것으로 간주한다.[17]

북친은 인간, 자연, 인간과 자연의 관계, 그리고 인간의 자연에 대한
책임과 의무 등에 대해 문제 제기하려는 의도가 있었다. 북친은 인간이
"1차 자연의 전 영역을 의식적으로 변화시킬 수 있는 유일한 생명체"
라고 말한다.[18] 인간중심주의를 비난하는 생태주의자들이 "1차 자연이
인간에 의해 만들어졌다거나 착취되었다"고 주장하는 것에 반해 그는
인간을 변호하고자 했다. 인간은 태어나면서 언어를 사용하고 개념적
인 사고를 할 수 있는 능력을 갖게 되는데, 이러한 능력은 다른 생명체

에서는 찾아볼 수 없는 인간만의 특성이다. 자기 자신에 대한 인식을 바탕으로 이를 환경에 대한 세계적인 이해로 발전시킬 수 있는 능력이 인간에게는 있다. 철학·과학·윤리학·미학 등으로 일반화할 수 있는 능력, 자신과 환경을 지식과 기술을 활용하여 체계적으로 변경시킬 수 있는 능력은, 인간으로 하여금 1차 자연의 제한된 영역에서 벗어나게 했다. 관습 이성이라 불리는 이러한 능력은 수학적인 사고와 공학 그리고 일상생활의 구체적 활동을 원활하게 하는 동력이다.

관습 이성은 논리적 일관성을 획득하기 위해, 관심영역과 논의과정에서 윤리를 상당 부분 제거했다. 그래서 특정한 목적과 가치, 이상, 신념, 이론 등은 도구화되고, 개인적 성향에 따라 내용을 달리하는 임의적인 것으로 전락하고 말았다. 권력과 비인격적인 기술관료, 감정 없는 과학, 무감각하고 획일적인 관료제적 사회 기류, 이 모든 분야에서 속출하는 오류들이 이성 자체의 문제로 전가되면서 이성이 매도되는 형편이다. 여기에서 일종의 당혹감을 느끼게 되는데, 관습 이성의 교활성에 대한 비판이 이성 자체를 폐기하는 상황으로 이어진다면, 인간은 그 본질을 상실하고 만다. 북친은 말하기를, "이러한 당혹감에서 우리는 도덕적·영적 신념들을 지탱해주는 비합리적이고 신비주의적인 또는 종교적인 세계로 귀의할 것을 결심하게 된다. 또한 자신과 더불어 생태계가 생존하기 위하여 협력해야 할 대상으로 유일자(One)와의 친교를 선택"할 수 있다는 것이다.[19] 많은 생태주의자들의 경향이 이러한 당혹감에서 출발했다고 북친은 판단했다.

북친은 특히 카프라(Fritjof Capra)가 『전환점』(*The Turning Point*, 1982)에서 중국과 비서구적 자연관을 대안으로 모색하는 것에 대해, 신비주의적 경향과 생물중심주의의 심층(근본)생태론적 특성을 들어, 그를 영성 기계론자(spiritual mechanist) 혹은 근본생태론자로 칭하며 비판했다.[20] 서구인들에게 카프라가 말하는 '동양의 신비주의'는, 분석과 추론 등을 강조하는 과학적 사고와는 거리가 먼, 일종의 샤머니즘적 세계 인식으로 간주되었다. 카프라가 생태학의 내용을 유기적 상호작용, 공진화(coevolution), 개별 생명체 단위를 뛰어넘는 자기 조직화 등으로 본 것은 직관적 음양사상의 핵심이다. 과학적 사고와 인식을 최선의 정신기제로 인정하는 마르크스주의자로서 북친이, 카프라의 직관적 세계인식에 동의할 수 없는 것은 충분히 예견된다. 사회적인 구원 없이는 개인의 구원이 있을 수 없다고 보는 북친은, 합리적인 삶이 존재하지 않는다면 윤리적인 삶도 존재할 수 없다고 믿었다. 그러므로 그가, "우리가 고양된 영성과 친교하고 영적 합일을 추구하는 바로 그 순간, 우리는 강한 카리스마를 지닌 세속의 지도자나 종교 지도자에게 무비판적으로 의존하게 된다"[21]고 생각하는 것도 당연하다.

　이성의 영역에 존재하는 가장 세속적인 특성들이 신비주의적이며 종교적인 외피를 두르고 수시로 일상적 삶 속으로 침입해오고, 신비한 삶으로 침잠하는 것은 때론 사회의 평온상태를 형성하기도 한다고 북친은 말한다. 그러나 이러한 사회적 안정은 비현실적이고 몽상적이며 수동적이기 때문에, 그 구성원들은 사회의 개혁보다는 개인의 변화에 집착하게 된다. 근본적인 원인보다는 무기력하고 소외된 삶의 양상들에 관심을 가짐으로써 사회적인 삶에 대한 평가와 통제를 포기한다는 것이, 근본생태론자들을 비판하는 북친의 요지였다. 그렇다면 북친이 변증법적 자연주의 시각으로 추론하는 사회, 생존을 위하여 긴박하게 요구되는 생태학적 사회(ecological society)의 모습은 어떠한가?

　그런 생태공동체는 도시와 시골의 간격을 줄이고, 정신노동과 육체노동을 일체화함으로써 몸과 마음이 같이 움직이게 하고, 직업적인 일들을 순

환시키고 다양하게 하여 제조업과 농업이 맞물려 가게 할 것이다. 이런 생
태공동체는 이른바 생태학적 기술이라는 새로운 기술의 지원을 받게 된다.
이 기술은 내구성과 품질을 특별히 강조하는 다용도의 기계를 활용한다.
이렇게 생산된 제품은 쉽게 망가지지 않으며, 단번에 대량으로 생산된 조
잡한 물건들이 아니며, 빨리 시효가 다하는 소모성 제품들이 아니다.[22]

생태학적 원리에 터를 잡은 북친의 에코토피아(ecotopia)는 여느 생
태론자들이 꿈꾸는 생명공동체와 특별히 다르지 않다. 지적 작업과 육
체적 작업을 혼용시키며, 제조업과 농경이 관계를 유지하고 다양화되
도록 하여, 도시와 농촌의 분리, 마음과 몸의 균열을 치유하는 생명공
동체를 지향한다. 그 공동체를 지탱하는 생산에 필요한 기술과 도구는
당연히 내구성과 질적 만족을 보장하는 특성을 지닌다. 생명공동체를
향한 북친의 접근법이 '지나치게 유럽중심적인 것'을 제외하면, 카프라
의 신비주의적 경향과 유사하다. 카프라는 환경의 작동원리가 비직선
적이라는 사실을 직관적으로 깨우치는 것이 바로 생태적 각성이라고
했다. 이러한 직관적 지혜는 문자 출현 이전의 전통문화의 특성이며,
특히 환경에 대한 섬세하고 세련된 감각을 유지했던 아메리카 인디언
문화의 특성이었다.

유럽문화의 주류를 형성해가는 다양한 문화적 요소들은 직관적 지혜
의 가치를 상실하고 말았다고 카프라는 말한다. 이런 현상은, 그들이
자연 지배를 당연시하는 문화를 발전시켜오는 동안, 인간 본성의 생물
학적 특성과 문화적 특성이 분리되어왔음을 의미한다는 것이다.[23] '직
관적 지혜'나 '세련된 감각' 등의 개념과 결코 어울릴 것 같지 않은 북
친도, 카프라와 마찬가지로 문화와 자연의 조화로운 공존을 갈망하고
있음을 알 수 있다. 북친이 강조한 대로, "생태담론이 동양적인 사유체

계에서 비롯된 발상이기 때문에 새로운 세기는 동양적 세계관에 의해 지배될 것이라는 생각은 다분히 낭만적인 발상"일 수도 있다. 하지만 유럽의 생태담론에서 동양사상 혹은 영성을 강조하는 생태학적 사유와의 만남이 창의적인 결실을 맺어 시대의 정신적 기류를 형성한 사례를 우리는 종종 확인할 수 있다.

생태학적 인식을 통해서 생명공동체의 원리를 도출하고자 할 때, 북친과 요나스 그리고 영성적 힘을 바탕으로 변혁을 실천하자는 카프라 등은 서로를 보완하는 관계에 있다. 생명공동체를 향한 마음이 불길처럼 강렬해야 한다고 주장함으로써 북친의 비판을 받은 카프라였지만,

북친은 "생물중심주의(biocentrism)가 여타 생명체들의 독자성을 부각시킨 반면에, 생물중심주의와 반인본주의(antihumanism)는 인간이 주체적으로 실현하려는 사회 진화의 가능성을 제거해버렸다"고 한다.[24] 머천트(Carolyn Merchant)의 『근본적 생태학』(*Radical Ecology*)에 소개된 근본주의 생태론자들은 "생물권 평등의 원칙(principle of biospheric equality)은 유기체적인 민주주의 하에서 인간을 다른 모든 살아 있는 것들과 동등하게 취급한다"[25]고 하며, 인본주의적 환경윤리를 경계한다. 이런 시각으로 본다면 사람들이 생태계의 상태를 진단하고 위기 극복을 위한 전략을 수립하는 것은 인본주의적 발상일 뿐이다. 하지만 단순한 생물중심주의(biocentrism)의 논리라면 약육강식과 자연도태의 질서가 작용하는 생태계에서 인간의 탐욕을 비판할 근거가 없어진다. 인간의 탐욕도 강자의 본능일 뿐이다. 생물중심주의에 대해 북친은 다음과 같이 비판한다. "결과적으로, 생태학적 운동의 어떤 견해는 도덕적 생물권 민주주의를 요구한다. 이러한 민주주의 하에서는, 생존하며 자신을 실현시킬 인간의 권리는 나비, 개미, 고래, 원숭이의 생존에 대한 권리와 동등하다. 그렇다! 병원성 바이러스와 세균의 권리와도 같다."[26]

감성이 때론 차가운 논리를 넘어 변혁을 완성시킨다는 생각에서 로렌스와 상통한다. 로렌스의 공동체 윤리는 인간의 책무를 바탕으로 여타 생명체들과의 상생을 도모한다는 점에서 생태학적이었다.

제3장

몸: 사랑을 통하여 삶을 구원하는 원천

『보라! 드디어 우리 해냈음을』(*Look! We Have Come through!*, 1917)로 대변되는 로렌스 시 창작의 제2기는, 프리다와의 운명적인 만남을 기점으로 시작되었다. 『무지개』(*Rainbow*)와 『사랑하는 여인들』(*Women in Love*)의 작가가 스승의 부인과 사랑의 도피행각을 벌인다는 사실은 운신의 폭을 좁게 했다. 당대의 통념적 도덕관으로는 결코 용납될 수 없는 외설물의 작가가 스승의 부인과 세상을 떠돈다는 사실은 그 자체로 충격적이었다. 패륜아로 몰린 그들은 정착하여 살 만한 장소를 구하지 못하여 신혼의 단꿈을 꿀 수도 없었다. 외부적 요인으로 빚어진 역경 말고도 로렌스와 프리다 두 사람 사이에는 갈등과 마찰이 끊이지 않았다. 어머니가 사망한 후에 여성에 대한 시각이 많이 변했다지만, 로렌스는 여전히 어머니가 쏟았던 모성과 같은 사랑을 기대했기에 프리다와의 관계는 순탄치 않았다. 감정이 극단적으로 격돌하여 어

렵게 맺어진 관계가 파경 직전까지 내몰린 적이 한두 번이 아니었다.[1]
이 시집을 완성해 출판할 즈음에야 로렌스는 한결 정리된 자신의 심경
을 피력할 수가 있었다.

> 사랑과 남자의 세계에서 많은 투쟁과 상실을 경험한 후에, 주인공은 이
> 미 결혼한 여성과의 운명적인 관계에 돌입한다. 그들은 다른 나라로 떠나
> 가고, 그녀는 어쩔 수 없이 자신의 아이들을 남겨두고 떠난다. 사랑하다 미
> 워하는 갈등상황은 그 남자와 그 여자의 일상에서 지속되고, 그들이 주변
> 세상과 벌여온 투쟁은 모종의 결론에 도달한다. 드디어 그들은 축복받은
> 상태에 도달한다.(CP 191면)

극도의 갈등과 번민을 극복하고 심리적 안정을 되찾은 역정에 대한
기록인 제2기의 시집은 수록된 시들을 두 부류로 나누어 감상할 수 있
다.[2] 하나는 로렌스가 최고의 기량을 발휘하여 갈등의 심리적 상태를
묘출해내는 장시이고, 다른 하나는 대체로 짧은 시로서 아름다운 자연
의 정경을 그려내는 서정시이다. 로렌스의 사랑과 삶에 대한 사유는 명
쾌하고 복합적이었다. 남녀가 사랑하고 육체적으로 결합해 사랑을 완
성하려는 욕망은, 인류의 현재를 설명하는 가장 원초적이고 성스러운
행위이다. 감성적 사랑을 불러일으키는 요소는 끌림을 유발하는 아름
다움인데, 로렌스는 대상을 아름답게 인식할 수 있는 주관적 심미안을
중시했다.

로렌스의 논리에 따르면, 개인의 삶이 풍요로워지고 사회가 조화롭
게 작동하며 세상이 아름다워지기 위해서는 쌍방의 변화가 동시적이어
야 한다. 각각의 대상이 변하는 것 못잖게, 대상을 인식하는 주체들이
아름다움을 식별해낼 수 있어야 하는 것이다. 외물(外物)에 편재하는

미적 요소를 서둘러 거둬들이기 전에, 아름다움을 발굴할 수 있는 내면의 미적 체계를 갖추는 것이 급선무인 것이다. 「헤네프 강가에서」(Bei Hennef)란 시는, 로렌스의 말대로 "이제껏 길들여져 온 낡은 삶에 대한 일종의 마지막 결별"[3]이었다. 삶에 대한 새로운 깨달음은 정신수련이 도달한 빛나는 정상을 뜻하는 것이 아니라, 스치듯 붙잡은 전율의 순간을 멈추지 않고 확장해가는 과정을 의미한다.

마침내 그댈 향한 내 사랑 여기 있음을 나 아노라.

내가 볼 수 있는 그 사랑은 황혼처럼 완전하나니

그 사랑 너무도 엄청나, 예전엔 나 가늠할 수도 없었네.

시야를 가리는 작은 불빛들, 깜박거림들, 방해물들,

　　문제들, 걱정거리들, 그리고 고통들로 인하여.

당신이 청하면 나는 응답하고

당신이 바라면 나는 채워주고

당신이 밤이라면 나는 낮이지요.

　　달리 무엇이 필요하리? 이렇게 완벽한데.

　　이렇게 완벽하게 갖춘

　　그대와 나

　　더이상 무엇이 필요하겠는가?

그런데 이상하기도 하지, 왜 우리는 여전히 고통스러운가!

And at last I know my love for you is here;

I can see it all, it is whole like the twilight,

It is large, so large, I could not see it before,

Because of the little lights and flickers and interruptions,

Troubles, anxieties and pains.

You are the call and I am the answer,

You are the wish, and I the fulfilment,

You are the night, and I the day.

What else? it is perfect enough.

It is perfectly complete,

You and I,

What more ——?

Strange, how we suffer in spite of this! (CP 203면, 4연~끝)

헤네프 강가에서 기차를 갈아타기 위하여 잠깐 머무는 동안 스쳐간 단상을 다듬었다는 설명이 붙은 시다. 타자를 바라보고 이해하는 내 눈은 생각에 따라 촛점이 달라진다. 새로운 생각이 타자를 달리 발견해낼 수 있다는 말이다. 허물을 벗고 재생을 맞듯, 버리고 떠나는 삶의 훈련이기도 한 여행은 깨달음을 체험하는 순례의 과정이다.

하늘을 채색하고 대지를 품에 안으며 바다를 붉게 출렁이게 하는 저녁 노을은 객창감에 젖어 있는 나그네의 마음을 사로잡는다. 여인을 향한 그의 사랑은 노을을 닮았다. 이러한 사랑이 우발적으로 분출한 것은 사실이지만, 그 잠재력은 모든 것들에 대한 애정으로 삶에 녹아 흐른다. 이목이 교차하는 좁은 공간에서 펼쳐지는 부자연스런 관계는 연인의 마음을 더욱 조바심나게 한다. 그러나 마음에 새긴 연인의 향취는 사랑을 더욱 간절하게 발전시킨다. 사랑하기에 때론 마음을 짓누르기도 했던 현실의 연인은 떠나온 여행길에서 동무가 되어 길을 안내한다. 로렌스는 그것이 바로 인생이라는 생각을 결코 감추지 않는다. 그렇게 인식된 두 사람의 관계는 이원적 특성을 지닌다. 여성이고 남성이라는 가장 유기적인 상호보완적 타자, 궁극적으로는 더 큰 하나가 되는 이원성 말이다.

둘은 상대를 파괴하는 대립항이 아니라, 상호보완적 관계를 유지하며 재생을 향해 함께 나아가는 두 축이 된다. 생명활동은 어느 한 축도 의미를 상실하지 않을 때만 왕성해진다. 로렌스의 이원성은, 각자의 동일성을 확립하여 자기 아닌 요소를 배제하고 분리를 고착화하기 위한 개념이 아니라, 대립을 지양하며 강약의 흐름에 따른 생성과 변화의 과정을 나타내는 개념이다. 플라톤의 파르마콘(pharmakon) 개념처럼 약이 과하면 독이 되고 독이 적절히 조절되면 약이 되듯, 로렌스의 이원성은 관계를 발전시켜 비상을 꿈꾸는 상보적 이원성이었다.

사랑의 눈을 통해야만 내밀한 유기적 관계가 파악된다. 외물(外物)에 현혹되어 평정심을 얻지 못하면 마음의 눈을 뜰 수 없고, 심안이 열리지 않으면 현현하는 진리는 그림의 떡일 뿐이다. 진리에 올라탄 순간은 마음의 개벽이 이루어진 득도와 해탈의 순간이다. 돈오점수(頓悟漸修)란, 각성의 아우라가 일회적 사건으로 멈추고 마는 것을 경계한 수행법이다. 그것은 정진을 통하여 해탈의 순간을 삶에 정착시키는 과정을 뜻한다. 사랑을 통하여 세상은 관계의 망이요 삶은 관계의 작용 자체라고 깨달은 이후에는, 고양된 인식내용을 삶에 확산시키기 위해 '끊임없이 심안을 닦아나가야 한다'는 것이 로렌스의 생각이었다.

시인은 "완벽하게 갖춘 그대와 나"라고 노래하다 곧이어 "그런데 이상하기도 하지, 왜 우리는 여전히 고통스러운가!"하고 탄식을 내뱉는다. 한 쌍의 주체가 상호 작용하여 나타나는 사랑이라는 방정식은 엉킨 실타래와도 같다. 사람들은 "세계에 참여하는 생명력을 증진시키기 위한 열렬한 충동으로부터 결코 벗어날 수 없다"고 한다. 솔로몬(Robert C. Solomon)과 히긴스(Kathleen M. Higgins)에 의하면 이 떨쳐낼 수 없는 충동이 바로 '힘에의 의지'(will to power)이며, '생명력을 증진시키기 위한 열렬한 충동'이 잠들지 않는 한, 삶은 고통스러울 수밖에 없다고 한다.[4] 욕망 혹은 생명력은 생명체가 자기를 증식하고 종의 역사를 잇게 한 원동력이다.

니체(Friedrich Nietzsche)가 말한 '힘에의 의지'는 상대를 정복하여 배타적으로 자기를 실현하는 것을 의미하지 않는다. 솔로몬과 히긴스는 니체의 '힘에의 의지'란 "다만 어떤 것을 증명하고 지적하고 커다란 승리를 구하는 것"이라고 설명한다. "이것들 중 어떤 것도 다른 사람을 지배하는 권력인 정치적 권력을 나타내지 않는다. 실제로 권력의지라는 항목으로 니체가 즐겨 찬미하는 것은 자기 연마와 창조적 에너지다. 니체가 우리 행위의 동기로 꼽는 것은, 권력을 획득하는 것이라거나 권력을 향유하는 것이 아니라, 위대한 업적 — 예를 들어 철학에서 위대한 책을 쓰는 것 따위 — 을 성취하기 위한 힘과 생명력을 증진시키려는 욕구다."[5]

생명체의 근원적 활동인 '힘에의 의지'는 해소되지 않는 욕구를 바탕으로 언제나 새로운 상황을 야기한다. 새로운 생명을 탄생케 하는 연인의 상호보완적 힘은, 창조적으로 작용한다면 자족하는 삶의 필요충분조건이 되지만 화급한 욕망을 충족하다 보면 삶은 또다른 욕망으로 긴장을 수반할 수밖에 없다. 욕망이 채워지면서 또다른 욕망이 생성되는, 생명활동에 수반되는 현상을 로렌스는 짐짓 이해할 수 없다고 했으나, 삶은 갈증을 채우고 다른 갈증에 목말라하는 과정이라는 것을 그는 알고 있었다.

　니체의 관점주의(perspectivism)나 현상학(phenomenology)적 사물인식이 공통의 기반으로 삼고 있는 전제는, 물 자체(a thing in itself)나 사건 이전에 인간의 시각과 의식이 있고, 이러한 시각과 의식을 바탕으로 한 관점이 사물과 사실의 내용을 규정하는 요인이라는 것이다. 세계에 대한 이러한 인식은 세계를 변화시키기 전에 먼저 자신의 관점을 변화시켜라고 하는 말의 함의와 상통한다.

> 　니체의 관점주의는, 모든 '진리'를 특정한 관점에서의 해석으로 보는 것이다. 중립적이거나 모든 것을 다 포함시키는 '신의 눈'(비록 신이라 할지라도)과 같은 견해는 있을 수 없다는 것이다. 오직 관점들만이 있을 뿐이어서, 물 자체(a thing in itself)와 같은 세계는 없으며, 설령 그런 세계가 있다고 해도 우리는 그것을 알 수 없다. 과학적 이론은 항상 그 이론을 지지하는 증거를 따르기에 과학은 이러한 관점주의를 지지하는 입장에 서게 된다. 과학은 결코 절대적인 진리를 주장하지 않는다. 과학은 아주 기본적인 법칙들, 예를 들자면 에너지 보존의 법칙 같은 경우에도 오직 잠정적인 진리들만을 주장한다.[6]

　개인이 바라보고 느끼고 인식하는 세상이 전부라고 할 수는 없지만, 모든 개인에게 인식되는 세상은 결코 그들의 관점에서 벗어날 수 없다. 아름다움을 인식할 수 있으려면 그 아름다움을 지각할 수 있는 내적 토대가 먼저 갖춰져야 한다. 아침에 잠자리에서 일어나 사랑스런 아내를 장미꽃의 일종인 '디종의 영광'으로 찬미할 수 있었던 까닭은, 시인의 시각에 아내의 향긋한 몸이 황금처럼 찬란한 노란 장미로 투영되었기 때문이다. 「디종의 영광」(Gloire de Dijon)이다.

그녀가 아침에 일어나면
난 그녈 바라보며 서성인다.
창문 아래 목욕수건을 펼치는 그녀에게
아침 햇살이 머물러
어깨 위에서 하얗게 반짝이고
그녀의 몸 선을 타고 흐르는 농염한 황금빛 그림자는
그녀가 스펀지를 집으려 허릴 굽힐 때
불타오르고, 출렁이는 젖가슴은 요동친다.
활짝 핀 노란 장미
'디종의 영광'처럼.

When she rises in the morning

I linger to watch her;

She spreads the bath-cloth underneath the window

And the sunbeams catch her

Glistening white on the shoulders,

While down her sides the mellow

Golden shadow glows as

She stoops to the sponge, and her swung breasts

Sway like full-blown yellow

Gloire de Dijon roses. (CP 217면, 총 2연 중 제1연)

　　삶이 삭막해지면서 현대인들은 자기의 관점으로 현상을 바라보게 하
는 프리즘을 상실하고 말았다. 삶이 황폐해지고 생태계가 파괴된 까닭
을, 사람들이 자본의 논리에 감염되어 존재의 진정한 가치를 상실하고

만 시대성에서 찾을 수도 있다. 자본은 자신의 확대 재생산에 방해가 되는 요인을 과감히 척결하는 냉혹성과 비인간화의 방식을 경제원칙으로 삼고 있다. 자본주의 논리에 인간이 지배되는 한, 인본주의적 신념을 고수하기 위한 주저와 내적 갈등은, 시간 낭비와 비합리적 처사라는 비난을 받게 된다. 사랑을 매개로 한 남녀관계도 예외는 아니다. 욕망을 해소하기 위해 이성의 짝을 찾고 효용가치가 남아 있는 동안에만 관계를 유지한다. 한계 효용이 마이너스가 되면 갈라선다는 상거래 방식으로 인해 사랑도 일종의 거래가 되고 말았다. 이와는 달리 로렌스에게 사랑이란 감정의 교류를 통해 마음과 마음이 맺어지고, 서로 하나가 되어 상대와 온몸으로 서로를 주고받는 것을 의미했다.

아침에 사랑하는 아내가 잠자리에서 일어나면, 마음이 어떻게 자신을 드러내는가를 느끼고자 화자는 그녀의 발치에서 서성거린다. 창문 아래 목욕수건이 펼쳐지면, 아침 햇살이 그녀의 어깨 위에서 눈부시게 반짝인다. 옆구리의 몸 선을 따라 농염한 금빛 그림자가 가볍게 빛나고, 바닥의 수건을 집으려고 몸을 숙이면 젖가슴이 출렁인다. 마치 한껏 부풀어오른 노란 장미 송이들, '디종의 영광'들이 바람에 출렁이듯이. 세상의 모든 남편들이 아침 햇살을 받아 반짝이는 자기 아내의 가슴을 보고 황금빛 장미 송이들을 떠올리는 것은 아니다. 또한 로렌스가 죽음의 순간에 이르기까지 항상 프리다를 '황금빛 장미'(Gloire de Dijon)를 가슴에 달고 다니는 아름다운 장미밭으로 생각했던 것도 아니다. 로렌스와 프리다의 결혼생활도 여느 남녀와 크게 다르지 않았다. 사랑하다 다투고 미워하고 떨어져 살기로 결심하고, 그리고 다시 결합하여 회한의 눈물을 흘리고, 또다시 그것들을 반복했다. 그러나 그는 삶의 과정에서 매순간 솔직하려 했고, 최선의 선택을 하려는 삶의 자세를 포기하지 않았다.

자연과 세상이 아름답고 무한한 영감의 원천이 될 수 있는가는 그것을 인식하는 사람의 눈과 마음에 달렸다. 연인은 물론 그밖의 모든 타자는, 보는 사람의 마음과 미적 취향에 따라 다른 얼굴로 다가온다. 생태계의 조화로운 삶이 인간의 내면세계에 원형으로 각인되어 있을 때만 생태계를 복원하고 보존하고자 하는 열망이 싹튼다. 생태계를 생명의 공간으로, 미적 대상으로, 자손대대 연속성을 유지하는 윤리적 공동체로 이해해야만 생태학적 삶의 원리를 실천하게 된다. 다양한 생명현상과 사물들의 절묘한 상관성에 마음을 열고 삶 자체를 사랑하게 되는 순간 생태계는 연민의 대상이 된다.

신부의 아름다움을 찾아내 사랑하고, 그 아름다움으로 자신의 삶을 정결케 하는 체험을 우리는 더이상 할 수 없는 시대에 살고 있다. 매정한 자본이 삶의 양식을 지배하는 이 시대엔, 자기를 사랑하는 것과 타자를 사랑하는 것은 공존 불가능하다고 대부분 믿고 있다. 하지만 자신과 타자가 서로에게 존재의 근거가 된다는 것을 깨달은 로렌스는, 자타의 구분이 불가능하며 중심과 주변의 경계 또한 불분명하다는 사실을 안다. 로렌스의 인식체계에서 생명현상에 몰입하여 그 터전인 몸을 사랑하는 것은 세계와 삶을 가꾸는 가장 확실한 실천이었다.

인간·자연·세계를 합리적 이성 혹은 과학적 합리성의 기준으로 파악하려 했던 서양의 근대적 사유는 인간의 의지와 실천이 지닌 가치들에 대해 둔감했고, 공존의 윤리를 확립하는 데도 한계가 있었다. 기계를 다루는 관점으로 세계를 인식하려 한 근대의 합리주의적 사유는 삶의 행복을 수치로만 측정하는 경향이 있었고, 유기적 관계에서 심리적 요소가 큰 역할을 한다는 사실을 인정하기 힘들었다. 서구의 계몽주의와 궤를 같이한 이런 기류에 대해, "근대 이후 서구의 합리적 이성은 필연적으로 니힐리즘(nihilism)에 봉착하리라"[7]고 니체는 예견했다. 니체는 문명의 자기 파산적 해체 위기에 대해 수없이 경고하고, 인간과 자연의 유기적 관계를 회복하기 위해 생명과 육체에 대한 새로운 시각을 주창했다.[8] 니체는 인간의 삶이 더 악화되지 않도록 짜라투스트라를 통하여 경고의 메시지를 보냈다.

　　드디어 자신의 목표를 세울 때가 도래했다. 지금이야말로 사람은 최고의 희망을 위한 씨앗을 심을 때다. 그 씨앗을 위해서라면 대지는 아직도 충분히 비옥하다. 그러나 언젠가는 이 대지도 짓밟혀 황폐해지고 말 것이다. 그 땐 어떤 큰 나무도 이 대지에선 생장(生長)할 수 없으리라. 슬프도다! 사람이 더이상 창공으로 동경의 화살을 쏘지 못하고, 자신의 활시위를 당길 줄도 모르는 그런 시대가 오고 있나니![9]

언젠가는 인간이 세상 너머로 동경의 화살을 쏘지도 못할 때가 올 것이지만, 아직은 인간의 대지에 씨앗을 뿌릴 수 있으며 지금이야말로 인간이 자신의 가장 높은 희망의 씨앗을 뿌릴 때라고 니체는 말했다. 그가 뿌리고자 하는 희망의 씨앗은 과연 무엇이며, 대지는 인간에게 과연 어떤 의미를 갖고 있는가? 니체는 "육체를 경멸하는 자는 그의 영혼이 육체와 대지에서 벗어난 자"라고 생각했으며, "내 형제들이여, 나는 그대들에게 진실로 바라노라, 대지에 충실하라고. 그리고 천상의 희망을 말하는 자들을 믿지 마라! 그들은 독을 품은 자들이다"라고 외친다.[10] 그리고 과거에는 신에 대한 불경이 가장 큰 죄악이었지만, 신이 죽은 시대엔 대지에 대한 모독이 재앙을 부를 불경이고 화의 근원이라고 했다. 그리스도교에 대한 니체의 발언은 포이어바흐(Ludwig Feuerbach)의 견해,[11] 즉 인간이 자신의 힘을 신뢰하는 감각을 스스로 박탈함으로써 신을 창안했다는 생각을 반영하고 있다.

　니체는 인간이 삶과 대지에 헌신하려는 적극적인 의지를 포기하고, 애완동물이나 희생 제물과 같은 수동적 자세에 익숙해졌다고 한다.[12] 현실에서 삶의 문제에 적극적으로 대처하지 않는 사람들은, 삶의 흔적에 불과한 경험을 과거와 미래를 연결하는 상징물로 생각했다. 또 이들은 경험의 진정한 의미는 초자연적 구도에서만 해독될 수 있다고 믿고 자신을 구체적인 삶에서 배제시켰다. 니체가 그리스도교를 비판하는 또다른 이유는 "그리스도교에서는 도덕이나 종교의 어떤 것도 현실과 만나지 못하고, 오직 상상의 원인(신, 영혼, 자아, 정신, 자유의지)들과 상상의 결과(죄, 구원, 은총, 처벌, 속죄)들만이 있기"[13] 때문이었다.

　니체에 따르면, 그리스도교의 이러한 교리는 사람들이 대지에 발을 딛고 삶을 활기차게 살아가는 것에 대해 죄의식을 느끼게 하며, 감각적 현실세계에 몰두하는 것을 가로막는다고 한다. 삶을 꾸려가는 실제적 감각을 교란시키고 현실감을 떨어뜨려 이승에서 주로 저승의 문제에 몰두하게 했다는 것이다. 또한 삶에 대한 깊은 이해와 숭고한 환희에 이르게 하는 내면의 고통을 처벌로 해석하여 삶의 영역을 축소하였다고 한다. 고통은 아담과 이브가 저지른 최초의 죄악에 대한 신의 처벌로 여겨졌다.[14] 니체는 인간과 현실의 부정에서 출발하는 그리스도교적 세계관, 이성의 오만에서 유래하는 자족적 자아 확립, 인간과 자연을 나누는 이분법, 그리고 물질주의의 확산과 궤를 같이하는 인간의 왜소화 및 소외현상 등을 비판하며 현실과 세계를 긍정하는 가치관을 확립하고자 했다.

　니체가 대지에 뿌린 희망의 씨앗이란 삶의 본능에 대한 강한 긍정이요, 병든 시대를 초극하려는 자연의 생명력 즉 살아 있는 것의 존재 증표인 생기 발산의 의지였다. 니체는 삶의 본능이 지배하는 에로스의 문명, 인간의 육체를 긍정적으로 평가하는 자연 긍정의 문화적 토양에서 자라난 생명의 언어를 포착하고자 했다. 그리하여 생명력으로 충일한 몸의 언어와 삶으로 파고드는 생에의 의지를 탈근대적 사유의 준거로 삼으려 했다. 근대적 사유가 지배하고 과학적 합리성이 욕구 분출을 통제하는 문명에서는, 인간과 자연을 변형하고 재구성하려는 사회적 자아가 등장한다. 이런 사회의 개인은 공격적이고 약탈적인 주체로 변하기 쉽다. 삶의 본능인 에로스의 퇴행에 따라 사회 구성원간의 갈등적 관계도 심화된다고 한 마르쿠제(Herbert Marcuse)의 주장은 반(反)근대적이라는 차원에서 니체와 통한다.

　(산업 문명의) 성취는, 서구 문명을 엄청난 수준의 효율성으로 끌어올린 생산력의 폭발적 증가로 인하여, 주인과 노예 혹은 지배자와 피지배자를 한 부류로 섞어놓았다. 그러나 효율성의 증가는 삶의 본능에 대한 퇴보, 즉 인간의 퇴락을 부추기는 결과를 낳았다.[15]

　마르쿠제는, 니체의 사상이 삶을 철저히 긍정케 함으로써 삶 본능의 퇴화와 죽음 본능의 확산을 차단하는 대안이 됨을 강조한다. 대지에 밀착한 삶의 본능이 바로 '힘에의 의지'이다. 이것은 힘을 향한 의지, 즉 생성되고 성장하려는 생명의 원리, 생명체의 존재론적 근거를 의미한다. 생명이란 근원적으로 힘에의 의지이며, 생명체가 있는 곳은 어디에나 힘에의 의지가 자신을 드러낸다. 즉 모든 생명체는 생장에 필요한 힘의 증대를 생득적으로 추구한다. 따라서 생명이 있는 곳에는 성장과 자기 강화, 힘의 축적, 힘을 발산하려는 본능이 있게 마련이다. 힘에의 의지가 결핍된다는 것은 곧바로 퇴락함을 의미한다. 니체의 힘(권력) 개념은 정치적 권력보다는 개인의 생명력이 바탕이 되는 힘으로 이해해야만, 그의 생명과 대지에 대한 사상을 정확하게 이해할 수 있다. 니체의 '힘에의 의지'가 갖는 이러한 특성을 솔로몬과 히긴스는, "개인적 힘을 의미하는 권력(power)이란, 아직도 유럽인들이 통절히 불안을 느끼는 비열하고 강압적 의미의 권력이 아니라, 효과적인 자기실현이나 자기표현 등을 의미한다. 니체는 그러한 '권력'을 쟁취하는 데는 공격적인 방법은 필요치 않다고 주장했음"을 강조한다.[16]

생명이란, 생명의 불씨를 소진시켜가는 어떤 것을 지속적으로 자기 밖으로 떨쳐내려는 의지의 표현이다. 또 비생명 혹은 반생명적 요소와의 다양한 투쟁을 전개하면서 생명을 구성하는 요소들의 힘의 균형을 회복하여 자기를 재조직화하는 과정이다.[18] 생명을 적극적으로 해석하면 생장하려는 힘들의 투쟁이며, 소극적으로 규정하면 죽어가는 것을 떨쳐내려는 저항력의 균형상태라 하겠다. 이러한 생명의 특성을 니체는 이렇게 말한다.

그것(쇠락하는 몸이 아닌 생기 넘치는 몸)은 형체를 갖춘 힘에의 의지가 되어야 할 것이다. 몸은 성장하고, 확장하고, 자신에 밀착하여 패권을 획득하고자 할 것이다. 결코 어떤 도덕성이나 비도덕성이 원인이 아닌, 자신은 살아 있고 생명은 힘에의 의지라는 이유만으로. (…) 착취는 쇠퇴했거나 불완전하거나 원시적인 사회와는 관련이 없다. 그것은 근본적 조직의 기능으로서 생물의 정수에 해당된다. 즉 착취란 정확히 힘에의 본질적 의지의 한 결과물이다.[19]

생명은 도덕적 혹은 부도덕적이라는 평가와는 별개로 생에의 의지이기 때문에, 우월한 지위를 확보하기 위하여 투쟁을 거듭하게 된다. 또한 경쟁적으로 비교우위를 점하려는 생명활동은 살아 있는 것의 본질적 특성이며, 생명력의 자기실현인 힘에의 의지이다. 이런 까닭에 힘에의 의지는 곧바로 삶의 의지가 된다. 니체가 말한 힘에의 의지는 자연에도, 인간의 삶에도, 사회나 역사 혹은 문명에도 적용될 수 있는 근원적인 생명성인 것이다. 니체의 사상은 생명력을 탐구하는 생명이론의 성격을 띠고 있으며, 생명에 대한 형이상적 고찰이 아니라 실천적 대안이라는 평가를 받는다.

생태계에 대한 정보를 얻고, 인간과 자연의 조화를 가능케 하는 소통의 수단을 니체는 '자연의 언어'라 했다. 소우주인 자신의 몸에 대한 이해를 심화시키는 것, 생태계와 조화를 이룰 수 있는 삶의 방식을 선택하는 것 등은 삶의 질적 수준을 향상시키는 원천이다. 생명과 자연에 대한 외경심은, 자신이 자연 혹은 생태계의 구성요소라는 사실을 반복적으로 확인하면서 깨닫는 마음의 상태다. 유기적 작용의 총합으로서 자연을 이해하는 사유는 영혼과 육체 분리라는 형이상학적 독단에서 벗어난다. 니체가 생각하는 인간의 몸은 자연의 또다른 이름이다. 몸이란 생명이 충일한 자연의 언어다. 니체는 짜라투스트라를 통해 인간의 몸을 경멸하는 금욕주의적 가치관을 비판한다.

과거에는 영혼이 육체를 경멸했다. 그때는 그런 경멸이 가장 고상한 행위로 받들어졌다. 영혼은 육체가 말라 있고 추하고 허기져 있기를 바랐다. 그리하여 영혼은 육체와 대지에서 벗어나기를 간구했다. 오! 보라, 영혼이 마르고 추하고 허기져 있는 이 역설을. 잔혹성이야말로 영혼이 누린 쾌락이었나니! 형제들이여 내게 말하라. 그대의 육체는 그대의 영혼에 대해 무어라 말하는가? 그대의 영혼이 바로 궁핍이요 오점이며 가엾은 안일이 아닌가?[20]

니체는 육체를 경멸하는 자는 인간 자신에 대하여 만족하지 못하는 자로 간주했고, "그들은 다시 배우고 가르쳐야 할 자가 아니라 오직 그들의 육체에 작별을 고하고서 침묵해야 할 자"로 여겼다.[21] 니체는 근대의 이성주의자들이 '정신'이라고 부른 작은 이성도 몸의 도구이고 몸의 작은 부품이며 장난감이라고 함으로써, 근대의 이성 우위의 이원론을 거부했다. 그는 인간의 몸을 뼈와 근육, 살과 혈관 등이 기계적 법칙으로 결합돼 작동하는, 생명이 있는 단순한 물질 덩어리로 보는 데카르트의 견해에 반대하며 몸을 생각과 의지와 감정이 복합적으로 작동하는 거대한 생명의 활성체로 받아들였다. 니체는 짜라투스트라의 입을 빌려, "그대의 사상과 느낌들의 배후에는 강한 지배자, 알려지지 않는 현자가 있으니, 그것이 바로 '자기'(self)라고 불리는 것이다. 그것은 그대의 육체에 자리잡고 있으며 그것은 바로 그대의 육체"라고 말했다.[22]

니체에게 몸이란 이성과 무의식이 만나는 영역이요, 의식과 본능이 결합하여 세계와 관계를 맺는 하나의 완결된 유기체이자 더 큰 유기체(생태계)의 한 요소이다. 인간의 몸에서는 무수한 욕망과 충동이 쉼없이 분출하며, 무의미와 혼돈이 신성한 창조적 열망과 공존한다. 니체는 서양의 근대 형이상학이 금과옥조로 여기는 의식의 자기동일성을 몸 이성이라는 개념으로 대체하고자 했다. 주체, 자아, 인간은 선험적으로 규정될 수 있는 존재자가 아니며, 인간이란 본능들의 충돌에 의해 갈등이 지속되는 균열 속에 있고 스스로 창조하고 변화와 소멸의 과정을 거치는 존재자라는 것이다.

몸 이성은 공격적이고 파괴적인 인간의 모습을 통해 나타나며, 때론 정서적 안정과 자족적 포만의 상태에서 자기를 드러내기도 한다. 니체는 건강한 몸의 소리, 진실하고 순수한 그 소리에 귀 기울일 것을 촉구했다. 인간이 귀향해야 할 고향은 자신의 건강한 몸이며, 이는 대지가 생명의 터전으로서 갖는 의미를 회복하는 것을 뜻한다. 니체는 대지의 의미가 깊이 새겨진 초인을 찾고자 했다. 니체의 초인이란 힘에의 의지에 따라 자신을 부단히 극복하고 초월하는 인간 유형을 말한다. 니체에 따르면 인간이 시도한 자기극복이 완성되는 순간은 새로운 생명문화가 정초되는 순간이라고 한다. 인간은 육체적 언어에 대한 깨달음, 초인을 향한 자기극복 과정에서 비로소 참된 생명을 만날 수 있다는 것이다. 자기 긍정과 세계 긍정, 힘에의 의지가 펼쳐지는 자기에 대한 자각과 "영원회귀를 즐겁게 수용하는" 자기 창조, 삶의 본능인 에로스와 생명의 언어를 통해 세계와의 진정한 관계 추구라는 니체의 생명사상은 오늘날 우리의 새로운 사유문법이 되어야 할 것이다.

범지구적 경쟁은 우리를 생산적 경쟁이 아닌 파괴적 경쟁으로 내몬다. 세계시장에서 살아남기 위해서 자본은 값싼 원료와 생산 입지를 찾아 국경을 넘나든다. 자본이 거쳐간 곳은 원주민도 원시림도 그 태고의 아름다움을 잃고 만다. 유대감이나 삶의 양식도 자본이 휩쓸고 간 자리에서는 흉물이 되고, 개인들은 하나의 생산요소에 불과한 노동력으로 전락한다. 다국적 기업의 노동시장 유연화 전략 속에서 인간은 다시 값 싸고 불안정한 노동력이 되기를 강제당한다. 이 과정에서 인간과 자연 은 존재의 의미를 잃고 급속도로 파괴되어간다.

자본의 논리가 유일한 지배원리로 작용하는 세계에서는 자신만의 독 특한 행위로 자기 정체성을 드러내는 것이 용인되지 않는다. 자본의 논 리에 충실하지 않은 방식, 절제의 미덕이나 사용가치에 따른 소비를 고 수하는 사람이 있다면, 자본은 그에게 일탈자라는 혐의를 씌운다. 자본 이 지배하고 조종하는 교육은 제도적으로 그런 역할을 수행하고 있고, 그 결과 경직된 로봇 인간들만 세상에 득실거린다. 로렌스는 이런 세상 을 안타깝게 바라보며 신에게 세상에 현현할 것을 애원한다. 물론 신들 이 나서서 인간 세상의 질서를 개선시킬 것이라는 기대는 하지 않은 채. 「신들이시여!」(The Gods! The Gods!)를 보자.

사람들이 미역 감으며, 해변에서 자태를 꾸미고 있었다.
모든 것들이 황량했다. 거대한 로봇 팔다리들, 로봇 가슴들
로봇 목소리들, 화려한 양산들마저도 로봇 같았다.

그런데 외딴곳에서 부끄러운 듯, 한 여인이 수도관 아래서 몸을 씻고 있
었다.
광휘처럼 빛나는 신들의 현현은 백합꽃,
수련과도 같았다.

People were bathing and posturing themselves on the beach

and all was dreary, great robot limbs, robot breasts

robot voices, robot even the gay umbrellas.

But a woman, shy and alone, was washing herself under a tap

and the glimmer of the presence of the gods was like lilies,

and like water-lilies. (CP 651면, 전문)

다양한 학문이 각기 다른 분야에서 인간을 연구하고 이해하려는 까닭은 삶을 더욱 알차게 하는 데 있을 것이다. 하부구조인 경제활동이 상부구조인 의식의 체계를 결정한다는 결론을 내리든, 삶이란 리비도(libido)의 작용일 뿐이라고 결론을 내리든, 이러한 인식은 삶에 대한 추상적 판단일 뿐이다. 삶에는 선언적 거대담론이 포착하지 못하는 섬세한 관계의 과정이 있다. 하지만 물질의 교환가치만을 중시하고 과시적 소비에만 치중하는 사람들의 시선은 단순하다. 값으로만 사물을 평가하는 사람들은 비싼 것이 좋은 것이고 싼 것은 하자 있는 것으로 생각한다. 그런 획일적인 내적 판단기준에 사로잡힌 사람들이 해변에서 다른 사람들의 시선을 의식해 자세를 취하며 시간을 보내고 있다.

자기에 대한 믿음이 없기 때문에 넓은 바닷가에 나와도 위축된 행위(bathing)만 할 뿐이다. 화려한 볼거리를 제공할 수 있는 여름날의 해변이 그저 삭막할 따름이다. 하나의 척도에 맞춘 팔다리들, 봉긋한 가슴들, 재잘대는 목소리들은 개성이 전혀 없는 모조품일 뿐이다. 법석대는 사람의 무리 속에서도 오히려 사람이 그립다. 고개 돌려 바라보니 눈길 닿는 곳에 신적 광휘가 빛나고, 서광에 싸인 한 여인이 대롱에서 떨어지는 물을 뿌려 몸을 씻고 있다. 사람도 천사도 아니다. 몸짓 하나하나가 다 새롭고 다 청초한 백합꽃(lilies)이다. 연꽃(water-lilies)이다. 로봇이 아니라 몸에서 향기가 나고 생명의 기운이 넘치는 사람을 발견한 것이다.

로렌스는 칸트처럼 인간의 이성과 감성이 분리되어 각기 다른 영역을 인식한다고 믿지 않았다. 알맹이와 장식이 조화를 이룬 즐거운 지식(gay science)만이 감동적으로 지혜를 전달할 수 있는데, 칸트가 그것들을 분리했다고 로렌스는 말한다.

　내가 보기에 철학과 소설이 분리되고 만 것은 인류에게 크나큰 손실이었다. 그것들은 신화시대 이래로 하나로 존재해왔다. 아리스토텔레스와 토머스 아퀴나스, 그리고 저 지독한 칸트에게 있어, 철학과 소설은 말 많은 부부처럼 찢어지고 말았다.[23]

　베켓(Fiona Becket)이 "이항대립적 요소들의 상호보완적 긴장이 삶을 삶답게 한다"[24]고 말한 것같이, 로렌스는 삶의 과정에 두 개 혹은 그 이상의 대립적인 요소들이 투쟁하면서 서로를 보완하듯이 작용한다고 생각했다.

　오늘날 우리의 선택에 따라 인류의 장래는 다르게 전개될 수 있다는 생각으로, 동시대인들에게 생명의 과정에 순응하는 새로운 삶의 양식을 권할 수도 있다. 생명의 터전인 몸을 사랑하는 것으로 생명공동체를 건설할 수 있다고 믿으며, 이 순간의 삶이 인생 그 자체라고 믿는 로렌스처럼. 「당신이 인간이라면」(If You Are a Man)을 감상해보자.

　그대가 인간이어서 인류의 운명을 믿는다면
　자신에게 말하라. 우리는 초연해야 한다.
　소유와 돈, 그리고 기구들로부터.
　대신에 지금 우리가 단절되어 있는
　심연의 신비한 삶에 관심을 쏟아야 한다.

기계는 다시 지상에서 추방될 것이다.

인류가 그것을 고안했음은 착오였다.

돈은 더이상 존재하지 못할 것이고, 소유도 힘을 잃을 것이다.

그래서 인류는 삶과 직접 교통하는 방법을 터득해

타인과 가슴으로 만나게 되리라.

If you are a man, and believe in the destiny of mankind

then say to yourself: we will cease to care

about property and money and mechanical devices,

and open our consciousness to the deep, mysterious life

that we are now cut off from.

The machine shall be abolished from the earth again;

it is a mistake that mankind has made;

money shall cease to be, and property shall cease to perplex

and we will find the way to immediate contact with life

and with one another. (CP 666면, 총 3연 중 1~2연)

　지금까지 인류는 본능적 욕구에 따라 특별한 생각 없이 선택하며 살아왔다. 욕구를 실현하는 강력한 기계적 수단을 인간이 획득하기 전까지 선택이 야기하는 문제는 국지적이었다. 하지만 이젠 인간의 생각 하나, 행위 하나가 인류의 운명을 좌우할 수도 있을 만큼 사람과 사람, 그리고 그들의 공간이 얽혀 있다. 이를 인식한 사람은, '네가 만일 (사회적 관계 속의) 사람이라면, 그리고 인류의 장래를 믿는다면, 재산과 돈

과 온갖 기계들에 더이상 매여 살지 말라'는 로렌스의 말에 공감할 것
이다. 로렌스는 태곳적의 신비하고 심원한 삶 그 자체에 애착을 가지라
고 말한다. 재산과 돈과 온갖 기계들에 대한 관심을 끊고 삶 그 자체만
을 사랑하는 것은 불가능하다. 그러한 것은 삶에 대한 새로운 가치관에
뒤따른 결과일 뿐이다. 새로운 가치관으로 삶의 얼개와 핵심 기둥을 다
시 세워야만 바닷가에서 뛰놀고 수영을 즐기는 사람들도 로봇이 아닌
아름다운 동료로 거듭날 것이다.

　　로렌스는 인간의 삶을 외적으로 규제하는 제도보다는 개인들이 체득
한 생명과 삶에 대한 가치관을 더 중시했다. 개인과 사회가 공유하는
가치관 혹은 인식체계야말로 공동체의 실상을 전달하는 기제라고 생각
했다. 무작위로 골라 펼친 공동체 삶의 단면에 생명을 매개로 한 구성
원들간의 유기적 작용이 선명히 드러나면 그것으로 충분하다. 로렌스
의 시선을 따라, 헛된 사내다움의 멋에 취해 있는 농투성이가 펼치는
「농가의 사랑」(Love on the Farm)에서 동물과 여성이 유린되고 있는
삶의 원초적 장면에 주목하자. 니체가 주장하고 로렌스가 상상력으로
구현하는 '몸에 대한 사랑'은, 나의 감각적 쾌락을 위하여 타자를 수단
으로 부리는 폭력적 본능과는 다르다.

　　　그가 빗장을 푸는 소리에 나는 의자에서 일어나

　　　문이 열리는 것을 바라본다. 그가 이를 드러내 웃으며

　　　승리감에 취해 의기양양해한다. 그리고 아무렇게나

　　　덫에 걸려 죽은 토끼를 식탁 위에 내던지고

　　　내게로 다가온다. 아! 내 가슴으로 향해오는

　　　곧추선 비수 같은 그의 손! 오, 그에게 몸을 맡길 것을

　　　강요하는 듯한, 칼날처럼 이글거리는 눈빛!

112

우악스런 손으로 그는 내 얼굴을 돌려세워 자신을 향하게 하고

아직도 토끼 터럭의 비릿한 냄새가 나는

손가락으로 나를 애무한다. 아! 이를 어째, 그의 덫에 걸리고 말았다.

나는 모른다. 얼마나 가는 철사가 내 목을 조이는지를.

내 생명이 고동치는 그곳을 그가 더듬도록

내가 허락했다는 사실을 알 뿐이다. 또한 담비가 피를 빨기 전

쾌락에 취해 미친 듯이 냄새 맡는 그 짓을.

I hear his hand on the latch, and rise from my chair

Watching the door open; he flashes bare

His strong teeth in a smile, and flashes his eyes

In a smile like triumph upon me; then careless-wise

He flings the rabbit soft on the table board

And comes towards me: ah! the uplifted sword

Of his hand against my bosom! and oh, the broad

Blade of his glance that asks me to applaud

His coming! With his hand he turns my face to him

And caresses me with his fingers that still smell grim

Of the rabbit's fur! God, I am caught in a snare!

I know not what fine wire is round my throat;

I only know I let him finger there

My pulse of life, and let him nose like a stoat

Who sniffs with joy before he drinks the blood. (CP 43면, 7연)

인동꽃이 흐드러지게 피어 있는 담장을 따라 나비들이 날고, 나비들

의 주위엔 제비가 먹이를 노리고, 강가엔 물새들이 숨바꼭질하듯 나뭇
가지 사이를 드나들고, 야산의 토끼들이 때론 마을 어귀까지 내려오는
시골 마을의 외딴 농가에서 펼쳐지는, 젊은 사내의 거칠고 일방적인 사
랑의 몸짓을 그저 힘센 자의 횡포로만 보는 것은 감정의 흐름을 무시하
는 것 같다. 처음 창문을 통해 나(화자로서의 아내)의 시야에 남편의
모습이 박힌 순간부터, 아내는 복합적인 감정의 교차를 경험한다. 아내
에게 남편은 꽃가루만 탐내는 '난봉꾼'(flirt) 같기도 하고 달콤한 꿀물
을 아낌없이 바치고픈 '나비'(moth)이기도 하다. 그래서 그를 대하는
아내의 가슴은 설렘과 동시에 옥죄는 압박감을 느끼게 된다. 이런 상이
한 감정을 가리켜 길버트(Sandra M. Gilbert)는 "사랑과 죽음이 서로를
잠식하는 쾌락-고통"이라고 했다.[25] 아내는 황혼 이후에 자신도 덫에
걸려 죽은 토끼처럼, 남편이 쳐놓은 올가미에 걸렸음을 직감하면서도
선뜻 자리를 박차고 나가지 못한다. 사랑과 죽음이 서로를 사르며 얽혀
있는 가운데 사랑의 덫에 걸렸기 때문이다. 그러나 인류의 역사를 이어
온 사랑의 역설에서 벗어나, 일상의 관계적 측면에서 사내를 관찰하게
되면 우리는 그의 모습에서 조금은 투박한 근대인의 전형을 보게 된다.

　근대인이 기술력을 바탕으로 자연을 정복하고 지배해왔듯, 사내는
'덫'을 이용하여 산토끼를 잡았다. 설령 그가 농장에서 토끼를 키우고
있어 식탁이 언제나 푸짐하대도 개의치 않는다. 덫을 놓아 짐승을 잡는
것은 그의 쾌락이자 자기 과시의 게임이다. 토끼가 덫에 걸려 얼마나
몸부림치고 울부짖으며 죽어갔던가에 대해선 아랑곳하지 않는다. 죽어
서 축 늘어진 토끼를, 자기의 사내다움을 나타내는 증표라도 되는 것처
럼 흔들고 들어와 조리대 탁자 위에 휙 던진다. 인디언들이 사냥의 희
생물에 재를 올리며 "살기 위해 너를 먹으니 나를 용서해달라"는 주문
을 외는 것과 같은, 생명에 대한 외경심은 찾아볼 수가 없다. 토끼의 꺼

져가는 온기와 비릿한 냄새가 채 가시지 않는 손으로 사내는 아내의 목덜미를 잡고 품으려 든다.

물론 의식과 무의식의 상호작용을 상호보완적으로 이해하는 로렌스일지라도, 이런 형식의 사랑 표현을 생명력이 넘쳐나는 것으로 이해했으리라고 생각할 수는 없다. 상대를 단순히 격정을 해소할 대상으로 간주하는 일방성이야말로 로렌스가 가장 혐오한 것이었기 때문이다. 가장 내밀한 사랑으로 온몸의 교감이 이루어져야 할 관계에서, 일방적 횡포로 사랑을 풀어낼 수밖에 없는 사내는, 숭고한 삶을 상실한 현대인 혹은 자연과 타자를 활용의 대상으로 간주하는 '베이컨적 세계관'에 따라 살아가는 근대인의 표상이다. 타자의 몸을 사랑하여 조화로운 관계를 불러일으킬 수 없는 근대인에게 자신의 몸은 도구일 뿐이다. 타자의 몸에서 읽어낸 내면의 악보에 자신의 감성적 선율을 실어 표현하는 악기는 아닌 것이다.

로렌스는 생명현상을 기계작동의 원리로 인식하는 근대의 과학적 사고를 경계했다. '쇠로 만들어진 물건들'을 단순히 문명의 이기로만 대할 수 없었던 로렌스의 문명비판적 예지력은 여전히 유효하다. 로렌스가 삶을 영위하던 시대는 쇠로 만들어진 물건들에 대한 평가가 희망으로 부풀어 있던 때였다. 무한히 획득할 수 있을 것 같은 견고한 쇠는 인류의 삶에 편의와 풍요를 제공할 것이라는 낙관을 심어주는 듯했다. 한두 세대 전에 개최되었던 인류에 대한 축복으로서의 '철의 축제'(1851년의 제1회 만국박람회)에 당대의 사회가 들떠 있을 때, 로렌스는 쇠의 저주를 예언한다. 「쇠로 만들어진 물건들」(Things Made by Iron)이다.

쇠를 재료로 철로 만들어진 물상들은
죽은 채로 태어난다. 그것들은 수의며, 우리들에게서 생명을 앗아간다.

세월이 흘러, 그것들이 닳아 우리의 삶에

　　드디어 친숙해질 때쯤이면

그들에게 손때가 묻어 정이 솟아난다. 그때에 우리는

　　그들을 버리고 말아.

Things made by iron and handled by steel

are born dead, they are shrouds, they soak life out of us.

Till after a long time, when they are old and have steeped

　　in our life

they begin to be soothed and soothing; then we throw

　　them away. (CP 448면, 전문)

　　이 시는 「사람이 만든 물건들」(Things Men Have Made)과 대비되면서, 탁음이 진동하는 기계중심의 미래세계에 깊은 우려를 나타낸다. 가냘프나마 생명의 숨결이 서린 손길(wakened hands)로 빚어진 물건엔 생기가 도는 반면에, 쇠로 만들어진 물건들은 창조의 순간부터 생명이 없는 까닭에 그것은 우리에게서 생명을 앗아가고 만다는 로렌스의 생각은 구체적인 물질적 차원의 문제가 아니었다. 물건을 만들고 사용하는 사람의 가치관과 관계되는 것이었다. 사람이 애정을 쏟아 만들고 기능의 완수에 미적 감각과 제작자의 가치관이 더해진 물건과는 달리, 특정한 기능만을 수행하는 물건은 시간이 흘러 닳게 되면 거리낌없이 버려지고 만다. 반면 사람이 만든 물건은 세월이 흘러 만든 이가 세상을 떠나더라도 그가 새긴 생명의 혼은 남아 있어, 더욱 따스한 체취를 발산하며 연륜의 빛으로 반짝인다고 로렌스는 생각했다.

　　로렌스가, 생명의 원리가 속속들이 스며 있는, 사람들의 관계로 충만

한 세상을 갈망한 정도는 여느 시인들과 달랐다. 추상적 원리를 노래한
「우주는 흐른다」(The Universe Flows)의 첫부분이다.

　우주는 통제할 수 없을 만큼 거칠게 흐른다. 그 리듬은
　너무 우렁차고 때론 너무 섬세하여 우리 인간은 감지할 수 없다.
　우주에서 사람들의 지위가 중간 정도여서, 이해력이 그저 밋밋할 뿐이기
도 하지.

　한순간이라도 우주가 멈춘다면
　그로써 우주는 끝장이지.
　어쨌든 그것은 생각할 수도 없는 일.

　단지 사람만이 멈추어
　단조로운 일상을 기계적으로 반복하여
　무정의 덩어리로 자신을 방치하고자 한다.

The universe flows in infinite wild streams, related

in rhythms too big and too small for us to know,

since man is just middling, and his comprehension just middling.

If once, for a second, the universe ceased to flow

of course it would cease to exist.

The thought is unthinkable, anyhow.

Only man tries not to flow,

repeats himself over and over in mechanical monotony of conceit

and hence is a mess. (CP 479면, 1~3연)

　로렌스에게 생명이 소통되는 세상의 범위는, 이 지구에 국한된 것은 아니었다. 그는 생명의 작용을 '우주는 흐른다'로 표현했다. 우주 단위의 유기적 관계를 간파하는 직관력을 통하여 사람도 이러한 흐름에서 탈락하지 않기를 희구했다. 생명원리가 굴절되고 비생명 현상이 만연하는 세계의 실상을 접하고 로렌스가 시인으로서 목청을 높였던 까닭은, 새끼들이 남아 있는 둥지에 살모사가 기어드는 것을 보고 어미새가 미친 듯이 울어대는 것과 같은 이유에서였다.

　서구의 근대적 사고가 300년 이상 지속되면서 로렌스와 같은 문명 비평가들을 더욱 긴장시키고 안타깝게 했던 것은 생명을 향한 외경심의 상실이며, 생명현상을 단순한 기계적 원리로 환원하는 사람들의 맹목성이었다. 생명과 삶에 대한 외경심 상실이라는 정신적 기류야말로, 풍요의 결실을 인간들로부터 빼앗아가는 원흉이었다. 생태계 위기를 타개하지 못하고 물질적 풍요의 극점에 서서 헛되게 바벨탑을 쌓았다고 후회하는 '가장 슬픈 순간'의 도래를 막아야 한다. 현대인에 대한 경고로도 받아들일 수 있는 로렌스의 시 「가장 슬픈 순간」(The Saddest Day)의 일부이다.

　　아, 나는 형편이 어렵게 태어났지만
　　개인적으로 두각을 나타냈지.
　　나는 알았다. 풍족한 상위의 세상이
　　'약속의 땅'처럼 빛나고 있다는 것을.

그리하여 상류의 족속들에 합류하기 위하여

나는 위로 기어오르기 시작했지.

그러나 드디어 거기에 도달했을 때

나는 주저앉아 울어야만 했다.

그곳은 조금도 고상한 땅이 아니었기에.

거긴 그저 허위에 찌든 비열한 곳이었을 뿐.

마치 요란하게 꾸며진 집 안에

사람들은 없는 유령의 폐가일 뿐이었다.

O I was born low and inferior

but shining up beyond

I saw the whole superior

world shine like the promised land.

So up I started climbing

to join the folks on high,

but when at last I got there

I had to sit down and cry.

For it wasn't a bit superior,

it was only affected and mean;

though the house had a fine interior

the people were never in. (CP 554면, 2~4연)

풍요로운 세상이란 궁색한 삶 속에서는 도달할 수가 없는 이상향(heaven)으로 남게 된다. 천상의 낙원일 것만 같던 다른 세상이 "온갖 시련을 견뎌내며" 올라간 이후 하나의 신기루였음을 알아차리는 순간은 참담하다. 로렌스가 직접적으로 '가장 슬픈 순간'으로 상정하는 날은, 부르주아적 상류사회의 부유하지만 천박한 속성을 체험하는 때이다.

'크고 화려한 집'은 데카르트적 관점으로 풍요로운 상태를 의미할 수 있다. 그러나 외형의 물질적 조건으로만 가치가 결정되는 상황에서 인간은 소외되기 마련이다. 삶이 더 여유로웠고 자연과 더 친밀한 관계를 유지하던 시절의 방식에서 지혜를 구해야 할 때다. 삶과 인간과 자연이 유기적으로 조화를 이루던 시원의 고향 혹은 이념의 고향으로 회귀하고파 목 놓아 울게 되는 날의 도래를 막아야 한다.

건강한 삶 및 공동체적 윤리의 와해는 사유재산 개념의 도입에 따른 당연한 귀결이라고 말할 수도 있다. 생명과 몸, 그리고 몸을 근거로 한 포괄적 쾌락을 보장하는 삶이 극단적으로 위협받는 현재의 상황이 새삼스러운 것은 아니다. 하지만 충만한 관계가 바탕이 된 생명공동체를 모색하는 경우라면, 편의를 최우선적 가치로 여기는 현재의 편향된 문명관에 대해 우려할 수밖에 없다. 이제 우리는 생명의 리듬과 몸의 소리를 느낄 수 있어야 한다. 그런 삶을 실현하려는 결단만이 생명공동체의 파국을 막을 수 있다.

제4장

생명 : 생태계 조화를 이루는 씨앗

시집 『새, 짐승, 꽃』(*Birds, Beasts and Flowers*, 1923)으로 대표되는 로렌스의 제3기 시들에서는 이탈리아에 거주했던 그의 경험이 내용에 크게 작용했다. 생활공간이 자연으로 파고듦으로써 시풍은 더욱 자연 친화적인 경향을 띠게 되었다.[1]

로렌스는, 자연을 외적 대상으로 간주하고 목가적 향수를 불러일으키는 매개체로 이용했던 이전의 낭만주의자들과는 달랐다. 시적 상상력을 작동시키는 계기요 삶을 비추는 거울로서 인간에게 부차적 대상에 머물렀던 것이 낭만주의자들의 자연이었다. 반면에 로렌스에게 자연은 유기적 작용을 통하여 자기를 조직해가는 생명체로서 호사가들의 호기심이나 충족시키는 객체가 아니었다. 로렌스는 인간의 눈으로 왜곡시켰던 기존의 관계를 해체하고, 새로운 만남을 통하여 생물들과 진정한 교감을 이루어내고자 했다. 이러한 로렌스의 유기체적 생명 인식을 『앎에 대한 은유적 방식』(*Metaphor's Way of Knowing*)의 저자 하겐(Patricia L. Hagen)은 다음과 같이 말한다.

그(로렌스)는, 모든 생명체를 관통하는 근본적 원칙인 탄소 배출에 주목하여, 주저치 않고 포도와 신, 뱀과 인간은 같다고 본다. 생명체에서 발견할 수 있는 보편적인 유사성은, 운동 즉 동일한 원소상태를 유지한 독특한 진행으로 생명체들이 존재한다는 사실이다.[2]

로렌스는 자연물의 실체를 투시하는 직관으로 생명의 본질을 파악하고자 했다. 하겐은 제3기의 시들을 개괄하여 한 작품으로 읽을 수도 있으며, 이 단일한 작품에 상징적인 명칭을 부여하면 '미지의 세계로 향한 모험'(an adventure into the unknown)이 될 것이라고 한다.[3] 로렌스는 이 미지의 세계로 가는 모험을 통하여, 타성에 젖은 인간들이 기존 방식으로는 이해할 수도 느낄 수도 없는, 생물에 대한 새로운 이해를 시도했다. 또한 그는 이제껏 인간이 숭배해왔던 신과는 다른, 생물들 사이에 다리를 놓는 신을 만나고자 했다. 그리하여 로렌스는 미지의 세계 혹은 지하의 세계를 접하게 된다. 일년의 3분의 2를 꽃이 만발한 지상에서 보내던 페르세포네(Persephone)가 나머지 기간을 보내야 했던, 남편 하데스(Hades)가 있는 바로 그 세계였다. 이 미지의 세계는 식물에게는 뿌리가 존재하는 세계이고, 해와 달에게는 새로이 솟기 전에 머무르는 바다 밑의 세상이었다. 기존의 이원적 체계에서 해와 달은 궤도를 다 돌고 나서 바다 밑으로 들어가 휴식을 취한다고 여겨졌다. 빛의 세계와 어둠의 세계는, 천동설이 지배하던 시절에는 분리된 두 세계로 상정되었다. 그런데 미지의 지하세계는 지상과 분리되어 있는 초월적 세계가 아니었다.

어둠의 약화가 빛이고, 생명활동의 둔화가 죽음이라는 상호보완적 이원론을 자연의 질서로 수용한 로렌스는 생명의 자기전개 과정에서 상호 파괴적인 관계란 있을 수 없음을 알았다. 기존의 가치와 그 가치를 지탱하기 위해 조작된 맹목적인 지식으로부터 자유로웠던 로렌스는 인간이 정상에 있는 생명체의 위계질서를 인정하지 않았다. 창세 신화에서 말하는 이른바 창조론이나, 단세포 생물이 유기화합물에서 비롯했고 수십억년의 진화과정을 거쳐 영장류로 진화했으며 드디어 생각하는 인류(Homo Sapiens)가 탄생하게 되었다는 진화론 모두 최종 산물인 인간을 정점으로 한 이론이라는 점에서 공통적으로 인간중심적이었다. 배타적인 인간 우월성으로 전환된 인간중심주의는 생태계 위기를 몰고 온 주범 중의 하나로 꼽힌다.

로렌스의 시적 상상력은 생명 존중의 굳건한 토대 위에서 펼쳐지기 때문에 교조에 얽매이지 않았다. 로렌스가 인정하는 인간중심주의 혹은 인본주의란, 여타의 생명체들을 혹사해 인류의 종적 이익만을 도모하는 배타적인 이기주의가 아니라, 생명현상이 펼쳐지는 공간 및 그곳의 내적 작용을 전체적으로 조망하여, 조정의 기능을 수행하는 책무가 인류에게 있음을 깨닫는 것이었다. 미물을 바라보는 로렌스의 태도를 읽을 수 있는 시 「벌새」(Humming-Bird)이다.

그 무엇도 영혼을 갖기 전
생명이 단지 반쯤 살아 있는 물질의 덩어리일 때
이 작은 물체가 찬란한 빛에서 떨어져나와
둔하고 거대한 즙이 흐르는 줄기를 거쳐 윙윙거리며 지나갔다.

그때는 꽃이 없었으리라,

벌새가 창조되기 전 빛만이 반짝였던 세계에서는.

단언컨대, 긴 주둥이로 벌새는 둔하게 흐르는 잎맥을 쪼아댔으리라.

아마도 그는 아주 컸으리라.

흔히 말하는 대로, 이끼들과 작은 도마뱀들이 한때 컸던 것처럼.

시원의 세계에서 벌새는 마구 찌르고 다니는 무시무시한 괴물이었을지
도 모른다.

우리는 시간의 긴 망원경을 거꾸로 들고 벌새를 본다.

우리들에겐 다행한 일이지만.

Before anything had a soul,

While life was a heave of Matter, half inanimate,

This little bit chipped off in brilliance

And went whizzing through the slow, vast, succulent stems.

I believe there were no flowers then,

In the world where the humming-bird flashed ahead of creation.

I believe he pierced the slow vegetable veins with his long beak.

Probably he was big

As mosses, and little lizards, they say, were once big.

Probably he was a jabbing, terrifying monster.

We look at him through the wrong end of the long telescope of Time,

Luckily for us. (CP 372면, 2연~끝)

　감정의 과장된 분출은 시가 아니라고 하면서, 인간적인 요소들을 배제한 채 시를 기하학적으로 구성하는 것을 시인의 탁월성으로 착각했던 당대의 시적 경향에 로렌스는 동조하지 않았다. 유기적 진화의 관점에서 생명을 노래한 「벌새」는 로렌스의 면모가 잘 드러나고 있는 시다. '꽃이 피어서 벌이 수정을 거들고 열매를 맺어 생식을 이어가던 시절이 오기 전'에는 벌새가 생식을 위해 무언가를 기여했으리라는 것이 로렌스의 판단이다.

　우리의 삶이 이뤄지는 지구 혹은 생태계는, 개별적으로 나눠진 개체는 생존을 지속할 수 없을 만큼 유기적으로 작용하는 공생의 체계이다.[4] 생태계 내의 모든 요소들이 유기적으로 상호 작용한다는 말은 물질 단위의 교류만을 의미하는 것은 아니다. 1차 생산자로서 녹색 식물은 미생물들이 분해해놓은 땅에서 양분과 수분을 흡수하고 대기 중의 이산화탄소를 융합하여 지구 생태계를 지탱하는 가장 기본적인 생산활동을 전개해간다. 맹수의 제왕 사자도 죽어서 자신의 몸을 반납하고, 인간도 죽으면 땅에 묻혀 미생물의 생명활동을 돕는다. 생물들의 '생명권 평등'을 주장하는 사람들은, 지구 생태계 내에서의 인간의 지위를 '기생충'(parasite) 혹은 '암적 존재'로 평가하기도 한다. 현재의 인간에게는 그러한 비난을 받아 마땅한 측면도 있다. 그러나 로렌스라면 사랑으로 빚어진 생명의 축제를 위해, 연인에게 장미꽃을 꺾어 바치는 행위를 반생태적 행위로 비난하지는 않았을 것이다. 인간은 먹이사슬의 지위에 따른 행동만을 하는 것이 아니라, 외부의 물리적 요인에 생리적으로 반응하고 감성적 소통을 경험하는 존재다. 아스팔트의 깨어진 틈을 헤집고 나온 노란 민들레꽃을 보고 자연의 강인한 생명력에 전율하며 카타르시스를 느끼기도 하는 존재가 인간인 것이다.

"모든 생명체는 전지전능한 창조주가 자신의 목적에 따라 창조했다"는 선언은 현존의 질서를 확립하려는 의도의 표출이며, 특별히 인간 존재에 높은 가치를 부여하려는 시도였다. 인류가 출현하여 현재에 이르기까지 다른 생명체를 대등한 동반자로 존중하며 공존을 허용한 적은 없었다. 인간이 누려온 우월한 지위란 다른 생명체를 유린하고 자연을 약탈하는 데 기인한 것이었다. 인류가 조물주의 존재를 인정하고 위계질서를 유지한 데에는 이유가 있다. 전지전능한 신의 형상을 닮았다는 특권은, 생태계 내에서 종(種)적 이익을 실현하려는 인간의 의지를 죄의식에서 해방하는 역할을 했다.

다윈(Charles Darwin)과 월러스(Alfred Russel Wallace)가 성취한 업적, 즉 "진화는 자연 선택에 의해 발생한다"는 이론은 창조론에 맞서 새로운 시각을 열어놓았으나 인간중심적이긴 마찬가지였다. 인간이 다른 동물과 식물의 변종에 영향을 줄 수 있다는 주장은 논리적으로 생물권에서 인간의 우월한 지위를 더욱 강화시켰던 것이다.[5]

현대과학의 시각으로 우주는 대략 150억년 전에 탄생하여 계속 팽창해오고 있으며 이 과정에서 수많은 천체들이 생성 소멸되면서 오늘에 이르렀다고 한다. "대략 50억년 전에 이루어진 우리 태양계에서는 태양과 지구 사이에 일정한 온도 차이가 유지되면서 지속적인 자유 에너지의 흐름이 형성되어 이를 통해 어떤 부분적 질서 확립의 계기가 마련되었다"고 장회익은 말한다.[6] 지구의 질서 확립이란 지구에 생명이 출현했음을 의미한다. 진화의 단초이면서 자연의 동력인 생명은 지구가 생긴 직후에 탄생했다. 지구와 생명의 순차적 출현은 생물 진화적 의미에서, "지구와 같은 행성들에서 생명이 탄생하기 위해서는 화학반응이 필수적임"을 암시하는 것이다. 세이건(Carl Sagan)은 유기화합물 생성

실험에 관해 이렇게 말한다. "우리는 초기 지구의 가스들을 결합해 스파크를 일으킨다. 초기 지구 대기를 구성하는 가스들은, 현재의 목성과 우주 공간을 채우고 있는 수소, 수증기, 암모니아, 메탄, 황화수소 등이다. 스파크는 번개에 해당된다. 이 스파크는 초기의 지구와 현재의 목성에서 발생하는 현상이다."[7]

지구가 형태를 갖춘 이래 약 30억년이 지나도록 지구상의 생명은 분열균류(分裂菌類, blue-green algae) 이상으로 진화하지 못했다. 이런 사실은 원시생명이 분화된 기관들을 구비한 다세포 생물로 진화하기가 극히 어려우며, 나아가 진화는 최초의 생명 출현보다도 더 어렵다는 것을 말해주고 있다. 과정이 노출되지는 않지만 연쇄적으로 생명의 진화를 이어간 변화는 바다에서 이루어지고 있었다. 대양에 가득 찬 분열균류의 왕성한 생명활동은 대기의 구성비를 변화시켰다. 제한된 공간에서의 과잉 증식은 자기 파멸을 초래했다. 분열균류의 성쇠가 조성한 지구 대기의 질적 변화는 새로운 형태의 생물이 경쟁적으로 출현하고 번식하게 된 원인이 되었다. 6억년 전쯤 분열균류의 독점체제가 깨진 이 격변이 바로 '캄브리아기의 폭발'(Cambrian explosion)이었다.

분열균류로부터 인간에 이르기까지 이들을 관통하는 생명 혹은 생명체란 무엇인가?[9] 이론생물학자 로우(Glenn W. Rowe)는 생명에 대한 이론적 모형을 설정하면서 생명의 특성에 필수적인 세 가지를 다음과 같이 언급한다. 첫째는 대사(metabolism)로서, 생명체는 주변에서 자유 에너지를 흡수하여 이를 자기 유지를 위해 사용할 수 있어야 한다. 둘째는 생식(reproduction)으로서, 개체의 유한성을 극복하기 위해 자기 자신을 복제할 수 있는 능력을 지녀야 한다. 셋째는 진화(evolution)로서, 변화하는 환경에 적응하기 위해 세대를 거쳐 가며 변이와 선택에 의한 적응력의 증가가 뒷받침되어야 한다.[10] 그러나 하나의 개체에서는 이 세 가지 요건이 모두 충족될 수 없다. 생명체의 특성인 생식이란 개체와 개체 사이의 관계인 것이다. 결국 우리의 직접적인 경험의 대상이 되는 개체 생명체들은, 오직 총체적 단일체와의 관계에서만 그 존재성이 인정되는 것이다.[11] 개체는 큰 생명의 부분적 요소에 해당하는 것들로서, 큰 생명의 틀 안에서 이루어지는 그들의 유기적 작용이야말로 존재의 근거가 된다.[12]

『삶과 온생명』에서 장회익은, 기존의 생명 개념은 대체로 개별 생명체들을 대상으로 이들이 지닌 공통점을 선별하여 재구성한 것이라고 한다. 이에 반하여 '총체적 단일체'를 전제로 한 생명 개념은 생명현상을 새롭게 파악하는 시각이라고 한다. 이러한 생명 개념은 "그 내포에서뿐만 아니라 그 외연에서도 기존의 생명 개념과 상이하므로" 장회익은 기존의 생명 개념과 구분하여 '온생명'(global life)이라고 이름붙일 것을 제안한다.[13] 온생명은 지구상에 펼쳐지는 전체 생명현상을 개별적으로 분리해서 파악하지 않고, 그 자체를 하나의 전일적 실체로 바라보는 개념이다.

생명을 이렇게 정의할 때도 개별 생명체의 '국소질서'라는 개념은 필수적이다. 국소질서들은 온생명 안에서 나름의 독자성을 지니고 있으므로 이들을 독립된 실체로 인정하는 것은 당연하다. 이런 이유로 장회익은 온생명과는 구분되는 다양한 국소질서의 독자적인 명칭을 '개체 생명'(individual life)이라 했다. 한 개체 생명의 입장에서 보면, 개체 생명의 생존은 필연적으로 온생명의 생존과 공존하며, 온생명에 절대적으로 의존하고 있음을 알 수 있다. 이 온생명이 개체 생명과 맺는 상보적 관계를 중시한 장회익은, 온생명에서 특정한 개체 생명을 제외한 나머지 부분을 '보생명'(co-life)이라 불렀다.

장회익에 따르면 온생명을 가장 근본적인 생존 단위로 설정함으로써, 모든 개체 생명들은 자신의 보생명과 더불어 온생명적 생존을 유지할 뿐 아니라 상대적으로 독립적인 개체적 생존도 유지해갈 수 있다고 한다. 기존의 개체 중심적 생명 이해에서 개체 생명은 절대적 가치를 지닌 궁극적 존재였다. 그러므로 기존의 개체 중심적 생명관에서는, 생태계 내의 생명의 상호작용이란 약육강식의 논리가 지배하는 생존투쟁이며, 이러한 질서 하에 놓인 자연은 투쟁의 장일 수밖에 없었다. 그러나 온생명의 시각으로 보면 동종의 개체들은 공생하면서 더 높은 차원의 상위 개체에 참여하게 되고, 이러한 상위 개체들은 다시 그들 사이의 새로운 협동을 통하여 더 높은 차원의 상위 개체를 형성해간다. 그리고 궁극적으로는 하나의 생존 단위인 온생명에 이르게 된다. 온생명적 관점에서 개체 생명은 보생명과의 관계에서 생존에 필수적인 요소들을 구한다. 공존의 질서를 파괴하지 않으려는 생태적 배려에 따라 개체 생명은 스스로 행위의 한계를 설정한다. 즉 개체 생명은 생존을 위해 경쟁과 협력을 조화시키는 삶의 방식을 터득하게 된다. 이런 의미에서 생명 이해에 대한 새로운 방식은 세계관 변화에 직결되는, 삶의 양상을 바꾸는 강력한 원동력이기도 하다.

로렌스는 「사람과 박쥐」(Man and Bat)에서 아무리 예쁘게 보려고
해도 결코 정이 가지 않는 박쥐를 보고, '나―너'의 관계를 조심스럽게
맺어가는 과정이 인간의 책무라는 사실을 깨닫는다. 유용성을 근거로
서열을 정하고 인간중심의 위계질서로 생태계를 파괴해왔던 인간이 타
자를 유기적 관점으로 재인식하는 과정은, 인간이 참회하고 모든 대상
을 원래 위치로 회복시키는 과정이다.

박쥐의 창조주여! 더러운 모퉁이에 있는 박쥐들을 보소서
모든 틈새에 존재하는 하느님을 믿는다,
그러나 내 방에 있는 박쥐들은 인정할 수 없다.
태양이 내리쬐는 낮엔, 박쥐들의 창조주도 믿을 수 없다.

　(…)

죽음? 죽인다?
그것은 결코 해결책이 아니다!
박쥐는 박쥐일 수밖에 없다.

단지 생명에만 출구가 있다.
그리고 인간의 영혼은, 일상의 삶에서
포괄적 책임을 감당해야만 한다.

그래서 나는 플라넬 재킷으로 그를 덮쳐 잡았다.
나를 물지 않도록 잘 뭉뚱그려서.
아마 그 지저분한 자식이 나를 물었다면, 나는 그를 죽이고 말았을 테

니까.

내 손아귀에 든 박쥐는 꼼짝도, 숨도 못 쉴 정도였다.

서둘러 나는 그를 창밖으로 떨어냈다.

Let the God who is maker of bats watch with them in

　　their unclean corners....

I admit a God in every crevice,

But not bats in my room;

Nor the God of bats, while the sun shines.

　　(…)

Ah death, death

You are no solution!

Bats must be bats.

Only life has a way out.

And the human soul is fated to wide-eyed responsibility

In life.

So I picked him up in a flannel jacket,

Well covered, lest he should bite me.

For I would have had to kill him if he'd bitten me, the impure one....

And he hardly stirred in my hand, muffled up.

Hastily, I shook him out of the window. (CP 346~47면, 후반부)

로렌스는 우주와 사물의 근원을 규명하려는 관심을 결코 놓지 않았
다는 점에서 대단히 종교적인 시인이었다.[14] 「사람과 박쥐」의 뛰어난
작품성을 인정한 비어슬리(Doug Beardsley)와 퍼디(Al Purdy)도 말했
듯이, 로렌스는 "특정한 종교를 선택한 것은 아니지만 신에 대한 탐색
을 멈추지 않았다는 점에서 매우 종교적"이었다.[15] 의식적으로 박쥐에
대한 증오심을 누그러뜨리려는 노력을 해보지만 쉽지 않다. 그러나 화
자는 "내가 박쥐를 창조하지 않았다./그를 창조한 하느님이 그의 목숨
을 거두게 내버려두자"(I didn't create him./Let the God that created
him be responsible for his death)는 데까지 생각이 발전한다. 로렌스
는 존재를 존재 자체로 인정하는 단계에까지 이르렀고, 생명은 그 자체
로 지속될 권리가 있음을 인정한 것이다.

부버(Martin Buber)는 사람이 취하는 이중적인 태도에 따라서 세계는 사람
에게 이중적이며, 사람의 태도는 그가 말할 수 있는 '두 개의 근원어'(two
basic words)에 따라서 이중적일 수 있다고 한다. 그가 말하는 두 개의 근원
어란 '나—너'와 '나—그것'으로 대별되는 세상의 모든 관계를 나타내는 말들
이다. 근원어는 그들 외부에 존재하고 있을 어떤 것을 진술하는 것이 아니라,
오히려 근원어가 발설됨으로써 하나의 존재가 세워진다고 한다. 즉 '나—너'
를 말하는 것은 타자를 객체화하는 것이 아닌 '관계'를 세우는 것이고, '나—
그것'을 말하는 것은 타자를 객체화하는 '경험'이나 '사용'을 추론한다. 근원어
'나—너'는 온 존재를 기울여서만 말할 수 있지만, '나—그것'은 결코 온 존재
를 기울여 말하는 것이 아니라고 한다.[16]

화자는 혹시 박쥐에 물릴까 염려되어 옷으로 둘둘 말아 창밖으로 날려보낸다. 자기 생명의 소중함을 주장하기 위해서는 기본적으로 타자의 생명도 존중해야 하나 아는 것과 행동하는 것은 같지 않을 수 있다. 로렌스의 시에서처럼 '나―너'의 관계를 바탕으로 전면적인 교류가 이루어짐으로써 유기적 생명공동체가 작동하게 되는 것이다.

로렌스는 생명의 기원에 대한 해석에서도 편향되지 않았다. 조물주에 의한 창조도, 적자생존과 자연도태에 의한 진화도 그에게는 맹신의 도그마가 되지 못했다. 생명에 대한 외경만이 그의 종교를 대신했던 것이다. 「물고기」(Fish)에서 펼쳐지는 생명에 대한 그의 생각은 섬세하고 관대하다.

물고기의 상처난 입에서 바늘을 빼내고

겁에 질린 눈, 순금처럼 빛나고

물빛으로 깨끗한 반짝이는 눈을 바라보았다.

내 손 안에서 점액을 분비하며 생명의 박동을 멈추지 않는 그를 느꼈다.

마음은 자책에 빠져 새로운 상념에

젖는다: '나는 창조의 척도가 아니다.

이 물고기는 내 영역 밖에서 존재한다.

그의 창조주는 나의 창조주가 아니야.'

Unhooked his gorping, water-horny mouth,

And seen his horror-tilted eye,

His red-gold, water-precious, mirror-flat bright eye;

And felt him beat in my hand, with his mucous, leaping life-throb.

And my heart accused itself

Thinking: *I am not the measure of creation.*

This is beyond me, this fish.

His God stands outside my God. (CP 339면, 끝부분)

로렌스의 시들 중 동물을 소재로 한 12편의 장시를 묶은 『다른 어떤 사람도 로렌스가 아니다!』(*No One Else is Lawrence!*)에서 퍼디는 로렌스가 "예수의 십자가형의 이미지를 연상시키는 상징 기법을 활용했다"고 말한다. 비어슬리는 "로렌스는 인간과 다른 생물들의 생명, 그리고 다른 세계들에 대한 통합된 전망을 생생하게 보여주고 있다"고 평한다.[17] 이러한 언급은 특히 「물고기」에 대한 적절한 평가라 하겠다.

생태계는 자체 질서에 따라 연쇄적으로 다른 생명체의 목숨을 빼앗고 이로써 생태계의 평형을 유지해간다. 따라서 생태계의 본질적 현상이자 질서인 생태계의 먹이사슬마저 거부하는 생명권 평등에 대한 주장은 감상적 선언에 불과하다.[18] 인디언들이 사냥한 동물을 시식하기 전에 생명에 대한 진혼의 한마디를 빠뜨리지 않았던 것처럼, 로렌스 역시 자신의 편의를 위하여 다른 생명체의 목숨을 함부로 거둘 수 없음을 고백한다. 「사람과 박쥐」에서도 밝혔듯, 자신은 생물에 대한 생사여탈권이 없다는 것이다. 로렌스는 지구상에서 전개된 진화의 역사에서 인류는 가장 나중에 출현한 종(species)인 만큼 다른 생명체에 대해 겸손해야 한다고 생각한다.

생명에 대한 연민 혹은 소심증이 있으면 인간의 고유한 삶 즉 인간문화를 창달할 수 없다는 비판이 있을 수도 있다. 하지만 생태계 문제는 인간이 최소한의 필요를 충족시키고 삶의 본질적 측면 혹은 질적 수준을 향상시키려는 노력 때문에 야기된 것이 아니다. 생태계 질서에 대한 무지와 자본주의의 천박한 소비 경향을 우리는 현대의 문명화된 삶으로 착각했던 것이다.

사람에 따라 생명공동체를 복원해야 한다는 당위성을 받아들이는 정도가 다를 수 있다. 생태계 원리가 충실하게 반영되는 공동체를 건설한다 해도, 그 낙원에서의 삶이 모든 사람에게 동일한 가치와 쾌락을 제공하는 것도 아닐 것이다. 자본주의 질서에 찌든 사람에게는 생명공동체의 새날이 오히려 거북할 수도 있다. 생태계가 조화를 회복한 그날을 노래하고 있는 로렌스의 「새 아침」(First Morning)을 보자.

> 드디어 아침
> 아담한 성당 한켠의 의자에 앉아 햇볕을 받으며
> 병풍처럼 펼쳐진 산들을 바라본다.
> 그들의 푸른 그림자를.
> 눈길이 닿는 목장의 발치에는
> 셀 수도 없는 민들레꽃 우산들.
> 검푸르게 윤기 나는 풀잎에는 이슬들이
> 햇빛을 받아 방울방울 아롱진다.
> 이대로 다 좋다. 그대 내 곁에 있고
> 산은 평온하게 둘러져 있고
> 민들레 홀씨는 날아 풀밭에 스며들고
> 그대와 나 함께 이룬
> 우리의 터전, 사랑 위에서
> 그대 흔쾌히 그 모두를 반겨 들이노니!
> 그들은 우리의 사랑 위에서 존재를 드러낸다.
> 만유는 우리로부터 연유한다.

Now, in the morning

As we sit in the sunshine on the seat by the little shrine,

And look at the mountain-walls,

Walls of blue shadow,

And see so near at our feet in the meadow

Myriads of dandelion pappus

Bubbles ravelled in the dark green grass

Held still beneath the sunshine——

It is enough, you are near——

The mountains are balanced,

The dandelion seeds stay half-submerged in the grass;

You and I together

You hold them proud and blithe

On our love.

They stand upright on our love,

Everything starts from us,

We are the source. (CP 204면, 총 3연 중 마지막 연)

　　로렌스 자신이 사랑으로 번민하던 시절, 사랑의 부침에 따른 심경을 서경시로 드러낸 작품이다. 평화로운 전원에 묻혀 마음의 소용돌이를 잠재운 연인들의 눈엔 모든 것이 아름다울 수밖에 없다라고 한다면, '평화로운 전원'이 관건이 된다. 따스한 햇볕이 가득하기에 성당의 묘지도 주검이 묻혀 있는 곳이라는 느낌보다는 새싹들이 움트는 생명의 진원지라는 인상을 준다. 이는 묘지에 이어진 목장의 생명력이 주변으로 파급된 결과일 것이다. 산이 푸르러 산의 그림자도 푸르다. 무엇 하나 새로울 게 없는 봄날의 정겨운 풍경일 따름이지만, 한 해를 주기로 그곳에서 일어나 영향을 주고받았을 일들을 떠올린다면, 그 엄밀한 유기적 상호작용에 탄복하지 않을 수 없다.

목장에는 양이나 소 혹은 말떼들이 땅을 딛고 풀을 뜯다 때로는 먹은 것을 배설하기도 한다. 지난해의 생명활동의 흔적이 꽃으로 피어난다. 소가 먹은 풀은 소의 몸을 따라 한 바퀴 순환하고 나서 다시 땅으로 퍼져 거름이 된다. 그것은 다시 검푸른 풀을 자라게 하여 풀잎 끝에 이슬을 방울지게도 한다. 육중한 소들이 밟고 또 밟아 다져진 목장의 풀밭에선 노란 민들레꽃이 피어 사람들로 하여금 강인한 생명력에 다시 한번 감동하게 한다. 사랑으로 여유로워진 연인들에겐 무엇 하나 눈에 거슬리지 않는다. 그들의 관심어린 시선에 투영된 사물들은 이름을 갖게 되어 관계적 삶을 시작한다. 연인은 만물이 그들로부터 시작되는 진정한 원천이 된다. 이런 토대에서 모든 생물은 서로에게 존재를 확인시켜 주는 연인이 된다. 모든 개체 생명이 다른 개체 생명에게 보생명이 되듯이. 생명공동체의 유기적 작용은 동시대 작가들이나 학자들이 관심을 갖는 주제는 아니었다. 로렌스의 시적 상상력은 주류의 냉소적 대상에 불과했다.

로렌스에게 사고력의 원천은, 생명과 삶을 전개하는 관계의 역동성에 대한 인식이었다. 로렌스가 생명에 대한 입체적 이해를 시도한 것은 생명과학의 작은 분과였던 분자생물학이 생물학 연구를 심각하게 왜곡시킨 이후였다. 지금까지도 하나의 연구경향으로 지속되고 있는 유전학 분야의 연구 열풍에 대하여 카프라는 다음과 같이 말한다.

생명현상에 대한 탐구가 훨씬 미세한 수준으로 나아감에 따라 생물학자들은, 박테리아에서 인간에 이르는 모든 생물의 특성은 동일한 암호문자가 화학물질로 구성된 염색체에 기록되어 있는 것임을 발견했다. 20년 동안의 철저한 연구 끝에 이 암호의 정확한 세부 내용들이 밝혀졌다. 생물학자들은 참으로 보편적인 생명언어의 낱글자들을 발견했던 것이다.[19]

분자생물학이 거둔 이러한 성과는 모든 생물을 분자구조와 그 메커니즘을 통해 밝혀낼 수 있다는 신념을 확산시켰다. 그러나 생물학자들은 유전자의 구조에 대해서는 잘 알고 있었지만, 유전자들이 그 생물의 발생과정에서 어떻게 서로 의사를 소통하고 협동하는지에 대해서는 거의 아무것도 알지 못했다. 1970년대 중반이 되자 생명의 이해에 대한 분자생물학적 접근이 갖는 한계는 분명해졌으나, 생물학자들은 생명의 지평에서 분자생물학적 접근 이외의 다른 연구방법을 마련하지 못했다. 사회현상과 그 내적 관계를 연구하는 학문 분야에서 붐을 일으켰던 시스템적 사고(systems thinking)도 순수과학에서는 별다른 영향력을 발휘하지 못했고 분자생물학에 맞서는 대안이 되지도 못했다. 그래서 『시스템 이론의 탄생』(*The Rise of Systems Theory*)에서 릴리엔펠트(Robert Lilienfeld)는, "시스템 이론이 지금까지 등장한 여러 분야에서 제기된 모든 중요한 문제들을 해결하는 데 이용되었다는 증거는 어디에도 없다"고 단언하기도 했다.[20]

물론 당시에도 에너지가 생명체의 외적 환경과 상호 작용한다는 데 의견 접근이 있었던 것은 사실이다. 단일 생명체에서는 닫힌 시스템 개념으로 생물을 이해했으나, 되먹임 작용(feedback)을 항상성(homeostasis)을 유지하려는 본질적인 메커니즘으로 인식했다. 신경 과정의 사이버네틱스적 모형들이 생명에 대한 과학적 이해에서 주요한 진전을 이룬 것이라는 주장도 있었다. 특별히 보그다노프(Alexander Bogdanov)와 베르탈란퍼(Ludwig von Bertalanffy)는 열린 시스템에

서 수많은 변수들이 상호 작용하여 생물들의 조직패턴들을 생성케 한
다고 확신했다. 하지만 그러한 패턴들의 창발성(emergence)을 수학적
으로 기술할 수 있는 방법을 계발할 수는 없었다.[21]

생명활동이 하나의 유기체 단위로 작용한다는 전제에서 출발한 '시스템적
사고'를 개관하면서 언급된 개념들의 의미를 요약하면 다음과 같다.
- 항상성: 유기체 내부 환경의 불변성 원리를 일컫는데, 항상성이란 생물이 허
  용 한계 내에서 요동하는 여러 변수들과 동역학적인 균형상태를 유지할 수
  있게 해주는 자동조절 메커니즘을 말한다.
- 사이버네틱스(cybernetics): 그리스어 kybernetes(steersman, 조타수)에
  서 유래한 말로 베르탈란피가 일반 시스템 이론을 연구하면서 자동안내와
  자동조절 기계를 개발하려고 한 것이, 의사소통과 제어라는 통합적인 접근
  으로 이어지면서 발전한 분야.
- 창발성: 각각의 수준에서 관찰된 현상들은 그보다 낮은 수준에서는 존재하
  지 않는 특성을 나타내는데, 설탕의 단맛은 설탕을 구성하는 탄소, 수소, 산
  소의 원자에는 없다는 것이 예가 되겠다. 특정한 복잡한 단계에서는 나타나
  지만 그보다 낮은 수준에는 존재하지 않는 이러한 특성을 창발적 특성이라
  고 한다.

20세기 전반기에 선보인 시스템적 접근방식들은 형식적인 수학이론
으로 결실을 맺지는 못했지만 특정한 사고방식, 새로운 언어, 새로운
개념들, 그리고 전체적인 지적 풍토를 확립했다. 마투라나(Humberto
Maturana)와 바렐라(Francisco Varela)가 정의한 '자동제작'
(autopoiesis), 프리고진(Ilya Prigogine)이 제기한 '소산구조'
(dissipative structure), 그리고 베이트슨(William Bateson)이 처음 정

의하고 마투라나와 바렐라가 좀더 정교하게 사용한 '인지'(cognition) 개념 등이, 1980년대 이후 생명현상의 시스템 모형을 가능케 한 이론적 자산들이었다. 또한 이러한 개념들은 로우(Glenn W. Rowe)가 생명 혹은 생명체들의 필수적인 요건들로 언급한 대사, 생식, 진화라는 개념들을 물리·역학적으로 설명함으로써, 생명활동을 운동과 과정으로 이해하게 했다.

시스템 이론의 버팀목이 되는 새로운 발견들을 "하나의 맥락으로 통합하고, 일반인들이 하나의 일관된 방식으로 그 흐름을 이해할 수 있도록 총체적으로 종합하고자 한"[22] 카프라는, 마투라나와 바렐라의 '자동제작'을 생물시스템의 '조직패턴'(pattern of organization)으로, 프리고진의 '소산구조'를 '생명시스템의 구조'로, 마투라나와 바렐라의 '인지'를 '생명의 과정'으로 전환하여 생명의 본질에 대한 포괄적인 설명을 시도했다. 카프라는 "생물의 경우, 조직패턴은 항상 그 생물의 구조 속에 구현되어 있으며, 패턴과 구조 사이의 연결은 연속적인 구현의 과정 속에 들어 있다"고 한다.[23] 그리고 이 패턴, 구조, 과정은 완전히 상호의존적이다. 조직패턴은 그것이 물리적인 구조로 구현될 때만 인식될 수 있으며, 생물시스템에서 이 구현은 지속적인 과정이다.

조직패턴은 시스템의 본질적인 특성을 결정하며, 특히 그 시스템이 생물인지 혹은 무생물인지를 판가름한다. 마투라나와 바렐라는 생명의 보편적인 조직패턴을 자동제작이라는 개념으로 구체화했다. 따라서 생물시스템의 조직패턴으로서 자동제작은 생명활동이라는 말과 다르지 않다. 특정한 시스템이 결정(結晶) 상태든, 바이러스든, 세포든, 행성 지구든 간에, 그것이 살아 있는지 죽었는지를 판별하기 위해서 우리는 그 조직패턴이 자동제작 연결망의 패턴인지 아닌지를 알기만 하면 된다. 생물 연결망의 핵심적인 특성인 자동제작 연결망은 끊임없이 자기를 구성할 뿐만 아니라 다른 구성요소의 생성과 변형에도 관여한다.

"자기 조직하는 시스템에 대한 가장 영향력 있고 상세한 최초의 기술은 러시아 태생의 화학자이자 물리학자인 프리고진의 '소산구조'일 것"이라고 카프라는 『생명의 그물』(*The Web of Life*)에서 언급하고 있다.[24] 소산구조란 평형상태와 거리가 먼 열린 시스템 속에서 나타나는 자기 조직화 현상, 즉 불안정성의 임계점(critical points)에서 자연발생적으로 일정한 움직임이 창발되어 자기를 유지할 뿐만 아니라 진화해 가기도 하는 구조를 말한다.[25] 평소에 "생물의 존재 자체가 자연에 대해 무언가 중요한 사실을 우리에게 말해주고 있다"[26]고 생각해온 프리고진을 가장 매료시켰던 것은 생물이 비평형이라는 조건 하에서도 생명과정을 유지할 수 있다는 사실이었다.

시스템에 관심을 갖게 되고 어떤 상황에서 비평형 상태들이 안정적일 수 있는지를 연구하기 시작한 프리고진은, 시스템이 평형상태에서 멀어져 불안정성의 임계점에 도달하는 순간 새로운 질서가 창발된다는 것을 발견했다. 그는 "소산구조의 형태는 그 구조가 형성되는 외적 조건들에 의해서도 중대한 영향을 받는다. '지구의 중력장'(gravitational field of Earth)이나 '자기장'(magnetic field)과 같은 외부의 장들도 내적 요인 못지않게 자기 조직화의 메커니즘을 선택하는 데 중요한 역할을 한다"며, 소산구조를 결정하는 것에 내부적 원인에 의한 새로운 질서 창출은 물론 외적 환경의 영향에 대해서도 강조하고 있다.[27] 소산구조는 자체의 이러한 특성으로 인하여 과학연구 분야에 변화를 주었고 생명에 대한 가치관과 세계관을 획기적으로 전환하는 계기를 마련하였다.

19세기 과학연구의 주된 관심사는 열역학적 진화(thermodynamic evolution)의 최종 단계, 곧 평형 열역학이었다. 이 분야에서 비가역적

과정들(irreversible processes)은 연구가치가 없는 것으로 무시되었다. 하지만 이런 상황은 일부의 과학자들에 의해 역전되었다. 평형에서 멀리 떨어진 상태에서 새로운 형태의 구조가 자생적으로 형성될 수 있다는 것과, 무질서와 열적인 혼돈이 질서의 상태로 전환한다는 것을 알게 된 것이다. 평형상태의 물질은 '반복적'으로 작동한다.[28] 평형의 상태에서 비평형의 상태로 이동한다는 것은, 반복적이고 보편적인 것에서 벗어나 비가역적이고 특수한 것으로 옮겨감을 의미한다.

프리고진은 소산구조라는 개념으로 생물의 출현[29]과 생물시스템의 진화를 설명했다. 그는 생명이 파괴나 죽음이란 운명을 피하기 위해 순리적(normal)인 물리학적 원리들과 경쟁하는 것 같지 않다고 한다. 오히려 생명은 화학반응에 나타난 비선형성과 태양 복사로 인하여 평형상태에서 멀리 벗어나게 된 조건을 삶의 형식으로 하고 있다는 것이다. 프리고진은 생명이 환경과 유기적 상호작용을 해온 것은 생명의 존재근거라고 강조한다.

사이버네틱스에 강한 영향을 받은 베이트슨(Gregory Bateson)은 정신적 과정에 대한 새로운 인식에 도달했다. 그의 연구는 패턴과 관계를 중심축으로 삼고 있으며,[30] 그는 자연을 제대로 기술하기 위해서는 자연의 언어를 구사하려는 노력을 꾸준히 해야 한다고 생각했다. 자연의 언어는 관계의 언어이며, 이 관계야말로 생물계를 특징짓는 본질이라고 한다. 그는 생물학적 형태가 부분들로 이루어지는 것이 아니라 관계에 의해 구성되며, 이 관계는 사람들의 사고방식으로 인간의 내면을 지배한다고 보았다. 베이트슨은 마음의 현상이 정신현상과 밀접한 관련이 있다고 생각했다. 생물계에 나타난 조직화 활동은 본질적으로 정신적인 특성을 띤다고 보았던 것이다. 베이트슨은 마음과 생명 혹은 마음과 자연의 관계를 동질성 개념으로 파악했으나 "생명은 무엇인가?"에 대한 질문은 제기하지 않았다. 베이트슨은 생물시스템에 대한 이론화 작업의 필요성을 느끼지 못했던 것이다.

하지만 마투라나는 "생명의 본질은 무엇인가?" "인지란 무엇인가?" 라는 질문으로 그의 이론적 작업을 시작했다. 산티아고에서 마투라나와 바렐라에 의해 수립된 인지에 대한 시스템 이론은, 생명과정을 앎의 과정으로서의 인지와 동일시한다는 점에서는 베이트슨 이론과 유사했다. 산티아고 이론에 따르면, 뇌는 마음이 존재하기 위하여 반드시 필요한 것은 아니라고 한다. "박테리아나 식물은 뇌를 갖지 않았지만 마음을 가졌으며, 가장 단순한 생물도 지각할 수는 있다는 점에서 인지능력을 가졌다"는 것이다.[31] 따라서 앎(knowing)의 과정으로서의 인지 개념은 사고(thinking)과정으로서의 인지 개념보다 더 넓다. 마음의 과정으로서 인지의 이러한 특성에 대하여 카프라는 "산티아고 이론이야말로 데카르트의 이론을 실질적으로 극복한 최초의 일관된 과학적 틀"이라고 한다.[32] 이제 정신과 물질은 더이상 두 개의 다른 범주에 속하지 않게 되었으며, 생명이라는 동일한 현상의 다른 차원일 뿐이라는 것이다.

생명이 하나의 주기를 마치고 또다른 주기에 편입되는 '소산구조'적 생성과 소멸은 영원히 순환된다. 한 개체 생명에서 자기 조직화가 종결되는 순간은 결코 생명의 종말이 아니다. 오히려 숱한 주검은 생명과 생명의 연결고리가 된다. 개체 단위의 동일성 한계에서 벗어나 생명이 후세대로 연장되고 분해자를 통하여 새롭게 생명공동체에 편입되는 과정을 우리는 마음으로 인지할 수 있다. 시인은 생명의 우주적 전개가 보여주고 암시하는 것에 민감하다. 생명이 소산구조를 따라 새로운 질서에 편입되는, 우주적 순환을 거친다는 사실을 「회귀하는 낙엽들」(Fallen Leaves)에서 확인하자.

나무에 붙어 있는 잎들처럼 유기적으로 얽힌 관계가 있고
땅바닥에서 뒹구는 낙엽들이 맺는
기계적 관계도 있다.

천상의 바람은 불꽃과 선율로 불어와 매달린 잎들을 팔랑거리게 하지만,
회귀하는 낙엽들에겐 하느님의 뜻을 담은 연자매가 되어
지하의 맷돌 위에서 그들을 잘게 부숴 거름흙으로 되돌려준다.

There is the organic connection, like leaves that belong to a tree

and there is the mechanical connection, like leaves that are cast

    upon the earth.

Winds of heaven fan the leaves of the tree like flames and tunes,

but winds of heaven are mills of God to the fallen leaves

grinding them small to humus, on earth's nether mill-stone.

(CP 615면, 전문)

　우주에는 상호보완적 관계를 맺는 이원론적 힘들이 있어 우주의 살
림을 꾸려간다는 세계관은 로렌스에겐 자연스런 것이었다.[33] 물론 그의
세계관은 선이 악을 응징하고 빛이 어둠을 몰아낸다는 식의 이항대립
적 이원론이 아니었다. 우리는 이 시를 읽는 과정에서 자칫 로렌스를
배타적 이원성에 준하는 감수성을 지닌 시인으로 오해할 수도 있다.
'유기적 결합'과 '기계적 결합'을 얘기하고, '속하고' '버려지는' 은유
를 사용한 그를, 정신과 육체의 영역을 따로 설정하는 이원론자로 볼

수도 있기 때문이다. 물론 살아 있는 나무에 붙어 있는 잎들과 더이상 생명을 지탱할 힘이 없어 삶을 놓아버린 퇴색한 잎들이 나무와 맺는 관계는 같다고 할 수 없다. 그래서 시인은 살아 있는 나뭇잎들의 나부끼는 몸짓은 작렬하는 불꽃이며, 동시에 영혼의 선율(tunes)을 울려 퍼지게 한다고 했다. 땅바닥에 뒹굴며 서로에게 차이는 낙엽들은 기계의 부속품들처럼 엉켜 있다가 바람이 불면 휘몰려 흙의 연자매에 밟혀 부식토로 썩어가리라고 한다.

낙엽으로 삶을 마감하는 세상의 모든 '잎들'의 한살이를 관조하는 로렌스의 마음은 담담하다. 새싹에서 낙엽으로, 부스러기로 순환하는 잎의 일생은 바로 자연의 질서이기 때문이다. 오롯이 자신을 바친 낙엽들이 만든 거름을 먹고 자란 나무들은 안다. 윤회의 매듭들인 새싹을 틔워낼 수 있는 힘이 바로 낙엽의 정기였다는 것을! 한 시점에서의 상태를 기계적 결합 혹은 유기적 결합이라고 단정지을 수는 없다. 로렌스는 생명을 매개로 하나의 흐름을 형성하고 있는 상태를 '유기적 결합'이라 했다. 나무로부터 떨어져 나와 연결고리를 잃고 바람에 뒹구는 낙엽은, 생명의 유대를 상실했다는 이유로 '기계적 결합'이라 했다. 동시에 낙엽은 새로운 생명을 피워낼 거름으로서 재생의 원천임을 로렌스는 알았다.

로렌스의 사유세계는 니체의 사유세계와 밀접하다. 또한 인지를 마음의 과정으로 인식하는 마투라나와 바렐라의 시스템적 사고의 근간이 되는, 현대의 탈(脫)데카르트적 과학의 경향과도 일맥상통한다. 로렌스는 「인간의 마음」(The Heart of Man)에서, 마음은 인지의 과정일 따름이지 결코 신체의 한 부분은 아니라고 생각한다. 이런 까닭에 마음의 변화에 민감하게 반응하고, 마음의 궤적이 반영되는 삶을 타인의 관점이나 해석에 맡기지 않는다. 로렌스는 자신의 경험과 직관을 바탕으로 내면의 변화에 솔직하고자 한다.

인간의 마음이라는, 우리가 아는 게 전혀 없고
감히 탐험할 엄두도 못 내는 또하나의 우주가 있다.

기이한 회색지대가 있어
생기를 잃은 우리의 지성은 인간의 마음이라는
생명이 고동치는 천지에 이르지 못한다.

앞서 간 사람들도 아직 그 대륙의 해안에 닿지 못했다.
남녀 아무도, 정말 아무도 모른다.
콩고나 아마존보다 더 어두운
충만과 욕구와 슬픔의 강이 흐르는
내부의 신비를.

There is the other universe, of the heart of man

that we know nothing of, that we dare not explore.

A strange grey distance separates

our pale mind still from the pulsing continent

of the heart of the man.

Fore-runners have barely landed on the shore

and no man knows, no woman knows

the mystery of the interior

when darker still than Congo or Amazon

flow the heart's rivers of fullness, desire and distress.

(CP 606~607면, 전문)

객관적 조건이 동일하기 때문에 산출된 결과도 같을 것이라는, 이른바 가역적인 사고는 생명과 생명체를 정연하게 설명할 수 없다. 엄밀히 말하면, 자동판매기에 동전을 투입해서 수시로 얻는 내용물도 언제나 같은 것은 아니다. 단지 투입과 산출의 유형적 메커니즘만 같을 뿐이다. 마찬가지로 임계점 혹은 분기점에서 '우연하게' 변화의 방향을 선택하는 생명의 자기 조직화에 대해 우리는 경험과 확률에 따라 그 유형을 가늠해볼 수 있을 따름이다. 그래서 로렌스는 '인간의 마음은 우리가 아는 게 전혀 없고 탐험할 엄두도 내지 못하는 또하나의 우주'라고 했다. 아직까지 어떤 사람도 그 내부의 신비를 알지 못한 '사람의 마음'은 '콩고나 아마존보다 더 어두운 신비'에 싸인, 삶의 유기적 질서가 생성되는 생명의 자기 전개과정인 것이다.

로렌스는 생명의 비밀스런 작용이 이루어지는 마음을 개념적으로 이해하려는 시도를 포기하고 그냥 신비의 원천으로 남겨두려고 했다. 마음의 작용과 생명현상을 파편적으로 분석하면서 그 알맹이인 생명을 거세해버리고 마는 어리석음을 우려했기 때문이다.[34] 즉 무의식의 세계를 의식의 영역으로 재편하면서 생명을 생명체와 분리해버리고 마는 왜곡을 경계했기 때문이다. '지금 여기에서' 생명현상에 몰두하는 것이 삶 자체이다. 로렌스는 '기이한 회색지대'가 있어 '생명이 고동치는 천지'로 향하는 우리의 발목을 잡는다고 했다. 그는 생태계의 역동적인 순환을 방해하는 요소로 사회공동체와 구성원들의 생기 잃은 마음을 꼽았다.

사람들이 공동체로부터 스스로 유폐되어 회색지대를 전전하는 까닭은 마음이 생기를 잃었기 때문이라고 한다. 마음의 작용을 의지로 조작할 수 없기에 로렌스는 신비한 영역에 마음을 그대로 둘 것을 권했다. 마음 역시 진화의 산물이라는 로렌스의 생각은 생명에 대한 과학적 세계관과 부합한다.

진화를 거듭해온 자연은 '우연하게' 여기에 도달했다. '창발적 진화'란 말은 진화의 최종 산물인 생명체들이 설계도면 없이 만들어졌다라는 의미이다. 진화의 구체적인 단계를 알 수 없지만 대체적인 추세에 대하여 전망하는 작업이 무의미한 것은 아니다. 삶이 관계들의 작용으로 전개되고, 관계의 변인으로 외부의 요인과 심리적 요인이 있음을 깨달은 자에게 그 전망은 훨씬 선명할 것이다. 진화를 추진하는 변수들은 언제나 되먹임되면서 새로운 국면을 조성한다. 몸과 마음과 자연은 공통적으로 공생을 기본으로 변주된다.

|제5장|

돈: 생명공동체의 경제·윤리적 모색

　생명공동체를 향한 실천대열에 선 사람들이나 학문 차원에서 언급하는 사람들은 생태계 위기를 초래한 원인이 매우 복합적이라는 사실에 모두 동의하고 있다. 욕망에 대한 신화적 해석은 물질에 대한 인간의 탐욕에 면죄부를 주었다. 근대적 주체의 자기 합리화인 기계론적 세계 인식에 힘입어 인간은 생태계에서 불한당으로 되었다. 타자배제 논리를 확대 재생산해온 특정한 신화와 종교도 생태계 위기의 원인에 해당된다. 로렌스는 다수의 인간과 자연을 배제시키고 있던, 공동체에 대한 주류의 그릇된 시각을 우선 해체하고자 했다. 그에게 생기가 넘치는 삶의 공간을 만드는 실천은 그 다음 단계였다. 생태계 위기를 공동체의 윤리적 문제로 이해한 현대 생태학자들과의 공통점을 찾을 수 있는 까닭도 여기에 있다. 창세 신화에 따르면 애초에 인류는 선과 악의 어느 쪽으로도 미래를 펼칠 수 있었다. 자신의 '자유의지'에 따라 전개한 인류의 모습은 현재 어떠한가? 로렌스의 시 「우리의 날은 저물고」(Our Day Is Over)에 나타난 실상과 전망은 암담하다.

우리의 날은 저물고, 어둠이 밀려온다.

그림자들이 세상을 덮고 있다.

그림자, 어두운 그림자가

점점 부풀어올라 우리의 다리 사이로 차고 넘친다.

우리의 날은 이대로 끝이 난다.

겨우 헤쳐나가는가 싶다가 우리는 비틀거린다. 어둠이 밀려와

우리의 공간을 채우고

아! 거기서 우리는 익사하고 마는가?

Our day is over, night comes up

shadows steal out of the earth.

Shadows, shadows

wash over our knees and splash between our thighs,

our day is done;

we wade, we wade, we stagger, darkness rushes

    between our stones,

we shall drown. (CP 425면, 총 2연 중 제1연)

맨델(Gail Porter Mandell)은 이 시가 묵시록적인 주제를 다루는 다른 시들처럼 "코끼리만이 유일한 생존자로 남은 채 사라진 고대의 동물들처럼 우리 인류도 소멸로 치닫고 있는가?"라는 문제를 제기하고 있다고 한다.[1] 로렌스는 부르주아 계급과 관련된 시에서는 철저히 "우

리(인류)는 사멸할 수밖에 없는가?"를 화두로 삼았다. 그리고 그가 내린 결론은 부르주아 계급이 주도하는 문명의 장래는 비극적으로 막을 내리리라는 것이었다. 부르주아들은 한때 계몽의 정신으로 무장하고 절대 권력자에 대항하여 역사 발전에 기여하기도 했다. 로렌스에게 동시대의 부르주아들은 천박하기 이를 데 없었다. 소수의 특권층이 된 그들은 잉여가치를 착취하기 위하여 노동자들과 자연을 거침없이 유린했다. 물질적 풍요가 삶의 만족을 보장한다는 신념에 따라 삶을 재화의 각축장으로 여겼던 것이다.

"물질적 가치의 실현이 곧 자아실현이다"라는 그들의 명제는 사람을 평가하는 척도가 되었다. 삶에 대한 낙관이 지속되는 밝은 순간(day)들은 사라지고, 암흑(night)에 싸인 세상이 침울한 시대적 기류를 반영한다. 사람들의 생각을 지배하여 미래에 대한 희망의 싹을 고사시키는 그림자는 대지를 짓누르고 있다. 물질의 교환가치만을 중시하는 상징적 소비의 사슬에 묶인 현대인들은 부르주아 계급의 질서에 갇히고 말았다. 효용가치는 고려하지 말고 맹목적으로 소비할 것만을 부추기는 부르주아 상업원리는 사람들의 발에 족쇄를 채운다. 현대인은 부르주아 계급이 오염시킨 탐욕의 강물에 익사하고 말 것이라고 로렌스는 진단하고 있다.

로렌스가 장래를 암울하게 진단한 것은 인류에 대한 판단에 근거했다. 100여년 전의 칸트(I. Kant, 1724~1804)나 2천년 전의 호라티우스(Horatius)가 말했듯 자연상태의 인간은 본성적으로 타락하게 된다는 것이다.[2] 아담과 이브가 뱀의 유혹을 받아 '도덕법칙에 어긋난(그래서 악한)' 것을 선택함으로써 타락하게 되었고, 그 선택의 결과로 인하여 아담의 후손인 인류는 "천성적으로 악하다"는 존재론적 평가를 받게 되었다고 칸트는 말한다. 그러나 칸트는 선을 향한 의지와 악을 향한 의지가 공존하고 인간의 현재 상태는 인간 자신에게 책임이 있다고 하면서 다음과 같이 말한다. "인간이 선한가 악한가는 둘 다 자유로운 선택의지의 결과여야만 된다. 만일 인간의 상황이 자유의지가 선택한 결과가 아니라면, 그의 도덕적 상태에 대해 책임을 물을 수 없다. 따라서 인간은 도덕적으로 선하다거나 악하다고 말할 수는 없다."[3]

칸트의 근본악 개념을 그의 종교적 신념으로 이해하는 사람들에게는 궁금한 것이 따로 있다. 도대체 아담과 이브는 어떻게 유혹당했기에 자기 존재의 근원인 하느님을 거역할 수 있었던가? 「창세기」(Genesis)에서 그 전후 상황을 확인해보자.

뱀이 여자에게 이르되 너희가 결코 죽지 아니하리라. 너희가 그것을 먹는 날에는 너희 눈이 밝아 하나님과 같이 되어 선악을 알 줄을 하나님이 아심이니라. 여자가 그 나무를 본즉 먹음직도 하고 보암직도 하고 지혜롭게 할 만큼 탐스럽기도 한 나무인지라 여자가 그 실과를 따먹고 자기와 함께 한 남편에게도 주매 그도 먹은지라. 이에 그들의 눈이 밝아 자기들의 몸이 벗은 줄을 알고 무화과나무 잎을 엮어 치마를 하였더라.(「창세기」 3장 4절~7절)

뱀이 아담의 여자를 유혹한 말은, '선악을 알게 하는 나무의 열매를 먹으면 너희 눈이 밝아져 하느님과 같이 되기 때문에 하느님이 그 열매를 먹지 못하게 한 것이니 너희도 그것을 먹고 하느님처럼 전지전능해지는 게 좋지 않겠니?'였을 것이다. 탐스러운 선악과를 혼자 먹기에는 미안하여 남편에게도 권한 태초의 여자에게 누가 돌을 던질 수 있는가? 아직 죽음을 목격하지 못한 태초의 여자에게 "너희가 죽을까 하여" 금지케 한다는 말이 행위를 막는 데 어떤 실효가 있었겠는가? 그리고 '지혜롭게 하는 나무' 열매이기에 먹어야겠다는 생각은 사실 그렇게 강하지는 않았을 것이다. 모든 것이 가까이 있어 손만 뻗으면 취할 수 있는 낙원에서 지혜를 발휘하여 삶에 대처할 필요가 없었을 것이기 때문이다. 지혜는 희소성의 원칙이 지배하는 '쫓겨난 자들의 땅'에서나 필요한 두뇌작용이 아닌가? 태초의 여자와 그녀의 남자 아담이 유혹을 뿌리칠 수 없었던 까닭은 선악을 알게 하는 그 열매가 우선 먹음직스럽고 탐스러워 감각을 자극했기 때문으로 보인다.

살아 있음은 감각기관이 제대로 작동하고 있음을 의미한다. 순진무구하고 생기 왕성한 청춘 남녀가 감정에 충실한 것은 너무나 당연한 일이 아닌가? 정치와 경제 그리고 문화적으로 서구의 종교적 그늘에서 벗어나기 어려운 현대인들은 창세 신화에 등장하는 아담과 이브의 후손들이다. 먹음직스러운 게 있으면 먹어야 하고 또 그것을 친한 사람에게 먹여야만 직성이 풀리는 그런 사람들, 금지된 것을 먹고 정말로 눈이 밝아져 자기의 벗은 몸을 보고 부끄러워 큼직한 무화과나무 잎으로 부끄러운 곳을 가린 사람들은 모두 아담과 이브의 몸과 마음을 닮았다. 아니다. 그 후손들은 함께 먹으려는 이브의 마음은 사라지고 남의 것을 빼앗아 쌓아놓고 혼자만 호의호식하려는 탐욕의 화신들로 변한 것은 아닌가. 현대인이 오로지 물질적 풍요만을 바라는 배금주의자가 되었음을 로렌스는 안타까워했다. 「현대의 기도」(Modern Prayer)에서 물신을 숭배하는 사람들의 소망을 알아보자.

전능하신 재물의 신이시여, 저를 부유하게 해주소서!
지금 바로 그렇게 해주시고, 저의 부에
마군이 끼어들지 말게 하소서! 저의 운수에 훼방놓는 것은
그 무엇이라도 시궁창에 차 넣으십시오. 위대한 개새끼 물신이시여!

Almighty Mammon, make me rich!
Make me rich quickly, with never a hitch
in my fine prosperity! Kick those in the ditch
who hinder me, Mammon, great son of a bitch! (CP 584면, 전문)

마태복음(Matthew) 6장 24절에는, "한 사람이 두 주인을 섬기지 못할 것이니 혹 이를 미워하며 저를 사랑하거나 혹 이를 중히 여기며 저를 경히 여김이라. 너희가 하느님과 재물을 겸하여 섬기지 못하느니라"라는 경구로 사람이 재물의 마력에 빠져드는 것을 경계하고 있다. "현대사회의 도덕적 토대들을 풍자"[5]하고 있다는 평을 받는 이 시가 그린 현대인들은 단호하고 노골적이다. 현실 속에서 자신을 풍요롭게 해주지 못하는 하느님으로부터 과감히 등을 돌리고 재물의 신 맘몬 앞에 무릎을 꿇고 대담하게 간청한다. 자신의 부를 축적하는 데 걸림돌이 되는 것은 그것이 무엇이든, 양심의 가책이든, 내적 갈등이든 그런 것에 주저치 않고 속히 자신을 부유하게 해달라고 맘몬 신께 기도한다. 그렇다

고 현대인들이 반드시 맘몬 신의 권능을 신봉하는 것도 아니다. 살아 있는 동안 지속되는 탐욕을 위해 그냥 버릇처럼 외쳐대는 넋두리일 뿐이다. 자신의 기도가 응답을 받지 못했다고 판단되면 언제라도 신을 향해 욕(great son of a bitch)을 해댈 준비가 되어 있다. 재물을 추구함에 있어 스스로 한계를 정할 수 없는 개인들은, 재물을 향한 욕구가 충돌하는 곳에서는 서로를 파멸로 몰고 만다.

파렴치한 자본주의가 국가간에 약육강식의 법칙을 부추기던 시대에 로렌스는 국외자로 살았다. 그는 제1차 세계대전이 발발했던 1914년에, 여러 가지 주변 여건들에 맞서 2년 동안의 힘겨운 싸움을 끝마치고 프리다와 결혼하게 된다. 여섯살 연상인 대학 스승의 부인과 결혼한 로렌스가 전쟁중인 나라에서 정착할 만한 곳은 없었다. 따가운 눈총을 피하여 그들이 정착한 곳은 영국의 조그마한 해안 도시 콘월이었다. 경제적 여건이 극도로 나빠져 생계를 위해 인접한 농장에서 일을 거들어주기도 하던 시절에, 독일의 스파이로 의심받아 주민들의 신고로 경찰에 연행되기도 했던 경험[6]은, 사교적이지 못한 로렌스로 하여금 사회를 더욱 믿지 못하게 만들었다. 인간과 사회를 신뢰할 수 없었던 시절에 겪은 제1차 세계대전은 로렌스의 사상에 결정적인 영향을 끼친 사건이었다. 유럽인들 거의 모두가 전쟁에서 벗어날 수 없었으며, 전쟁이 유럽인들에게 끼친 영향은 가혹했다. 특히 로렌스에게는 서구의 문명과 사상이 궁극적으로 도달한 종착지는 바로 그 전쟁으로 인한 파괴 상황으로 여겨졌다. 그리스도교와 계몽사상을 바탕으로 사랑과 평등을 외치면서, 다른 한편으로는 개인의 존엄성을 유린하고 대량살상을 자행하는 서구 문화의 이율배반을 그는 결코 용납할 수 없었다. 전쟁의 근본 동기가 상업주의적 이해관계에 있다면 이 체제를 넘어설 희망은 어디에 있는가, 나아가 근대 서구의 역사가 스스로 부정해온 탈서구적 가치와 만날 가능성은 과연 존재하는가를 로렌스는 깊이 탐색하게 되었다.

　피부로 느껴지는 '서구의 종말' 시대에 로렌스가 절감한 상실감은, 시집 『팬지』(*Pansies*, 1929)의 사회 전반에 걸친 비판들에 잘 나타나 있다. 이 시기 서구 사회에 대한 로렌스의 전망은 극도로 암울했다. 『팬지』에서 『쐐기풀』(*Nettles*, 1930), 그리고 『더 많은 팬지』(*More Pansies*, 1932)에 이르기까지 로렌스의 사회적 관심은 집요했다. 정치와 경제 그리고 문화의 이질화가 빚어내는 사회의 총체적 갈등에 대한 관심은 『마지막 시들』(*Last Poems*, 1932)의 종교적 경향의 시들을 제외하면, 로렌스 시의 제4기를 지나서도 계속되었다. 로렌스가 서구 문화의 운명을 결코 낙관할 수 없었던 까닭은, 서구 문화의 부정직성에 있었다. 개인과 개인, 집단과 집단 사이엔 갈등과 투쟁이 있게 마련이다. 하지만 현대 혹은 로렌스 당대의 투쟁이란 갈등의 직접적인 원인을 숨기고 자신을 합리화하며 미화함으로써 갈등을 지속하는 것이었기 때문에, 투쟁 자체가 허위의식을 실현하는 하나의 행위가 되고 말았다. 로렌스는 「지난 전쟁」(The Late War)에서 이러한 개인들과 사회의 가증스런 허위의식에 경종을 울리고 있다. 그와 동시대인들을 거의 정신적 공황상태에까지 몰고 간 잔인한 전쟁을 회고하면서 그는 말한다. 전쟁은 무지한 살해행위에 지나지 않는다고.

　　그 전쟁은 투쟁이 아니었다.
　　그것은 살인이었다.
　　서로가 사악한 마음으로
　　서로를 살해하고자 했던.

　　The War was not strife;

It was murder,

each side trying to murder the other side

evilly. (CP 715면, 전문)

　사람들이 모둠살이를 하는 곳에는 갈등이 있고, 갈등이 심화되면 투쟁이 있게 마련이다. 아니 인간공동체에만 투쟁이 있는 것이 아니다. 관계를 맺고 살아가는 생명이 있는 곳이라면 어디에서나 투쟁이 있다. 투쟁을 전개하는 단계에서 각 주체들은 명분을 축적하고, 물리적 충돌에 앞서 자기 진영에 우호적인 여론을 형성하려는 최소한의 윤리적 조치를 취한다. 로렌스가 생각하는 두 주체 사이의 '투쟁'(Strife)은 이러하다.

투쟁이 두 사람의 문제일 때

각자는 싸우면서 서로를 이해하게 되고

그리하여 대결은 친교가 된다.

하나인 둘.

When strife is a thing of two

each knows the other in struggle

and the conflict is a communion

a twoness. (CP 714면, 「투쟁」 총 2연 중 제1연)

　하지만 상대를 살상하고 그 살상을 얼마나 효율적으로 수행하는가에 따라 집단행위를 평가하는 전쟁은 '이념을 근거로 한 투쟁'과는 다르다. 전쟁은 가장 기본적인 윤리마저 포기한 파괴적 충동의 분출일 뿐이다. 다시 말하자면 투쟁이 욕구를 지닌 인간들이 자기를 주장하는 일상적인 관계양상들 중에서 과격한 형식을 뜻하는 반면, 전쟁은 피에 굶주린 무리들이 저지르는 광란이라는 것이다.

인간은 윤리적 존재다라는 말은, 이기적 본능과 공동체의 질서가 대립할 때 개인의 욕망을 일단 유보한다는 전제에서만 성립한다. 극단적인 상황이라 하더라도 상대를 파멸시키고 자신을 유일한 생존자로 남게 하는 것은, 갈등을 해소하는 윤리적인 해법이 아니다. 전쟁이란 살인을 조장하다 못해 포상하고, 상대를 재기 불능의 상태로 철저히 파괴하는 것을 미덕으로 삼는다. 개인과 집단의 파괴본능이 일시에 폭발하여 통제의 수준을 넘어버리는 것이 전쟁이다. 로렌스는 전쟁의 비인간적 생리를 고발했으며, 대립하는 생각들을 조정하거나 타협하려는 관계방식을 너무도 쉽게 포기하는 것을 거부했다. 제로섬 게임을 펼치듯 전쟁과 살인을 통하여 배타적으로 자기의 이익을 실현하려는 인간들의 잔인한 발상을 로렌스는 혐오했던 것이다. 「살인」(Murder)이란 시를 읽어보자.

살해는 악이 아니다.
어떤 사람이 죽음을 부르는 나의 원수가 될 수 있다.
그것은 열정적 친교이기도 하다.

그러나 살인은 언제나 악이다.
그것은 상대방에게 가해진 어떤 사람의
일방적 행위이기 때문이다.
상대에 대한 인정과 친교가 없이.

Killing is not evil.

A man may be my enemy to the death,

and that is passion and communion.

But murder is always evil

being an act of one

perpetrated upon the other

without cognisance and communion. (CP 715면, 전문)

　　로렌스는 '죽이는 행위' 자체는 악이 아니라고 했다. 투쟁이 극단적으로 치달아 우발적으로 상대의 생명에 위해를 가할 수 있음을 인정한 것이다. 생명을 빼앗는 모든 행위는 악이다라고 선언해야 놀랍지 않을 터인데, 로렌스가 '살해행위 그 자체는 악이 아니다'라고 한다. 태어나 죽음을 향해가는 긴 여정에서 인간은 자신이 의도하지 않은, 그리고 인식하지도 못한 채 타자의 생명을 빼앗는 경우가 있다. 로렌스는 양자가 지각하지 못한 상태에서 행해졌거나, 적으로 맞서다가 우발적으로 행해진 살해는 악이 아닌 걸로 이해했다. 적과의 관계에서 죽음에 이르는 것은 열정의 결과이며, 서로가 소통하는 하나의 방식이었기 때문이다. 물론 이러한 로렌스의 생각은 자체의 논리를 지탱하기에는 매우 취약한 부분이 있다. 전쟁에서의 살해행위는 전사들에게 부과된 노역일 뿐이기 때문이다.

　　의도에 따라 살해행위가 악으로 평가받을 수 있고 그렇지 않을 수도 있다고 로렌스는 생각했다. 이러한 로렌스의 생각은, 삶의 행위는 결과보다는 의도에 따라 평가되어야 한다는, 과정을 중시한 발상이었다. 살해당하는 사람에게 그가 죽어야 할 이유가 충분히 전달되지 않고, 상대방에게 일방적으로 행해지는 살인은 언제나 사악하다. 탐욕이라는 이기적 본능을 행복을 향한 더욱 원대한 안목으로 통제하거나 조절하지 못한 결과가 전쟁이요 살인이다. 규모가 확대되면 전쟁이고 '의도된 잔인한 죽임'이 '살인'인 것이다. 전쟁과 살인에 대한 치유책은 작고 기본적인 단위에서 행해져야 한다고 로렌스는 생각했다. 삶의 작은 부분에서 섬세한 시각으로 시작된 방향전환이 큰 변화를 이룩할 수 있음을 주장하며, 로렌스는 혁명을 하되 '제대로 된 혁명'을 하자고 제안한다. 「제대로 된 혁명」(A Sane Revolution)이란 시다.

혁명을 하려면 웃고 즐기며 하라.
소름끼치도록 심각하게는 하지 마라.
너무 진지하게도 하지 마라.
그저 재미로 하라.

사람들을 미워하기 때문에는 혁명에 가담하지 마라.
그저 원수들의 눈에 침이라도 한번 뱉기 위해서 하라.

돈을 좇는 혁명은 하지 말고
돈을 깡그리 비웃는 혁명을 하라.

획일을 추구하는 혁명은 하지 마라.
혁명은 우리의 산술적 평균을 깨는 결단이어야 한다.
사과가 실린 수레를 뒤집고 사과가 어떤 방향으로
굴러가는가를 보는 짓이란 얼마나 가소로운가?

If you make a revolution, make it for fun,

don't make it in ghastly seriousness,

don't do it in deadly earnest,

do it for fun.

Don't do it because you hate people,

do it just to spit in their eye.

Don't do it for the money

do it and be damned to the money.

Don't do it for equality,

do it because we've got too much equality

and it would be fun to upset the apple-cart

and see which way the apples would go a-rolling. (CP 517면, 1~4연)

　　로렌스는 '화나고 심각한 원숭이'로 인간을 상상하곤 했다. 삶의 의미를 여러 각도에서 판단하고 종합적으로 규정하는 것은 쉽지 않다. 설령 '연못에 떠다니는 부평초 같은 인생'이라고 삶을 정의하고 그렇게 자유로워지고자 해도, 인간은 심각한 원숭이로 살아간다는 것이다. 사람들은 세상이 왜 이렇게 꼬이고 심각해졌는지 그 이유를 모른다. 아니 알려고 하지 않는다. 다른 사람들에게 만만한 상대로 보이지 않기 위해 얼굴에 주름을 잡고, 상대에게 전략을 노출시키지 않기 위해 입을 닫고 마음을 닫는다. 꾸며진 복잡한 관계들이 사람들 사이의 실질적 관계로 고착되고 만다. 로렌스는 인간사회의 내용과 형식을 바꾸는 혁명을 하려거든 웃으면서 놀이하듯이 하자고 노래한다.

한편, 니체는 짜라투스트라의 입을 빌려 낙타의 정신, 사자의 정신, 어린이의 정신 등 정신 발전의 세 가지 단계를 이야기한 적이 있다.

> 그러나 말해보라, 나의 형제들이여, 사자조차도 할 수 없는 일을 어린이가 어떻게 할 수 있겠는가? 강탈을 일삼는 사자가 왜 어린이가 되어야 하는가? 어린이는 순진무구, 망각, 새로운 시작, 하나의 놀이, 스스로 굴러가는 바퀴, 첫번째 동작, 거룩한 긍정이다. 그렇다, 나의 형제들이여, 창조의 놀이를 위해서는 거룩한 긍정이 필요하다. 정신은 이제 자신의 의지를 요하며, 세계를 상실한 정신은 자신의 세계를 되찾는다. 나는 너희들에게 정신의 세 단계 변화에 대해 이야기했다. 어떻게 정신이 낙타가 되고, 낙타가 사자가 되며, 사자가 마침내 어린이가 되는가에 대해서.[7]

니체가 말하는 어린이 정신이란 가장 발전된, 상황의 논리를 뛰어넘는 자유로운 정신상태에 도달한 단계이다. 낙타는 초감성적인 의무와 가치를 짊어진 정신적인 태도인 반면에, 사자는 그러한 것들에 반항하면서 자신의 주체적인 의지를 내세우는 단계이다. 낙타가 플라톤적인 형이상학과 그리스도교가 지배하는 고대의 정신세계를 상징하는 것이라면, 사자는 신을 거역하고 자신을 주체적인 의지로 주장하는 근대의 정신세계를 상징한다고 하겠다. 니체는 과거의 질서를 혁파하고 자신의 주체적 의지를 관철하려는, 사자의 정신만으로는 초인(overman)과 그의 세상은 실현될 수 없다고 한다. 니체가 말하는 어린이의 정신은 새로운 시작이고 그 자체로 목적인 놀이며, 스스로 움직이는 최초의 동작이다. 그것은 세상을 넓히고 관계를 확장하는 거룩한 긍정이다. 이러한 창조의 놀이, 생성의 놀이에 참여하려고 할 때 자신의 의지와 자신의 세계를 스스로 찾아내고 획득하는, 현재의 상황에 몰입하는 어린이의 정신은 필수적이다.

로렌스는 대중의 혁명의지를 신뢰할 수가 없었다. 혁명을 주도하는 전사들의 의지가 너무도 강렬하여 혁명이 추구하는 목적, 가볍고 자유로운 사회 건설이 가능한가에 대해 의문을 던졌다. 그래서 혁명을 하되, 한번의 시도로 혁명의 대의를 이룩할 수 있으리라는 과욕을 버리라고 한다. 혁명 또한 삶의 한 과정이며 혁명의 실패는 또다른 지혜를 배태할 수가 있는 것이다. 삶을 향유하려는 태도를 가지고 웃으면서 혁명에 참여하라고 한다. 또한 사람들을 증오하는 적개심을 좇아 혁명에 참가해서는 안되며, 헤게모니를 쟁취하는 때에 누적된 원한을 풀고야 말리라는 비꼬인 마음으로 혁명을 욕되게 하지 말라고 한다. 혁명이 성공하면, 건강한 삶을 지체시켰던 혁명의 반대세력에 침이나 한번 뱉어주고 돌아서라고 한다.

혁명에서 또하나 중요한 것은 돈을 추구하거나 돈의 위력에 굴복하지 말아야 한다는 것이다. 돈이 물신으로 숭배받고 인간이 그것에 예속되고 마는, 자본주의의 전도된 질서를 무너뜨리는 것이 혁명이다. 오히려 돈으로부터 원한을 사는 혁명의 길을 택하라고 로렌스는 말한다. 그리고 오해를 부를 여지가 있는 말이지만 가장 로렌스다운 어법으로 제안한다. 획일적인 평등을 위한 혁명을 하지는 말라는 것이다. 사과 수레를 뒤집어엎고 사과가 어느 방향으로 어떻게 굴러가는가를 알아보기 위한 수레 뒤집기 식의 혁명을 로렌스는 원치 않았다. 그것은 혁명이란 이름의 혼란일 뿐이기 때문이다. 수레 뒤집기로서의 혁명이 아니라, 사과를 가지고 얼마나 향긋하고 풍요로운 식탁을 차릴 수 있을 것인가를 궁리하는 혁명이 되어야 한다는 게 로렌스의 주장이었다.

인간을 뒷전으로 밀어내는 혁명은 방향설정이 올바르지 못한 까닭에, 폭력의 소용돌이에 휘말릴 수밖에 없다. 종국에는 혁명이념을 스스로 부정하는 모순을 초래할 수도 있다. 혁명은 생명을 존중하고, 삶을 향유하는 생명공동체를 건설하기 위한 실천이 되어야 한다. 과거의 혁명이론과 실천은 결정적인 한계를 가지고 있었다. 제도와 가치관의 변혁을 통하여 생명공동체로 나아가지 못하고 사회의 외적인 변형에 그치고 말았기 때문이다.

북친(Murray Bookchin)이 모색하는 생태공동체(혹은 생명공동체)의 한계는, 그가 마르크스주의적 사회생태론자라는 사실을 고려하면 더 명확히 이해될 수 있다. 대부분의 마르크스주의자들과 마찬가지로 북친의 생명공동체도 자본주의에 대한 미련을 떨쳐낼 수 없었다. 그는 생태학적 지혜와 기술로 산업 발전과 사적 이윤 추구의 부산물인 황폐화된 생활터전을 개선하고자 했다. 생산양식을 생태 친화적으로 전환하고, 인간공동체를 생태계의 작동원리로 운영하는 것이 북친의 생태공동체라는 점에서, 성공의 열쇠는 탁월한 생산성으로 귀결된다. 그러나 현재 생태계가 직면한 문제는 기술 수준이 낙후해서 야기된 것이 결코 아니다. 생태계 위기란, 궁핍과 욕구를 제거하고 극복하는 과정에서 발생한 불가피한 문제가 아니라, 이기적 소비에 따른 결과인 것이다. 그러므로 과학기술이 생명공동체에 기여할 수 있는 정도는 기껏해야 필요조건의 수준일 뿐 결코 충분조건은 될 수 없다. 각자의 가치와 존엄이 존중되는 진정한 의미의 생명공동체는 구성원들이 타자와 맺는 관계의 질적 수준에 의해 좌우되는 것이다.

여기에서 우리는 비약적인 기술혁신에 의한 산업화의 진전이, 비인간화와 자기 상실에 따른 무력감 등을 초래한 요인이 아님을 간파한 부버(Martin Buber)에 주목할 필요가 있다. 그는 이른바 기계적 이성이 과학과 기술의 발달에 기여한 결과로 고도의 산업사회가 탄생했다고 해도, 이러한 사회가 곧바로 병리적 사회현상과 이어지는 것은 아니라고 한다. 우리가 쉽게 근대화의 필연적 기회비용으로 간주하는 생태계 위기와 공동체 질서의 와해는 그 원인이 다른 데 있다는 것이다. 그가 진단하는 위기의 핵심은, 현대를 살아가는 인간이 '나(I)—그것(it)'의 지배 하에서 자신을 망각한 데 있으며, 사람들이 '나(I)—너(Thou)'를 말하는 기쁨을 상실한 데 있다고 한다. 생태계의 위기를 극복하는 일은 인간이 타자와의 관계를 새롭게 설정함으로써 그 결실을 볼 수 있다는 점에서, 부버의 관점은 근대적 업적을 근간에서부터 부정하지 않아도 되는 것이었다.

부버에 의하면 '나—너'의 관계는 타자와의 관계 중에서 가장 긴밀한 인격적인 관계라고 한다. '나'와 '너' 사이의 긴밀한 관계에서 우리는 인격으로서의 자신을 깨달을 뿐만 아니라, 다른 사람을 하나의 인격으로서 만나게 된다. 그러나 '나—그것'의 관계에서는 다른 사람이 '그것' 즉 비인격적인 존재로 나타나게 되며 결국 나의 수단으로 이용될 뿐이다. 경험으로서의 세계는 '나—그것'에 속한다. 이에 비해 '나—너'는 관계의 세계를 세운다. 부버는 이 두 근원어를 바탕으로 한, 타자와 공동체에 대한 시각이 반드시 양자택일의 문제는 아니라고 보았다. 왜냐하면, '나—그것'의 관계는 다른 사람을 하나의 사물과 같이 다루어 자기의 수단으로 삼거나, 사람과 사람 사이의 문제를 조건과 조건 혹은 사물과 사물 사이의 문제 같은 낮은 차원의 것으로 만들어버리는 것에서부터, 과학적 관찰, 지식의 획득, 종교적 교리의 설정, 철학적 인식 등 높은 차원의 관심사들에 대한 다양한 태도를 포함하기 때문이다. 그래서 우리는 '나—그것'의 시각이 갖는 생활과 문명과 문화 차원의 의의나 성과를 인정하지 않을 수 없다.

현실 속에서 두 근원어의 영역을 살펴보면 '나—너'의 세계와 '나—

그것'의 세계는 따로 떨어져 존재하는 별개의 것이 아니다. 두 근원어
는 모든 사람 혹은 모든 사람의 활동을 관통하고 있는 이중성이며 상호
성인 것이다. 모든 사람이 언제나 '나—너'의 관계로만 살 수도 없고,
'그것'을 향한 시선을 멈출 수도 없고 멈춰서도 안된다. 구성원들이 세
상을 발판으로 자신의 입지를 굳히고 욕구를 실현하는 과정에서는 불
가피하게 '그것'을 향한 눈빛이 강렬해진다. 삶에서 그러한 태도와 과
정에 몰두하는 열정이 꺼지면, '너'를 찾아 삶의 정화를 이루어내는 것
이 시급해진다. 부버는 관계의 세계가 세워지는 세 가지 영역이 있다고
한다.

> 관계의 세계가 세워지는 영역은 세 곳이다.
> 첫번째는 자연과 함께하는 삶이다. 여기에서는 관계가 어둠속에서 요동
> 치고 언어 이전에 머물러 있다. 피조물들은 우리와 마주 서서 활동하고 있
> 지만, 우리에겐 올 수 없다. 우리가 그들을 향하여 '너'라고 불러도 그것은
> 말의 문턱에 달라붙고 만다.
> 둘째는 더불어 사는 삶이다. 여기에서는 관계가 명백해지고 언어의 형태
> 를 취한다. 우리는 '너'라는 말을 주고받을 수 있다.
> 셋째는 정신적 존재들과 더불어 사는 삶이다. 여기에서 관계는 구름에
> 덮여 있으나 스스로 나타나고, 말없이 말을 낳고 있다.[8]

부버의 말을 정리하자면, 우리는 자연과 더불어 사는 삶, 사람들과
더불어 사는 삶, 정신적 존재들과 더불어 사는 삶 속에서 관계를 유지
하며 살고 있다. 그런데 말을 할 수 없는 것들과 어떻게 근원어의 관계
를 맺을 수 있는가? 이에 대해 부버는 "이 모든 영역에서 우리 앞에 현
전하며(present) 생성되는 자를 통하여 우리는 영원한 '너'의 옷자락을

바라본다"라고 답한다.[9] 그리하여 우리는 모든 것에서 영원한 '너'가 연출하는 파노라마를 바라보게 되고, 우리는 모든 '너'에게서 영원한 '너'를 느끼고 애타게 부르게 된다는 것이다. 부버의 생각에서 우리는 그의 종교와 신앙을 가늠할 수 있다. 영원한 '너'는 의심할 여지없이 절대자, 그리스도교의 하느님이다. 그러나 개인 차원의 신앙에 머무르지 않기에 부버의 생각은 신뢰감을 준다. 부버가 '한 그루의 나무'에 대해 이야기하는 걸 들어보자.

나는 그것을(나무를), 햇빛을 받아 푸른빛이 감도는 형상, 뿌리와 잎이 나서 땅과 대기와 쉼 없이 호흡하고 애무하는 운동, 하나의 표본으로 분류하여 구조와 생존양식을 파악할 수 있는 종(species), 끊임없이 대립적으로 작용하는 힘들을 조화시키고 구성요소들을 재구성하는 하나의 법칙, 영원한 것으로 만들기 위하여 세우는 추상적 수식 즉 수 등으로 관찰한다.[10]

나무를 하나의 '그것'으로 파악할 때 마음에서 일어나는 여러 상념들을 보여준 글이다. 이 모든 경우에 그 나무는 한갓 나의 대상으로서, 가변적인 상태와 성질을 지닌 대상일 수밖에 없다. 그러나 나무를 응시하는 나에게 열정이 있어 나무와 강렬한 교감이 이루어진다면 나무와 전면적이고 신비한 관계로 나아갈 수 있다. 서로가 몰입하여 조성한 새로운 국면, 관계가 격상되는 아우라 속에서 나무는 다른 얼굴로 마주 선다. 이 순간에 나무는 '그것'이 아니다. '나―그것'이 '나―너'로 바뀌는 내면의 변화는 삶의 내용을 바꾸는 원동력이 된다. 부버는, '나―너'의 관계가 갖는 신비한 힘을 회복하고 점점 '그것'으로 굳어져가는 세계를 흔들어 깨워, '너'라고 말하는 데서 찾을 수 있는 힘을 우리가 회복하기를 소망한다.

인간성의 상실이란 인간이 자신의 품격을 스스로 포기한 결과이다.
인격적 만남이어야 하고 서로가 서로를 느끼는 전면적 만남이어야 할
일상의 삶이 현재는 '그것'들의 충돌로 전락하고 말았다. 이러한 삶이
전개되는 사회에서 다른 사람이란, 욕망을 충족하기 위한 수단, 곧 '그
것'으로밖에는 보이지 않는다. '나―그것'에 바탕을 둔 위압적 독백
(monolog)만이 횡행하게 되는 것이다. 부버가 말하는 대화(dialog)가
이루어지는 인격공동체란 '나―너'의 토대 위에서만 가능하다. 이 인
격공동체를 생명공동체로 발전시키기 위해서는 결단과 태도의 전환이
필요하다.[11]

부버는 '너'로 승화되는 관계의 예를 괴테(Johann Wolfgang von
Goethe)의 시에서 든다. 괴테의 시는 충만한 '나'의 정당함과 아름다움
을 찬미한다.[12] 내가 자연과 순수한 영적 교류를 하면, 자연은 '나'에게
자기를 내어주고 '나'에게 파고들어 '나'의 마음에 자연을 심어놓는다.
'나'와 '너'가 가까워짐으로써 공동체는 새로운 활력으로 생명이 넘치
는 공간이 된다.[13] 부버는, 자동기계화된 국가, 개성을 가진 사람들을
국민으로 조직할 뿐 관계를 촉진하여 친밀한 유대를 확립하지 못하는
국가는 의미가 없다고 한다. 그는 관계 지속의 원동력을 사랑에 두는
'사랑의 공동체'(loving community)를 건설해야 한다고 주장한다.

물론 부버가 말한 사랑의 공동체는 '다른 사람들과 더불어 사는 삶'
을 바탕으로 한 '나―너'의 관계로 구성된 공동체다. '자연과 더불어
사는 삶'에서도 '나―너'의 관계는 성립이 가능하다. 자연과의 '나―
너' 관계 위에 선 사랑의 공동체는 그 자체로 생명공동체가 되는 것이
다. 그런데 참된 공동체(true community)는 사람들이 서로에게 우호
적인 감정을 갖는다 해도 이루어지지 않을 수 있다고 한다. 참된 공동
체는 두 가지 요건이 선결되어야만 가능한데, 모든 사람이 하나의 살

아 있는 중심에 대하여 살아 있는 상호관계에 들어서는 것, 그리고 구성원 사이에 살아 있는 상호관계가 확립되는 것이 그것이다.[14]

부버가 구상하고 있는 참된 공동체는 낙원으로서의 에덴 이미지가 강하며, 하나의 살아 있는 중심은 절대자 하느님을 가리킨다. 그런데 그 '하나의 살아 있는 중심'의 자리에 우주적 삶 혹은 생태계적 삶의 근원인 '생명'이라는 개념을 놓아보자. 그러면 우리는 부버의 생각에 힘입어 생명공동체에 대한 청사진을 그려볼 수 있게 된다. 즉 생명공동체는 생태계의 모든 구성요소들이 각각의 고유한 생명 혹은 다른 요소들과의 관계에서 성립되는 것으로, 생명의 작용에서 서로를 방해하지 않고 관계를 유지하는 공동체인 것이다.

인간이 다른 생명체와의 배타적 관계를 통해 우월해지는 것이 아니라, 인간 스스로 회복한 위엄에 근거해 타자를 영원한 '너'로 모심으로써, 인간의 지위가 고양되어야 한다는 주장은 당위적 염원이다. 「진정한 사랑」(True Love at Last)에서 현실에서 보고 만나는 사람들에 대한 로렌스의 시각은 밝지 않았다. 인간이 스스로 품격을 지켜 상대방에게 좋은 인상을 심어주기에 앞서, 자신을 진정으로 사랑할 수 있어야 한다는 말은 자기도취적 자기애에 몰입하는 것을 의미하지 않는다. 사랑이란 인간이 만들어가는 지고의 관계로서, '진정한 사랑'이란 서로를 파괴하는 열정이 아닌, 서로를 새롭게 태어나게 하는 묘약이라고 로렌스는 확신한다. 일상의 삶에서 그러한 사랑이 펼쳐지지 않음을 슬퍼하면서.

그는 그 점에 전율을 느꼈다:
'그녀의 자신에 대한 몰입은 나 못잖은데?
나 기어이 저 여자의 자기 탐닉을 깨고
그녀가 내게 관심을 갖도록 하고 말리라.'

그녀는 그 점에 전율을 느꼈다:

'그의 자신에 대한 몰입은 나보다 훨씬 강렬한걸!

나보다 강하다니! 이것 참 웃기는 일이군!

나 자기도취에 빠진 삼손을 과연 홀릴 수 있을까를 시험해보리라.'

그래서 그들은 서로에게 아부했다.

결국에 그들은

신경 분열자가 되었다. 왜냐하면

그들의 관심을 반반 나누어 자기와 상대를 보는 것에서

막상막하였기 때문이었다.

And in that thrill he felt:

Her self-absorption is even as strong as mine.

I must see if I can't break through it

And make her interested in me.

And in that thrill she felt:

His self-absorption is even stronger than mine!

What fun, stronger than mine!

I must see if I can't absorb this Samson of self-absorption.

So they simply adored one another

and in the end

they were both nervous wrecks, because

In self-absorption and self-interest they were equally

matched. (CP 605면, 3연~끝)

왜 로렌스를 심리 특히 사랑의 심리를 읽어내는 달인이라고 하는지
알게 해주는 시다. 더할 나위 없이 아름다운(그들 스스로가 생각하는
자신들은 더 아름다운) 청춘 남녀가 서로를 의식하며 좁은 공간에 약간
의 거리를 두고 함께 있다. 서로는 자기에게 매혹되어 사랑의 세레나데
를 부르겠다고 법석을 떨지 않는 상대방이 온전한 정신을 갖고 있지 않
다고 생각하는, 자기도취에서 벗어나지 못하는 나르키소스(Narkissos)
요 아르테미스(Artemis)다. 상대방에 대해 흥미를 느끼는 까닭은 기껏
해야 '너를 무릎 꿇게 하여 내 품에 안기게 해달라고 애원하도록 만들
리라'라는 데릴라(Delilah)의 오만에 있다. 그들은 흔히 상대방이 자기
에게 접근해오는 방식을 따라 상대에게 접근한다. 현란한 수사를 동원
하여 상대방에게 아부하며 유혹해보지만 곧 그것이 부질없는 짓이라는
걸 알게 된다. 그들은 상대방의 감정 변화에 촉각을 세우는 게 아니다.
그들은 자기도취에 빠진 사람들이기 때문에 더이상의 관계를 지속할
수가 없다.

관계란 상대방을 인정하는 상호작용이 가능해야만 성립될 수 있고,
좋은 관계란 상대방으로 하여금 세상을 새롭게 느끼도록 하는, 상생의
교류를 통해서만 맺어진다. 로렌스가 청춘 남녀의 사랑 전략이 결실을
거두지 못하는 상황을 들어 전달하고자 하는 메시지는, 서로가 상대를
미지의 세계로 인정하고 상대를 가슴으로 환대하라는 것이었다.

로렌스가 천성적으로 인간을 신뢰했거나 사회에 대해 낙관했던 것은
아니다. 오히려 그는 기질적인 특성과 자신의 건강상의 이유로 실제 생
활에서는 우울하고 쉽게 마음을 열지 못했을 것이라 여겨진다.[15] 하지

만 그는 변화된 환경에 적응하며 새로운 관계에 최선을 다하고자 했다. 중증 폐결핵으로 건강이 악화되었음에도 불구하고 1926년 12월 플로렌스에서 한 지인에게 보낸 편지에는, 삶과 타자와의 관계를 소중히 여기는 그의 신념을 엿볼 수 있다.

사람들은 자신들이 해야 할 일에 착수해야 하고 삶에 스며 있는 규율을 배워야 합니다. 그리고 세계의 여러 가지 춤도 배워야 하며, 우리 자신의 것으로 만들 수 있는 것이라면 무엇이든 시도해보아야 합니다. 인디언들의 말없는 음악도 배워야 합니다. 이것은 우리가 자신의 방식을 삶에서 느끼기 위해 꼭 필요한 것들입니다. 생활비를 벌기 위하여 날마다 일정한 시간 동안 일하게 될 것입니다. 이것은 내가 원해서 하는 일입니다.[16]

생명이 막바지로 향하는 가운데서도 삶 그리고 사람과 맺은 관계의 끈을 놓지 않으려는 로렌스의 자세는 인간의 위엄을 느끼게 하는 것이었다. 이는 지구 생태계와 인류의 미래를 보장하는 가장 확실한 삶의 자세이다. 하지만 실천의 문제에 직면하게 되면 타성에 젖은 자아를 극복하기가 매우 어려워진다. 그래서 로렌스는 이기적 자아에서 벗어나 관계적 삶에 충실하려는 시도를 혁명에 비유한다.

사물들의 전체적 체계는 불합리하고 부패한 상태다. 돈은 하나의 질병으로서 인간성에 작용한다. 마땅히 혁명이 있어야 한다. 그 혁명은 사회주의를 건설하는 것이 아니라 삶에 기회를 제공하는 혁명이어야 한다. 그 누구도 살지 않는데 쓰레기만 쌓아올리는 산업체계의 좋은 점이 도대체 무엇인가? 우리가 추구하는 혁명은 돈과 노동, 그런 것을 걸고 하는 것이 아니라, 삶을 위한 혁명이다. 돈과 노동의 역할은, 새들의 삶에서 그것들이 끼치는

영향 정도만 있게 하라. 그 모든 것에 저주가 있을지어다.[17]

로렌스는 돈과 일에 얽매이지 말고 새처럼 자유롭게 살라고 한다. 돈은 인간을 신음케 하다가 죽게 하는 병이며, 우리의 삶이 진행되는 물상(物象)세계의 질서는 불공정하고 썩었다고 한다. 드디어 거대하고 철저한 혁명을 감행해야 할 때가 도래한 것이다. 로렌스는 사회주의에 대해 그것이 삶 자체를 획일화시킨다는 이유로 거부감을 표시했다. 또한 사람들을 몰아내고 그 자리에 오로지 쓰레기 더미만을 쌓고 있는 산업체계로서의 자본주의도 거부했다. 로렌스의 기획은 생명과 삶을 위한 혁명으로서 가치관을 획기적으로 전환하는 것이었다.

로렌스가 이상향으로 설정한 '제대로 된 혁명' 이후의 사회는 무정부주의자들이 회귀하고자 하는 고향, 자유를 방임한다는 명목으로 규제를 철폐하는 소극적 국가와는 달랐다. 로렌스가 염원한 사회란, 지순한 생명활동이 보장되고 신체적 자유가 우선시되는 공동체였다. 그러므로 물질적 풍요에 기생하고 있는 무정부주의자들이 갈망하는 퇴행적 사회는 로렌스에게 결코 희망의 싹을 보여주지 못했다. 로렌스가 희망의 원천으로 삼고 있는 사회는, '물상의 세계를 구성하는 전체적인 틀'을 변형시켜야 도달할 수 있는 사회였다.

로렌스가 주창한 생명공동체에서는 가치체계가 달라진다. 돈은 질병이 아니고 그렇다고 묘약도 아니다. 로렌스가 기대하는 돈의 역할은 조개껍질이 맡았던, 교환을 위한 매개수단에서 멈추는 것이었다. 돈이 사용가치가 있는 물건을 구매하는 수단을 넘어 수요를 창출하는 미끼가 되고 과시의 수단이 되면서 곧바로 과잉생산을 불러왔고 쓰레기 더미를 키우게 되었다. 이러한 돈은 질병이다. 하지만 일상의 삶에서 필수적인 재화와 용역을 교환하는 수단으로서의 돈과, 용역을 제공하고 그

댓가로 받는 임금은 인류의 역사에서 대체로 인정되는 유용한 수단이
었다. 돈을 질병으로 만드는 것도, 돈을 아름다운 관계의 고리로 만드
는 것도 사람의 손에 달렸다고 로렌스는 주장한다. 「임금」(Wages)이란
시를 보자.

> 노동의 댓가는 현금.
> 현금의 댓가는 더욱 많은 현금.
> 더 많은 현금의 댓가는 악의에 찬 경쟁.
> 악의에 찬 경쟁의 댓가는——우리가 사는 세상.
>
> 노동—현금—결핍의 순환이
> 인간을 악귀로 만드는 최고의 악순환.
>
> The wages of work is cash.
> The wages of cash is want more cash.
> The wages of want more cash is vicious competition.
> The wages of vicious competition is —the world we live in.
>
> The work-cash-want circle is the viciousest circle
> that ever turned men into fiends. (CP 521면, 1~2연)

　사람이 일해서 임금으로 현금을 받는다. 이 돈이 노동을 하듯 바삐
움직이면 더 많은 돈을 원하게 되어 궁핍을 낳는다. 이 궁핍감이 자기
를 제어하지 못하면 사악한 경쟁으로 이어지고, 그 사악한 경쟁의 장이
바로 현재 우리가 살고 있는 이 지구이다. 로렌스는 특유의 시적 상상

력으로 '노동—돈—궁핍'의 순환을 읽어낸다. 그리고 이러한 순환체
계야말로 인간을 악귀로 만든 장본인이라고 한다. 현재 지구에서 화폐
를 매개로 한 교환이 필요없을 정도로 완전히 자급자족하면서 삶을 영
위하는 곳은 찾기 힘들다. 여건에 따라 생산하고 필요에 따라 교환해야
만 삶을 지속할 수 있다. 이 과정에서 교환을 원활히 하기 위해 화폐는
임금제 산업사회가 아니더라도 유통된다. 로렌스는 화폐의 출현 자체
를 악의 근원으로 인식하지는 않았다. 교환의 척도 이상으로 자기를 증
식하고 힘의 우열을 가늠하는 수단으로 인간을 지배하게 되면서 돈은,
끝없이 갈망을 불러일으키는 궁핍감의 근원이 되었다. 궁핍감은 상대
적으로 느끼는 심리적 특성이기에 가치관이 변하지 않으면 해소되지
않는다.

　돈의 흐름을 특정 단계에서 정지시킬 수는 없다. 소수의 선구자들이
주도하는 정치·경제의 제도 개선만으로는 돈줄기를 바로 잡을 수 없
는 것이다. 절제의 경제학에 동참하여 삶의 가치를 재정립하려는 작은
실천이 삶 깊숙이 파고들 때만 그 궁핍의 고리를 끊을 수 있다. 현대의
소비는 자본주의 메커니즘——확대 재생산을 통한 기업의 생존과 구성
원들의 안정성 확보를 위한 소비 심리의 창출——에 구속된, 강박적이
고 자기 학대적인 형태로 이루어지고 있다. 그렇기 때문에 행복을 보장
하는 삶의 질은 소비를 줄임으로써 더욱 향상된다는 역설이 성립한다.
로렌스는 원래 "사람들은 나쁘지 않다"(Men Are Not Bad)고 한다.

　　자신이 자유로울 때 사람들은 나쁘지 않다.
　　감옥이 사람을 나쁘게 하고, 돈에 대한 강박이 사람을 나쁘게 한다.
　　사람들이 생계를 꾸려가야 할 공포에서 벗어난다면
　　세상엔 풍요가 넘쳐나리라.

그리고 사람들은 기쁘게 일하리라.

Men are not bad, when they are free.

Prison makes men bad, and the money compulsion makes men bad.

If men were free from the terror of earning a living

there would be abundance in the world

and men would work gaily. (CP 488면, 「사람들은 나쁘지 않다」 전문)

그러나 그는 나쁘지 않은 본성을 회복하기 위해서는 사악한 "돈을 없애라"(Kill Money)고 주장할 수밖에 없었다.

돈을 없애라, 더이상 존재하지 못하게 하라.

돈이란 비꼬인 본능, 숨겨진 생각이다.

이들은 뇌를, 피를, 뼈를, 돌들을, 영혼을 썩게 한다.

돈에 대한 당신의 태도를 정하라.

사회는 우리가 이제껏 고수해온 것과는

다른 원칙 위에 토대를 마련할 것이다.

우리는 용기를 갖고 서로를 신뢰해야 한다.

또한 겸허하게 단순한 삶을 영위해야 한다.

모든 개인은 새처럼 공짜로

자신의 집과 음식, 불을 가질 수 있어야 한다.

Kill money, put money out of existence.

It is a perverted instinct, a hidden thought

which rots the brain, the blood, the bones, the stones, the soul.

Make up your mind about it:

that society must establish itself upon a different principle

from the one we've got now.

We must have the courage of mutual trust.

We must have the modesty of simple living.

And the individual must have his house, food and fire all

　　free like a bird. (CP 487면, 「돈을 없애라」 전문)

로렌스에게 돈이란 비꼬인 본능이고 숨겨진 생각이다. 그리하여 돈은 몸과 마음은 물론 무정물인 자연의 돌(stones)에까지도 영향을 미쳐 존재의미를 왜곡시킨다. 인간이 생태학적 삶을 촉발하는 자연과 상생의 관계를 맺지 못하게 하는 것이 돈이다. 돈에 대한 새로운 가치관을 정립하여 본능이 억압받지 않는 삶을 선택하도록 로렌스는 촉구한다. 또한 공동체가 새로운 토대 위에 서야 한다고 한다. 사회의 기반이 될 원칙으로 로렌스는 세 가지를 제안한다. 서로를 신뢰하는 용기, 검박한 삶을 영위하려는 절제, 새처럼 돈을 사용하지 않고도 자유를 만끽하려는 도전정신이 그것이다.

　우리는 불확실한 미래에 대비하여 무언가를 비축해놓아야만 마음의 안정을 찾을 수 있게 된다. 그리고 이런 세상에서는 서로를 신뢰하는 데도 대단한 용기가 필요하다. 숱한 돈벌이 중에는 인간의 상호 불신을 이용하여 번창한 사업들이 얼마나 많은가? 불의의 사고로 인한 불행과 고립무원의 상태가 올 것을 염려해 썩어서 나중에 버릴지라도 쌓아두어야 한다는 강박관념은 사회에 의해 온갖 방법으로 조장된다. 다양한 분야에서의 개인적 차이를 불협화음으로 간주하고, 몰개성을 사회적 통합으로 오인하는 시대에 우리는 살고 있다. 이런 사회에서 타자를 신뢰하고 믿음을 바탕으로 대인관계를 유지하는 것은 위험한 도박이라고 매도당한다. 새의 나고 듦이 자유로운 것은 공간에 구속되지 않기 때문이며, 쌓아두지 않고도 걱정하지 않음은 스스로가 자연의 일부분이기 때문이다. 로렌스는 신뢰와 절제를 바탕으로 자유로운 삶을 영위하는 것만이 인간을 풍요롭게 한다고 했다. '지금 이곳에서' 펼쳐지는 생명현상에 "직접적으로 접촉"하는 사람들에게 이러한 혁명적인 가치관은 일상의 행위원칙으로 될 것이다.[18]

미래에 대한 막연한 불안감을 떨쳐내고 지금 당장의 삶에 충실하라는 로렌스의 말은, '하느님은 하늘을 나는 새들의 양식도 주관하는데 하물며 우리네 인간들에게야 오죽 잘 하겠는가?'라는 발상에서 나온 것이 아니다. 새들처럼 배타적으로 비축하려는 마음이 없으면, 인간과 지구 생태계에는 문제가 발생하지 않는다는 말이다. 우리가 직면하고 있는 인간 상호간의 문제, 사회공동체의 문제, 더 확장된 삶의 공간인 생명공동체의 문제는 모두 인간과 관련되어 있다.

인간이 살 만한 공간, 또는 생명공동체를 조성해야 한다고 믿는 요나스, 북친, 부버, 레비나스 등은 문명의 변화 자체를 문제시하지는 않았다. 즉 새로운 문명을 향해 나아가는 사람들의 기본적 욕구나 심리까지 변화시켜야 한다고 주장하지는 않았다. 특히 북친은 사회제도를 변혁시켜야 한다고 주장하면서도, 그 방법은 여전히 자본주의적 발전에 의존했다는 비난을 면하기 어려웠다. 우리가 생명공동체 건설에 대한 이론적 모색을 시도하면서 북친에게서 지혜를 구하는 까닭은, 삶의 공간에 대한 인간의 책임성을 그가 강조했기 때문이다. 반면에 극복하려고 할 때의 북친의 특성은, 마르크스주의의 한계인 성장과 발전에 대한 과도한 낙관을 보인다는 것이다.

발전지향적 가치관을 유지한 채 개인의 도덕 감정에 호소해 자선을 베푸는 식으로 생명공동체를 건설하겠다는 생각은 환상에 불과하다. 이제는 동시대인들이 발전된 삶으로 간주하고 추구하는 것이 과연 바람직한가를 재고해야 할 때이다. 다국적 기업의 이데올로기가 된 '세계화'는 자본의 생존전략이다. 거대 자본의 이익을 대변하는 이데올로그들은 세계화에 편승하지 못하는 국가와 개인은 낙오자가 될 것임을 경고한다. 세계화의 방향을 결정하는 최정상에 서지 못한 국가와 국민은 끝없이 허둥대고 있다. 사실 세계화에 대한 이론적 설명을 시도하는 연구 자체가 이러한 추세를 기정사실로 인식하고 고착시키는 경향도 없지 않다.

그러나 현재의 세계화에 특별히 주목할 만한 사실은, 세계화 경향들이 사회적 상호작용의 주된 영역들에서 합류한다는 점이다. 그러므로 현재의 세계화란 정치적·군사적·경제적·이동적·문화적·생태학적 영역들에서 나타난 발전의 특별한 국면인 것이다. 또한 이것은 현재 세계화의 특징적 형태와 역학을 재생산하는 여러 영역들에서 행해지는 복합적인 상호작용이기도 하다. 따라서 현재의 세계화를 단순히, 자본주의의 팽창논리의 산물, 혹은 대중문화의 세계적 확산의 산물, 혹은 군사적 팽창의 산물로만 설명하는 것은 일방적이고 환원주의적이다. 세계화를 부추기는 자본주의의 많은 형태 가운데 팽창의 논리가 있음을 부정할 수는 없다. 아울러 전쟁체계와 특정한 문화적 복합체들의 세계화 경향도 의심할 여지가 없다.[19]

　이른바 세계화 경향은 대다수의 국가들이 취하고 있는 자본주의적 경제정책에 그 원인이 있다. 자본주의는 팽창의 논리가 있으며, 전쟁체계와 문화적 복합체도 팽창의 다른 방식인 세계화 경향이 있다. 자본이 그 영역을 넓혀가는 과정에서 사전 정지작업의 역할을 맡고 있는 자본주의 국가체제가 대부분의 나라에서 분명히 보여주는 사실은, 이미 권력을 독점하고 있는 부유한 자들이 더 잘살게 되는 정책들만을 지속시킨다는 것이다.[20] 투자 역시 저발전 지역이 아니라 수도나 대도시 인근 지역에서 시행되어야만 더욱 효과적이라고 한다. 대규모 사업이 소규모 사업보다 경제적으로 유리하며, 자본가는 노동집약적인 사업보다 자본집약적인 사업을 더 선호한다. 그리고 현대 경제학에 적용되는 손익계산 방식은 기업가에게 인적 요소를 제거하도록 강요한다. 기계는 사람이 저지르는 실수를 하지 않고 자기 권리를 찾기 위한 말썽도 부리지 않는다. 그리하여 자기의 노동력밖에 팔 것이 없는 사람들은 그 지위가 매우 취약해질 수밖에 없게 된다.

　이러한 경제논리의 악순환이 심화되고 있는 시점에서 우리는 묻지 않을 수 없다. 민주주의, 자유, 인간의 존엄성, 복지생활, 자아실현, 행복의 성취 등은 어떤 의미를 지니고 있는가? 물질적 풍요와 인간의 존엄성이 공존하지 못할 때, 사람은 어떤 방식으로 행복을 추구할 수 있는가? 사람은 서로 이해가 가능한 소규모 집단(oekos)에서 자기 정체성을 더 잘 확인할 수 있고, 삶에 밀착함으로써 존재의 의미를 더 잘 실현할 수 있다. 따라서 우리는 소규모 단위로, 즉 복합성을 소화해낼 수 있는 분절된 구조로 생각하는 법을 배워야 한다. 특정 경제학에 근거한 논리가 이 원칙과 배치된다면, 그 경제학은 쓸모가 없다고 슈마허(E. F. Schumacher)는 주장한다.[21] 현재의 생산체계는 사람들의 창의성을 파괴하고 인간다움을 잃게 하고 삶의 의미 자체를 회의케 하는 체계이다.

『전지구적 변환』(*Global Transformations*)의 네 명의 저자(David Held, Anthony McGrew, David Goldblatt, Jonathan Perraton) 중에서 헬드와 맥그루의 말에 따르면 이 책은 그들이 1980년대 중반 이후 영국의 경제사회연구 진흥재단(Economic & Social Research Council)의 지원을 받아 진행한 10년에 걸친 연구의 성과물이라고 한다. 그들은 「서문」에서 "근대 국가의 역할 변화를 중심으로 정치이론과 국제관계라는 두 가지 학문 영역이 만날 수 있는 분석틀을 마련하는 것이 (특정한 단체의 지원을 받아 하는 그들의) 연구계획의 골자이며, 특히 지역화(regionalization)와 지구화(globalization)가 세계질서의 성격, 그리고 세계질서 내에서 국가 주권(national sovereignty)과 국가 자율성의 지위를 얼마나 변화시키는지를 규명하고자 했다"고 말한다. 연구의 특성상, 특히 지원을 받아 하는 연구가 처음부터 방향성을 부여받는 것은 당연한 일일 수 있다. 이 연구의 경우에도 세계질서를 현상적으로 설명하려는 의도가 있기 때문에, 그 결과는 현존의 질서를 강화하는 역할을 할 수 있다는 것이 이 연구에 대한 비판적 시각의 핵심이다.

일상의 삶에서 주눅든 사람들이 어떻게 다른 사람과 다른 생명체 그리고 생명공동체를 향한 지혜를 모을 수 있겠는가? 경제원리의 틀을 새롭게 짜야 할 때인 것이다.

슈마허는 참다운 의미의 경제, 인간으로서의 품격을 지킬 수 있게 하고 공동체의 다른 구성원들과 상호보완적 관계를 맺게 해주는 경제원리를 불교적 생활방식에서 찾았으며, 그것을 '불교 경제학'(Buddhist economics)이라 했다. 불교의 관점은 원초적 경제행위인 일의 기능을 세 가지로 나눈다. 인간에게 자신의 능력을 발휘하고 향상시킬 기회를 주는 것, 다른 사람들과 함께 공동의 임무를 수행함으로써 아집으로부터 벗어나게 하는 것, 생활에 필수적인 재화를 생산하고 용역을 제공하

경제학(economics)의 어원은 거주지(oekos)를 관리(nomos)하는 것이다. 경제학이 지닌 본래의 의미를 고려했을 때, 경제학은 인간으로 하여금 그들의 삶을 향유할 수 있게 하고, 거주지를 경영하게 하는 데 기여하지 못한다면 그 존재 의미를 상실하고 만다.

는 것 등이다.[22] 이런 측면에서 슈마허는 노동자에게 노동이 무의미하고 지루하고 부끄럽게 느껴지도록 누군가가 조작한다면, 이는 범죄행위라 했다. 노동에 대한 불교 경제학의 시각을 통해 우리는 생명공동체에 합당한 윤리를 창출해낼 수 있다.

불교의 경제원리는 현대 유물론의 경제학과는 다르다. 왜냐하면 참다운 불교도는 문명의 본질이 욕망의 증식이 아닌 욕망으로부터의 해탈을 통한 인간성 순화에 있다고 보기 때문이다. 불교의 교의가 되는 삶의 주된 관심사는 번민으로부터의 해방이다. 불교도에게 물질은 중립적인 것이기에 그들은 물질적 복지에 결코 적대적이지 않다. 삶을 관조하는 데 방해가 되는 것은, 부가 아니라 부에 집착하는 것이며 즐거움을 향유하는 것이 아니라 그것을 탐하는 것이다.

불교 경제학이 적절한 소비양식으로 인간의 만족을 극대화하려는 것과는 달리, 현대 경제학은 최고의 생산양식으로 소비를 극대화하려고 한다. 적절한 소비양식을 추구하는 생활은 최대의 소비를 추구하는 것보다 훨씬 적은 노력으로 소기의 목적을 달성할 수 있다. 불교 경제학의 관점에서는, 지역의 자원을 이용해서 그 지역에 필요한 것을 생산하는 것이 가장 합리적인 경제생활이다.

물론 불교 경제학에 따라 생명공동체의 관리원칙 즉 생태경제학의 원칙을 정하자는 주장은, 현재의 산업 수준을 무시하고 회피하려는 데서 나온 것은 아니다. 삶과 노동의 가치가 전도되고 물질의 소유가 늘

어날수록 또다른 조바심에 애태우는 현대인의 뒤틀린 현실을 바로잡는
데 불교 경제학의 지혜를 활용하자는 취지이다. 로렌스가 "돈을 없애
라"고 했을 때 의도한 바는, 삶을 아수라장으로 만드는 탐욕의 기표
(signifiant)로서의 돈의 횡포를 차단하자는 것이었다. 로렌스가 개념적
으로 불교 경제학을 옹호한 적은 없지만, 자본주의를 배척하고 절제의
경제원리를 옹호한 것은 사실이었다.

제6장

신: 생태학적 삶을 위한 신화와 종교의 재해석

『마지막 시들』(*Last Poems*, 1932)은 사후에 출판된 시집으로서, 로렌스가 자신의 죽음을 예견하며 삶을 정리하고자 한 흔적이 엿보인다. 이승과 저승의 관계를 성찰하고 이승의 삶에 최후까지 충실하고자 했던 로렌스의 태도가 잘 드러나 있는 시집이다. 그리스도교의 유일신에 대한 해석은 지상의 삶을 중시하는 로렌스 사상의 완결판이라 할 수 있다. 이러한 로렌스의 종교적 관심은 창작의 여명기 때부터 줄곧 이어져 온 것이었다.

그리스도교인으로 출발한 로렌스는 자신의 종교적 신념에 의해 교회와 결별하고 예배 참석을 중단하였으나, 종교적 관심은 결코 접지 않았다. 로렌스는 그리스도교 신앙에 대하여 시나 산문을 통하여 무수히 언급했다. 소설 속 주인공들의 종교적 경향이나 삶과 자연에 대한 로렌스의 글을 토대로 판단한다면, 그에게 종교적 감성으로부터 완전히 자유로운 시절이 있었을까 의심스러울 정도이다. 로렌스의 종교적 염원은 인간을 핵심에 두는 인본주의적 종교였다.

나는 사람들이 더욱더 그리스도교인이 되기를 원합니다. 단지 몇 가지 이유만으로도 그리스도교는 참으로 저항과 부정에 토대를 두고 있습니다. 그리스도교는 "세속적 욕망을 모두 버리고 천국을 바라보며 살라"고 말합니다. 하지만 나는 사람들은 자신의 욕망을 성스럽게 충족시켜야 한다고 생각합니다. 이것은 가장 근본적인 욕망을 충족시키는 것을 의미합니다. 이 욕망이란, 외적인 요소들에 의해 방해받지 않고 살고자 하는 욕망, 순수한 관계와 살아 있는 진리를 향한 욕망을 뜻합니다. 그리스도교인은 물질로 방해를 받습니다. 왜냐하면 그가 그것을 부정해야 하기 때문입니다. 사물을 부정하는 것은 그것에 예속되는 것입니다. 어떤 힘에 저항하는 것은 그 힘의 보완물이 되는 것입니다. 그래서 그리스도교는 지나치게 저항에 토대를 두고 있습니다.[1]

로렌스는 "세속적 욕망을 모두 버리고 천국을 바라보고 살라"는 그리스도교의 가르침에 동의하지 않았다. 오히려 "사람들은 자신의 욕망을 성스럽게 충족시켜야 한다"고 주장했다. 성스럽게 충족시켜야 할 욕망이란, 외부의 어떠한 요소로부터도 방해받지 않고 살려는 가장 심원한 생존에 대한 욕망을 말한다. 삶의 진리를 향한 욕망은 바로 로렌스가 주장한 '성스럽게 충족시켜야 할 욕망'이었다. 로렌스는 그리스도교인들은 재산으로 인하여 마음의 갈등을 겪는다고 말한다. 왜냐하면 '세상 욕망'인 물질을 버려야 한다는 교리에 따라, 재산과 강박적으로 형성된 관계를 떨쳐내지 못하고, 스스로 의식하게 되는 자신에 대한 질책으로 마음이 평안할 수가 없기 때문이다. 죽음에 대한 상념이 인간을 죽음에 굴복케 하고, 이별에 대한 두려움이 인간을 부질없는 관계에 붙들어매듯이, 무언가를 버려야 한다는 생각은 오히려 인간을 그것에 종속시키고 만다는 사실을 로렌스는 알고 있었다.

로렌스가 기대하는 그리스도교인은, 삶으로부터 자유롭게 되고자 깨달음을 향해 정진하는 불교도들과 유사하다. 불교적 관점에서 인생은 필연적으로 고통을 수반하게 되는데, 그 이유는 삶은 생득적으로 집착과 함께 시작되기 때문이다. 해탈하여 고통의 윤회에서 벗어나기 위해서는, 온갖 '욕망을 떨치고' 삶의 본래적 의미에 맞는 검소한 삶에 길들여져야 한다는 것이 불교의 안심법이다. 삶의 외풍으로부터 평상심을 잃지 않고 그것에 초연하는 경지가 득도인 것이다. 로렌스는 불교적 진리와 인연을 맺은 적이 없으며 오히려 불교에 부정적이었다. 그가 '부처를 믿지 않고 부처보다는 예수를 더 좋아한다'며 불교와 선을 긋고자 한 것은 동양에 대한 서구인의 편견과 관계가 있다.[2] 또한 생명에 관한 철학으로서 로렌스의 그리스도교에 대한 새로운 해석은 그에게 새로운 종교의 필요성을 느끼지 못하게 했을 것이다.

모든 종교의 주된 관심사가 삶과 죽음에 대한 해석이듯이, 로렌스의 종교적 관심 역시 삶과 죽음이었다. 그리스도교의 도그마와 비교해 로렌스의 종교적 신념은 그리스도교와 상반된다고 할 정도로 다르다. 그리스도교는 사후의 영생을 위해 현생의 삶을 그 문턱 정도로 간주한다. 그러나 로렌스는 사후의 세계란 기껏해야 현생의 그림자일 뿐이며, 삶에 전념함으로써만 불사조의 재생을 기약할 수 있다고 생각했다. 「우리는 전달자」(We Are Transmitters)라는 시에서 그는 모든 인간이 생명을 후세대로 이어주는 '전달자'이기에 생명과 이승에서의 사랑에 충실해야 한다고 노래한다.

우리가 살아가는 동안, 우리는 생명의 전달자.
생명을 전달하지 못하면 생명도 우릴 관통하여 흐르지 못한다.

그것이 바로 성교가 수행하는 신비요 삶의 흐름이다.
성교를 하지 않는 사람은 아무것도 전달할 수 없다.

일을 하면서, 그 일에 생명을 불어넣을 수 있다면
더 왕성한 생명이 우리에게 흘러들어와 삶을 충원한다.
그리하여 작업이 진행되는 동안 우리는 생명으로 더욱 충만해진다.

한 여자가 사과 덤플링을 만들고, 그 옆에서 한 남자가 의자를 만들지라도
생명이 푸딩에 스며들면, 그 푸딩은 최고의 맛을 내게 되고
그 의자는 매혹적인 멋을 지니게 된다.
신선한 생명이 내면으로 녹아든 그 여자는 삶에 취하고
그 남자도 의자와 더불어 삶에 감동한다.

As we live, we are transmitters of life.
And when we fail to transmit life, life fails to flow through us.

That is part of the mystery of sex, it is a flow onwards.
Sexless people transmit nothing.

And if, as we work, we can transmit life into work,
life, still more life, rushes into us to compensate, to be ready
and we ripple with life through the days.

Even if it is a woman making an apple dumpling, or a man a stool,

if life goes into the pudding, good is the pudding,

good is the stool,

content is the woman, with fresh life rippling in to her,

content is the man. (CP 449면, 총 5연 중 1~4연)

그리스도교에서 현생은, 낙원에서 추방된 자가 죄를 씻고 다시 그곳
으로 복귀하기 위하여 근신하는 연옥(Purgatory)이라는 의미를 갖는
다. 예수의 대속으로 인하여 원죄에서 해방되었다고는 하나, 인간은 언
제 도래할지 모르는 심판의 날을 대비해 파수꾼처럼 항상 깨어 있어야
한다. 이승에서 인간은 사후의 영생 복락을 꿈꾸며 현생의 감각적 유혹
으로부터 자신을 지켜내야 한다. 이것이 직선적 역사 개념을 가진 그리
스도교의 가르침이다. 하지만 로렌스가 생각하는 인간이란, 생명을 전
달함으로써 자신의 생명력을 더욱 보강하는, 생명을 살아가는 것과 전
달하는 것을 동시에 수행하는 주체이다.

로렌스는 "우리가 생명을 전달하지 못할 때 생명은 우리의 내부에서
흐르지 못한다"고도 했다. 또한 그는 "생명을 전달하는 것이야말로 섹
스의 신비요, 삶의 흐름"이라고 했다. "섹스를 하지 않는 사람은 아무
것도 전달할 수 없다"라는 특유의 시적 비약도 보인다. 로렌스가 생명
과 삶에 대한 속내를 다소 파격적으로 드러낸 까닭은 진부한 이론적 굴
레에서 벗어나 생기로 충만한 삶을 갈망했기 때문이다. 로렌스에게 삶
이란, 가까운 상대에게 관심과 사랑을 확대하고 생명을 전달해가는 것
이었다.[3]

모든 사람, 모든 생물에는 삶을 항유할 수 있는 굳건한 토대, 사랑을

지속시킬 수 있는 생명의 산실로서 몸이 있다. 이를 애써 외면하려는 사회의 왜곡된 정신 기류에 로렌스는 일침을 가했다. 생명이란 삶을 이어가는 가장 내밀한 힘이며, 새로운 의미를 산출하는 관계의 고리이다. 외적 대상으로만 존재하는 주변 사물들에 생명의 다른 얼굴인 애정을 쏟으면 사물들은 개인의 삶에 의미를 띠고 다가선다. "만일 아내가 사과 덤플링을 만들고, 한켠에서는 남편이 의자를 만들 때" 사물에 대한 그들의 각별한 애정에서 발로한 생명은 푸딩에도 전달되고 의자에도 전달된다. 새로운 생명이 아내에게도 남편에게도 전달되어 그들은 기쁨과 함께 더욱 충만한 생명력을 만끽하게 된다.

로렌스는 삶에 애착을 갖고 살라고 호소한다. 최후의 순간에 이승을 떠나 어디론가 가더라도 그때까지는 생명의 질서에 몰입하여 구체적인 삶을 살라고 외친다. 이런 로렌스의 열정에 사탄(Satan)의 이미지가 겹쳐지는 것을 느낄 수 있다. 낙원에서 전개되는 리듬 없는 순백한 삶으로부터 아담과 이브를 유혹하여, 그들을 안락한 삶에서 추방당하게 만든 장본인이 사탄으로서의 뱀이었다. 땀 흘리며 그리고 때로는 시원한 바람도 맞으며 삶의 소용돌이 속에서 진솔한 삶을 살게 한 자는 사탄이었던 것이다.

종교가 삶에 끼치는 영향은 종교에 따라, 또는 같은 종교를 신봉하는 개인에 따라 다르다. 로렌스는 자연과 사물을 생명의 신비를 체험하는 공간과 계기로 이해했고, 이는 그의 종교적 신념으로 이어졌다. 『마지막 시들』(*Last Poems*)에 나타난 로렌스의 신념은 대체로 인간과 현세를 중시하는 인본주의적 색채를 띤다. 로렌스의 인본주의는, 근대적 주체인 인간을 정점에 둔 위계질서가 아니었다. 개인의 의식활동이 중단되는 순간을 세상의 종말이라고 여긴 로렌스의 인식은 근대적 주체의 세계관과 유사했다. 하지만 근대적 주체를 탄생시킨 데카르트는 몸을 근거로 한 의식의 세계는 사후에 소멸하지만, 영혼의 세계는 지속된다고 믿는 그리스도교의 이원론을 떨쳐낼 수 없었다.

로렌스는 그리스도교의 내세관이나 인류의 시원에 대한 해석을 더이상 믿을 수 없었다. 그가 내세를 상정하는 경우에도 신화적 순환을 근거로 한 재생일 뿐, 그리스도교의 생사관과는 달랐다. 로렌스는 이승에서 감각적으로 충만한 삶을 누릴 것을 강조했다. 우리는 이러한 삶을, 향락에 탐닉하여 미래에 대한 전망을 포기한 삶으로 오인하는 시대에 살고 있다. 그러나 로렌스의 경우 삶의 가치란, 생명을 지닌 몸이 가장 자유롭고 풍요로워지는 것을 의미했다.

신으로부터 자유로운 인간들에게 삶의 가치는 한편으로 여타의 생명체들과 풍요로움을 공유하는 것을 전제로 한다. 로렌스는 식물의 생장도 주위의 온갖 요소들이 공생의 관계를 유지해야만 한다는 것을 몸으로 안 시인이었다. 삶이란 몸을 근거로 하고 생명이란 타자와 공유하는 관계의 지속이라는 로렌스의 생각은 「창조주」(Demiurge)에서 신의 아들이라는 예수에게도 예외 없이 적용된다.

> 하느님의 지성조차도 구현된 물상들을
> 상상할 수 있을 뿐이다.
> 지금 여기에 있는 육체와 현존재, 창조에 들어서는 피조물들을.
> 그것이 비록 발을 딛고 일어선 바닷가재일지라도.
>
> 종교적 지혜는 철학보다 예리하다.
> 종교는 안다. 예수가 예수인 것은
> 그가 한 여인의 자궁에서 태어나, 수프와 빵을 먹고
> 성장하여 창조의 경이를 경험하고

욕망을 지닌 육체와 사랑스런 영혼을 갖게 된 후라는 사실을.

Even the mind of God can only imagine

those things that have become themselves:

bodies and presences, here and now, creatures with a foothold in

creation

even if it is only a lobster on tip-toe.

Religion knows better than philosophy.

Religion knows that Jesus was never Jesus

till he was born from a womb, and ate soup and bread

and grew up, and became, in the wonder of creation, Jesus,

with a body and with needs, and a lovely spirit.

(CP 689면, 총 4연 중 3~4연)

　　로렌스는 '지금 여기'에 현존하는 몸만이 실체라는 것을 강조하는 과
정에서, 하느님에 대한 자신의 반그리스도교적 신념을 숨기지 않고, 전
통적인 그리스도교의 이분법을 정면으로 부정한다. 로렌스는 그리스도
교의 전통, 전능한 유일신을 신봉하는 종교를 구성하는 데 플라톤의 이
원론이 끼친 영향을 직시했다. 이원론적 철학이 인간의 정신을 지배하
는 한, 몸을 사랑하고 몸의 관계를 중시하는 생기 넘치는 사회란 결코
이루어질 수 없음도 알았다. 그는 인간의 내면을 지배하면서 일상적 행
위를 유발하는 이원론의 폐해를 막기 위해 플라톤의 형이상학에 칼날
을 들이댄다. 그들(플라톤주의자들)이 주장하는, "실재란 정신에서만
존재하고, 육체적 존재란 일종의 죽음이고, 순수한 존재란 육체적 한계

를 초월하며, 형상에 대한 이데아는 실체에 앞선다"는 말은 언어유희에 불과하다고 말이다(「창조주」제1, 2연).

철학이 인간의 구체적인 삶을 추상화하고 기하학적인 세계를 꿈꾸는 반면, 종교는 삶을 근거로 삶에 의미를 부여하려는 인간의지의 발현이라는 점에서 철학보다 더 지혜롭다고 한다. 철학보다는 종교의 지혜가 삶을 더 알차게 한다고 믿었던 로렌스는, 삼위일체를 강조함으로써 예수의 삶이 갖는 의미를 탈각시키려는 기성 교계의 주장엔 반대했다. 로렌스는 신인(godman)의 두 가지 특성 가운데서 인간적 이미지에 주목함으로써 초월적 종교가 빠질 수 있는 함정, 즉 이승과 구체적인 삶으로부터 도피하려는 경향을 차단하고자 했다.[4]

앞서 간 모든 사람들과 뒤에 올 모든 사람들과 마찬가지로, 예수는 여인의 자궁에서 나와 수프와 빵을 먹고 자랐으며, 창조된 자들의 가장 큰 영광으로서 예수가 된 것이었다. 예수의 몸속에는 여느 인간들과 같은 욕구가 있었다. 예수가 예수일 수 있었던 까닭은, '아름다운 영혼'을 지녔기 때문이다. 예수를 보는 로렌스의 이러한 시각은, 모든 인간들이 아름다운 영혼을 지닐 수만 있다면 예수의 경지에 이를 수 있음을 암시하는 것이다. 로렌스는 인간의 지위가 그렇게 고양되어야만, 삶에 더욱 강렬한 생기가 넘치리라고 생각했다. 유일신을 배타적으로 숭배하는 종교가 아니라면, 변화된 개인으로서 삶을 새롭게 살도록 고무하는 역할을 종교가 맡는 것은 당연하지 않은가? 예수와 인간의 관계에 대한 로렌스의 해석은 그리스도교가 다른 종교들과 유연하게 대화할 수 있는 발판도 마련한다.

그리스도교가 생태학적 전망을 결코 실현시킬 수 없다고 주장하는 사람들은 그 근거를 성경에서 찾는다. "자기 형상 곧 하느님의 형상대로 사람을 창조하시되 남자와 여자를 창조하시고 하느님이 그들에게 이르시되 생육하고 번성하여 땅에 충만하라, 땅을 정복하라, 바다의 고기와 공중의 새와 땅에 움직이는 모든 생물을 다스리라 하시니라"(「창세기」 1장 27절~28절)고 했던 성경 구절에 주목하여, 그들은 그리스도교는 생물들이 동등하게 작용하여 유기적 조직체를 형성하는 생태계 질서와 공존할 수 없다고 한다.

그런데 창조주가 인간을 창조하고 뒤이어 축복과 더불어 지상에서 인간이 누릴 수 있는 지위를 부여한 것은 인류의 행보를 감안해보면 전혀 문제가 되지 않는다. 그리고 이 구절은 하느님이 인간에게 호의적인, 상당히 예외적인 경우라고 그린버그(Gary Greenberg)는 『성경의 101가지 신화』(*101 Myths of the Bible*)에서 말한다.[5] 이어지는 성경 내용, "내가 온 지면의 씨 맺는 모든 채소와 씨 가진 열매 맺는 모든 나무를 너희에게 주노니 너희 식물이 되리라"(「창세기」 1장 29절)라는 언급은 확실히 이후 금단의 열매를 먹지 말라고 명하는 대목과는 모순이 있다.

메소포타미아 신화에서, 자신들의 노역에 불평하는 인간을 홍수를 통해 전멸시키기로 결정하는 예에서 보듯 신들은 인간에게 가혹했다. 그린버그는 「창세기」 1장 27절~29절의 내용은 신과 인간의 관계를 긍정적으로 나타내는 이집트 신화에서 영향을 받은 것이라고 주장한다.[6] 그는 인간의 기원을 해석하는 과정에서, 「창세기」의 이 구절은 신이 인간을 만물의 중심에 두고 인간을 특별히 사랑하기 때문에 인간으로서 위엄을 나타내라고 훈계하는 것이라고 한다. 유대교에서 그리스도교로 이어지는 유일신교가 생태학적으로 문제되는 요소를 내포하고 있다고 보는 이유는 다른 데 있다. 역사적 현실에 영향을 주고 때로는 한 시대를 지배해온 그리스도교가 근간으로 삼는 배타적 유일신 사상과 그 교리에 근거한 가부장적 특성에 문제가 있다는 것이다.

힌두교나 불교와 달리 유대교 전통에서는 신들을 초월함으로써 인간적 한계를 극복하라는 관대한 가르침을 기대할 수 없다. 이스라엘의 선지자들(prophets)은 야훼의 적으로 간주되는 신들을 결코 용납할 수 없었고, 다른 신들을 철저히 부정하는 것을 신앙의 출발점으로 삼았다. 유대교 경전에서 '우상 숭배'라는 새로운 죄, 즉 그들의 평가에 따르면 거짓 신들을 섬기는 행위는 구토 이상의 감정을 불러일으키는 것이었다.[7] 선지자들은 자신들의 종교적 행위에 대해 무슨 비밀을 감추고 있지 않나 하는 의심이 들 정도로, 다른 종교와 성적인 것에 혐오스러운 반응을 보였다. 유대교 선지자들의 이러한 태도는 수긍할 수 있는 이성적인 반응이라기보다는 그들 종교의 기원과 관련해 뿌리깊은 불안과 억압의 표현이라는 인상이 짙다.

이는 야훼의 승리가 힘든 투쟁의 산물이며, 그 승리가 매우 불안정하기 때문에 긴장의 끈을 놓을 수 없었던 사실에 기인한다. 긴장과 폭력과 투쟁이 얽힌 결과로서 야훼의 승리는 유대교 전통이 고수한 비타협적 독선을 설명해준다. 야훼가 이스라엘을 선택한 것은 곧 그들을 이방인들로부터 분리하는 것이었다. '약속의 땅'에 도달해서는 야훼를 섬기지 않는 원주민들과 어떠한 거래나 타협도 해서는 안된다는 명령을 야훼는 자신의 선민들에게 부과했다. 「신명기」(Deuteronomy)에서 모세(Moses)는 "그들과 무슨 언약도 말 것이요 그들을 불쌍히 여기지도 말 것"(7장 2절)이라고 유대 민족에게 명령한다. 그리고 모세는 이방인들과는 결코 혼인하지 말라고 한다. 만약 이방의 처녀들이 유대 청년들을 유혹하여 이방의 신들을 섬기게 하면, 진노한 여호와가 자신들을 멸하실 것이라고 한다. 아울러 모세는 "그들의 단을 헐며 주상(standing stones)을 깨뜨리며 아세라 목상을 찍으며 조각한 우상들을 불사를 것"(7장 5절)을 명한다.

신이 오직 하나뿐이라는 의미가 아니라 경배할 수 있도록 허락된 유일한 신이라는 뜻의 '오직 하나인 야훼'(Yahweh ehad)라는 교리는, 공포와 야만을 동시에 초래하여[8] 유대 민족으로 하여금 '질투가 많은 신'을 떠나지 못하도록 했다. 배타적인 유일신 교리는 특별히 정치적인 목적과 야합하게 되면, 종교 본연의 의미를 상실하고 독재자의 광기를 합리화하는 이념으로 전락하고 만다. 특정한 목적으로 전용되어 정치적으로 이용되는 이른바 '우상 숭배적 종교'(idolatrous religiosity)가 될 위험은, 므낫세(Manasseh, 재위 기원전 687~642)와 아몬(Amon, 재위 기원전 642~640)의 뒤를 이은 요시아(Josiah)의 통치 때인 기원전 622년에 현실화되었다. 야훼 신앙을 장려하고 성전을 웅장하게 개축하려던 요시아 왕은 공사중에 발견했다는, 출처가 분명치 않은 '모세가 남긴 마지막 설교'[9]의 가르침에 따라 이교도에 대한 대대적인 청소에 들어갔다. 그때의 참상은 「역대하」(2 Chronicles)에 기록되어 있다.

> 무리가 왕의 앞에서 바알들의 단을 훼파하였으며 왕이 또 그 단 위에 높이 달린 태양상들을 찍고 또 아세라 목상들과 아로새긴 우상들과 부어 만든 우상들을 빻아 가루를 만들어 거기 제사하던 자들의 무덤에 뿌리고 제사장들의 뼈를 단 위에서 불살라 유다와 예루살렘을 정결케 하였으며.(34장 4절~5절)

이러한 대규모적인 파괴는 깊이 숨겨져 있는 불안 및 공포와 맥이 닿아 있고 증오에 기인한다. 자기가 믿는 신이 유일하며 자신들만이 선택받았다는 신학은 본질적으로 갈등과 투쟁을 유발하게 된다. 이러한 특성은 유일신론의 역사를 얼룩지게 했던 이른바 성전(holy war)의 전개와 그 무모함에서 잘 드러난다. 서구 그리스도교인들은 현재 그들의 유리한 정치·경제적 입장을 근거로 자신들이야말로 신의 선택을 받은 사

람들이라는 몽매한 신념에 빠지는 경향이 있다.[10] 11~12세기에 십자
군(Crusaders)은 유대인들이 상실한 소명을 다시 찾은 '새로운 선민'
(new chosen people)이라고 자칭하면서 유대인과 무슬림에 대한 침
략을 정당화했던 것이다. 또 '칼뱅주의적 예정론 신학'(Calvinist
theologies of election)은 미국인들에게 자신의 나라가 신의 나라임을
믿게 하는 데 커다란 역할을 했다. 유다 왕국의 요시아 왕 때와 마찬가
지로 이러한 신앙은 정치적으로 불안정한 시기, 미래에 대한 불확실성
이 팽배할 때 극렬하게 나타난다. 지금 우리 시대의 유대교인, 그리스
도교인, 무슬림 사이에서 다양한 근본주의 형태로 이 신념이 새롭게 태
어나는 것은 불안정하고 불확실한 국제정세의 반영일 것이다. 이런 의
미에서 신을 강조하는 '근본주의 신앙'은 신을 받드는 것이 아니라 인
간의 편의를 도모하는, 인간 중심의 신앙이었다. 그것은 인간의 역사적
현상들을 종교적 신앙으로 환치한 일종의 우상 숭배였다. 이와 같은 호
전적 신앙은 오랜 종교 역사를 통해 유일신론자들을 끊임없이 유혹했
고 지금도 그러하다.

　하지만 특정한 종교적 해석과 이념으로서의 교리는, 이교와 교류한
결과이며 잠재적 변화의 한 국면임은 역사적으로 확인되는 사실이다.
이러한 열린 시각으로 우리는 그리스도교의 역사를 거슬러 올라가, 그
리스도교가 어떠한 이방의 종교적 요소들과 대화하며 자기를 형성해왔
는가를 고찰할 필요가 있다. 특정 종교에 대한 해체적 시각은 그 종교
의 생성과 사멸의 역사는 물론, 시대적 이념과 공존 가능한 요소가 무
엇인지 가늠케 해준다. 프레케(Timothy Freke)와 갠디(Peter Gandy)
는 『예수에 관한 미스테리』(*The Jesus Mysteries*)에서 "예수 이야기는
신화로서의 모든 속성을 다 갖추고 있다"[11]고 지적한다. 고대 지중해
세계에서는 앞선 시대의 신비한 전설과 의식을 받아들여 죽은 후에 부

활한 신인(godman) 신화의 여러 변형태를 민족적 취향에 따라 각색해
만들어냈다. 당시의 일부 유대인들은 이교도의 신비/의식을 받아들여
오늘날 영지주의(Gnosticism)로 알려진, 정통 카톨릭 신앙이 분기되어
나오기 전의 원형의 그리스도교를 만들었다고 한다. 유대인 신비/의식
입문자들은 오시리스-디오니소스 신화의 근간이 되는 상징들을 자신
의 신화로 변형시켰는데, 그 신화의 주인공이 바로 죽었다가 다시 살아
난 인간이며 동시에 신(神)인 예수라고 한다.

　이러한 가설에 근거해 예수를 새롭게 규정하고 발생론의 입장에서

오시리스(Osiris)-디오니소스(Dionysus)와 관련된 신화의 주요 내용을 간
추리면 예수의 전기를 재구성할 수 있다고 한다. 프레케와 갠디가 내세운 오시
리스-디오니소스 신화의 주요 내용은 다음과 같다.[12]
- 오시리스-디오니소스는 인간화된 신, 구세주, 하느님이다.
- 그의 아버지는 하느님이고 어머니는 사멸할 동정녀이다.
- 그는 12월 25일 세 명의 양치기들이 보는 가운데서 동굴이나 외양간에서
　태어난다.
- 그는 자신의 추종자들에게 세례를 베풂으로써 재생의 기회를 제공한다.
- 그는 결혼 축하연에서 물로 술을 만드는 기적을 행한다.
- 백성들이 야자수 잎을 흔들며 존경을 표하는 가운데 그는 승리자가 되어 당
　나귀를 타고 마을에 나타난다.
- 그는 세상의 죄를 대속하기 위하여 부활절 주간에 죽는다.
- 죽은 후 지옥으로 내려갔다가 셋쨋날에 죽은 자들 가운데서 살아나 하늘에
　영광스럽게 오른다.
- 그의 추종자들은 최후의 날에 심판자로 올 그를 기다리고 있다.
- 그의 죽음과 부활은 빵과 술이 마련된 의례연으로 기념된다. 빵과 술은 그의
　몸과 피를 상징한다.

종교를 해석하려는 사람들에게, 1945년에 이집트의 한 농부가 나그함마디(Nag Hammadi) 근교의 한 동굴에 묻혀 있던 영지주의의 고문서를 발견한 사건은, 그들의 이론이 충분히 개연성이 있음을 확인시켜주는 계기가 되었다.[13] 이 고문서에는, 초기 그리스도교인들에게 널리 배포되었지만 훗날 특정한 의도에 따라 편성된 신약성경에는 포함되지 못한, 「도마(Thomas)의 복음서」「빌립(Philip)의 복음서」, 베드로(Peter)와 열 두 사도들의 행적을 기록한 문서, 「바울(Paul)의 계시록」「야고보(James)의 계시록」 등이 있다. 예수와 사도들의 가르침을 비롯한 초기 그리스도교 문서들이 발견된 것은 획기적인 일이었다. 그런데 이상한 일은, 오늘날의 그리스도교인들 가운데 그런 문서가 있다는 사실을 알고, 초기 그리스도교의 모습을 알아보기 위해 그것에 관심을 쏟는 사람이 드물다는 점이다.[14] 「집정관의 본질」이나 「노레아의 생각」과 같은 낯선 제목의 문서들을 현대의 그리스도교인들이 보게 되면 매우 이질적인 또다른 그리스도교를 발견하게 될 것이다.

영지주의는 생명의 기원과 의미를 탐색했으며, 내면의 세계를 궁극적인 앎의 영역으로 삼았다. 영지주의자들은 신비주의자이자 자유로운 사상가였다. 영지주의는, 권력을 배경으로 합의된 내용만 믿으려 하는 문자주의자(literalist)인 교회 주교들이 결코 용인할 수 없는 것이었다. 그들의 저술에 나타난 대로라면 영지주의자들은 이교 신앙에 오염되어 참된 신앙의 순수성을 포기한 사람들이었다. 하지만 영지주의자들은 자기들이야말로 전통을 지키는 진정한 그리스도교인들이라고 생각했다. 누가 전통을 지키는 진정한 그리스도교인인가에 대한 논의는 차치하더라도, 화해와 공동체의 조화라는 측면에서 보면 영지주의의 전통이 더 바람직하다는 판단을 하게 된다.

프레케와 갠디에 따르면, 권위주의자인 문자주의자들과는 달리 영지주의자들은 신비를 중시한 개인주의자들이었다고 한다. 영지주의자들은 다양한 믿음과 실천에 관용적이었기 때문에 서로 다른 무수한 복음서들을 펴냈다. 진정한 그리스도교인이라면 신비한 앎을 스스로 체험해 각자가 그리스도가 되어야 한다고 영지주의자들은 가르쳤다. 영지주의자들에 따르면 원래의 그리스도교는 신비한 앎 즉 '영지'를 각자로 하여금 체험케 하는 영적 종교인데, 문자주의자들이 맹목적 믿음을 강요하는 종교로 만들어버렸다고 한다.

영지주의자들은 문자주의자들과 달리 이교 신앙을 적대시하지 않았고, 그들의 원천이 이교 신앙과 접맥되어 있음을 공공연히 인정했으며, 고대 철학의 연구에 몰두하여 학문을 계승 발전시켰다. 실제로 나그함마디 동굴에서는 그리스도교에 관한 영지주의 문서뿐만 아니라 이교도 및 고대 철학과 관계된 문서들이 함께 발견되었다. 다방면에 걸친 학식을 바탕으로 알렉산드리아에서 그리스도교 교리 학교를 운영했고 지금은 카톨릭 교회의 성자로 숭앙되고 있는 클레멘스(Alexandrinus Titus Flavius Clemens, 150~216)는, 영지주의자들을 진정한 그리스도교인이라 불렀다. 그는 이교도 철학에 심취하여 이교도 철학이야말로 인간을 그리스도에게 인도하는 신성한 선물이라고 말하기도 했다.[15]

영지주의 문서에는 고대 그리스 신화의 인물, 이교도 점성술, 마법, 철학 개념 등이 자주 나타난다. 이교도 점성술과 유대인 천사 개념이 서로 혼융되어, 하느님은 열두 천사를 창조했고 이 천사들은 12황도와 동일한 우주를 에워싸며 지배한다고 기록되어 있다. 초기의 영지주의 그리스도교인들은 예수를 오시리스-디오니소스와 동일시했을 뿐만 아니라, 그들 스스로 당대에 널리 분포되었던 이교도 신비/의식 입문자들임을 자처했다고 히폴리토스(Hippolytos, 160?~235?)는 말했다.[16] 영지주의자들의 신비/의식에서 보이는 '위대한 어머니'(Great Mother)

즉 위대한 대지의 여신은 고대 세계를 지배한 여신이었다. 이 여신은 고대 이집트에서는 이시스(Isis)로, 고대 그리스에서는 데메테르 (Demeter)로 알려졌다. 이 여신은 오시리스-디오니소스의 어머니이거나 누이 혹은 배우자였고 흔히 그 세 가지 역할을 동시에 맡기도 한다. 그리하여 그리스도교에는 성부와 성자 그리고 다소 막연한 양성적 성령만 있고 여성 신격이 없는데 반하여, 영지주의 신화에서는 좀더 자연과 균형이 이루어지도록 성부와 성자, 그리고 성모가 있어 삼위일체가 성립된다고 한다.

영지주의자들은 이교도의 교리를 전수받아 피스티스(pistis) 즉 믿음 (faith)을 배척하고, 그노시스(gnosis) 즉 앎을 중시했다. 영지는 궁극적인 실재(reality)에 대한 통찰력이자 직관적 앎으로서 은밀한 특성을 지닌다. 영지는 심오한 성찰과 승화된 내면세계의 결과물인 것이다. 또한 영지주의 영성에서는 자기 자신에 대한 철저한 앎 즉 영지야말로 궁극적 실재, 인간 본성, 인간의 운명을 통찰하는 길이라고 한다. 자신에 대한 완전한 이해와 앎을 얻는 것이 신과 우주에 관한 오묘한 진리에 이르는 지름길이었다. 기록된 문서에 의탁하는 초기 그리스도교의 문자주의자들이 교리를 대하는 태도와는 달리, 영지주의자들은 모든 교리란 진리에 이르는 방편일 뿐이라고 생각했다. 진리 자체는 말과 개념을 뛰어넘으며, 스스로 영지를 체험함으로써만 도달할 수 있는 과정으로서 마음의 상태를 뜻하는 것이었다.[17]

생태계 위기를 초래한 원인으로 그리스도교를 거론하는 것은 그리스도교가 독존적 유일신 사상과 가부장제적 사회구성 원리를 지니고 더 나아가 유기적인 공생의 생태계 관계보다는 위계질서를 강조하는 경향이 있기 때문이다. 생태계 위기를 극복하는 든든한 버팀목으로서 그리스도교가 중요한 역할을 할 수도 있다. 그러기 위해서는 그리스도교가 확립되고 전달된 과정을 해체적으로 고찰할 필요가 있다.[18] 그러면 초기 그리스도교의 영지주의를 재인식할 수 있게 되고 종교간 대화를 통해 변증적 신앙으로 발전할 수 있는 여지가 그리스도교 자체 내에 있음을 알게 된다.

자신과 세계에 대한 각성을 의미하는 '영지'는 생명공동체 건설을 모색하는 사람에게는 필수적인 요소이다. 영지주의란 특정한 종교적 경향인 동시에 삶과 종교에 대한 사고체계이기도 한 것이다. 영지주의처럼 관계를 통한 자기 정립을 시도하는 사유체계가 사회의 전반적 정신풍토로 정착될 수 있는가는 중요하게 제기되고 있는 문제이다. 영지주의는 성경의 문학 전통을 계승하여 여성적 신성을 지혜로 받아들였고, 이 여성적 지혜를 만물 소생의 원인이 되는 창조자로 이해했다. 신은 인간을 "우리의 형상을 따라 우리의 모양대로"(「창세기」 1장 26절) 만들자고 제안했고, 인간은 "남성과 여성으로"(「창세기」 1장 27절) 창조되었으므로, 신 자신도 남성적이면서 동시에 여성적이라는 추론이 영지주의에서는 가능했다. 또한 초기 영지주의 그리스도교는 노동과 출산 그리고 죽음을 부정적으로 인식하지 않았다. 삶은 개체 단위로 종결되지 않고 종(species)적으로 지속되는 과정이라고 이해한 점은 생태학적 사고로 발전될 수 있는 여지를 보여준다.

특정한 도그마에 갇혀 생명의 언어와 몸짓을 잃어버린 현대인을 안타깝게 여기고, 시대가 용인하는 틀을 넘어서 열락의 삶을 추구했던 로렌스에게, 초기 영지주의 그리스도교 신앙은 거슬릴 게 없었다. 학업을 마치고 교사로서 새로운 삶을 시작하면서 로렌스는 교회와 결별했다. 하지만 "인간은 근본적으로 종교적인 존재"라는 생각은 임종의 순간까지 버리지 않았다.[19] 로렌스가 특별히 『마지막 시들』(*Last Poems*)에서 보여주었던 신화와 종교에 대한 상념들은 그것들을 발생론적 차원에서 이해했다는 점에서 초기 영지주의와 맥을 같이한다. 신화적 상상력과 생명을 매개로 여성과의 동반자적 관계를 중시한 「바바리아의 용담꽃」 (Bavarian Gentians)을 감상해보자.

나에게 용담꽃을 주오, 햇불을 주오!

내가 이 꽃, 푸르고 갈래진 햇불을 들고 내 영혼을 인도하게 하소서.

푸른빛이 푸른빛으로 얼룩져 더욱 어두운 계단을 밟고 내려가면

페르세포네도 서리 내려 시린 9월을 떠나간 그곳으로.

어둠이 어두운 것들을 지켜 천지가 어둠에 싸인 곳으로.

페르세포네가 한낱 소리로만 존재하는 곳.

햇불의 검은빛이 떠나간 신부와 그녀의 신랑에게 어둠을 비추며

형체를 가늠할 수 없는 어둠이 플루토의 품에 안긴 더한 어둠속에서

진한 음울의 열정에 파묻히는 곳.

Reach me a gentian, give me a torch!

let me guide myself with the blue, forked torch of this flower

down the darker and darker stairs, where blue is darkened on

　　　blueness

even where Persephone goes, just now, from the frosted September

to the sightless realm where darkness is awake upon the dark

and Persephone herself is but a voice

or a darkness invisible enfolded in the deeper dark

of the arms Plutonic, and pierced with the passion of dense gloom,

among the splendour of torches of darkness, shedding darkness on

　　　the lost bride and her groom. (CP 697면, 총 3연 중 마지막 연)

로렌스가 사망하기 6개월 전쯤인 1929년 천사장 성 미카엘 축일 (Michaelmas, 9월 29일)을 맞아 쓴 것으로 알려진 이 시는, 죽음의 문 턱에 이르러 죽음을 매사에 결부시킬 수밖에 없는 처지임에도 담담하 게 죽음을 관조하는, 그의 생사관을 보여주는 작품이다. 최초의 조상들 이 창조주의 명을 거스르고 받은 벌이 죽음이라고 한다면 죽음은 삶을 마감하는 신의 저주임이 분명하다. 하지만 필멸의 운명을 타고난 인간 으로서는 궁여지책일지라도 죽음을 수용해야만 한다. 질량 보존의 법 칙이라는 과학상식과 윤회라는 종교적 설명을 통하여, 비록 이승에서 숨을 놓았지만 우리의 숨결은 자식에게로 이어지고 몸의 부스러기들은 다른 생명들에게 보시된다고 믿는 그 앎(영지, gnosis)에 심신이 평안 해진다면, 그것이 바로 생활인들의 종교가 아니겠는가?

로렌스는 시칠리아의 에트나 골짜기에서 꽃을 따던 꽃다운 페르세포 네가 납치되어 간 하데스의 땅이 어떠한 곳인지 궁금했다. 지하세계를 비추기에 충분한 파란색 용담꽃을 햇불 삼아 찾아간 그곳에서, 시의 화 자는 다른 형식의 사랑과 재생이 이루어지고 있음을 발견한다. 인간이 보이는 세계에 감동하고 보이는 세계로 인하여 상심하게 되는 것은 당 연한 이치다. 그러나 인간의 행위는 아직 드러나지 않은 질서와도 연결 되어 있다. 초기 영지주의 그리스도교의 '신비한 앎'을 생태계 위기의 극복을 위한 지혜로 신뢰하는 까닭이 여기에 있다. 시시각각의 현상과 그 이면의 상호작용을 동시에 성찰하여, 현재와 미래를 인과적으로 자 리매김하는 것이 '영지'이기 때문이다.

로렌스가 종교적 사색을 지속해온 흔적은 유고시집 이전의 시집에도 산재되어 있다. 그는 신과 종교의 세계는 물론 신들의 이야기가 다양하 게 펼쳐지는 신화의 세계를 인간적 삶이 극적으로 재현된 공간으로 인

식했다. 신들, 아니 인간들이 타자를 지배하고 자신의 욕구를 실현하려
는 가부장적 질서가 현대에도 반복되고 있음을 로렌스는 직시했다. 그
는 산업혁명을 거치면서 물질적 풍요를 이룩한 사회와 개인이, 여성적
타자를 욕망의 대상으로 사냥하는 현실을 목격했다. 또한 지구촌 곳곳
에서 약소국들을 상대로 지배를 확대해나가는 제국주의의 씨앗을, 이
미 신화 속 신들의 행위에서 읽어낼 수 있었다. 로렌스는, 고니(Swan)
로 변신해 레다(Leda)를 겁탈한 제우스를, 성(性)적 폭력을 행사하고
성을 거래하는 산업사회의 비정한 남자들의 원형으로 인식했다. 다음
은 「고니」의 일부이다.

그러나 지금 고니 몸을 수그려
어둠속에서
우리를 노리고 있다.
우리의 여자들을 유린하고
남자들은 쫓겨난다.
그 거대한 고니
달아날 수 없는 우리의 여자들을
가늠할 수 없는 충격으로 무너뜨리고
더러운 발로 여자들의 희고 부드러운 살결을
짓밟고 다닐 때.

But he stoops, now
in the dark
upon us;
he is treading our women

and we men are put out

as the vast white bird

furrows our featherless women

with unknown shocks

and stamps his black marsh-feet on their white and

    marshy flesh. (CP 436면, 총 3연 중 마지막 연)

　이 시는 신화적 소재를 사용하여 인간과 사회의 현상을 드러내려는, 로렌스의 '고니 시리즈' 중 한 편이다.[20] 1연에서 자신의 신격을 과시할 활기를 완전히 상실한 채, 무기력하게 수면을 떠다니는(세상을 배회하는) 제우스로서 고니(현대의 권력자)는 "종말의 물위에서"(upon the waters of all endings) 사냥감을 노리는 어두운 그림자로 그려진다. 고니는 헤엄치고 노닐면서 삶을 즐기지도 않고, 태어날 새끼들을 위해 새로운 둥지를 틀지도 않으며, 철 따라 떠나는 삶의 시간성도 망각한 존재이다. 길가메시가 아름답게 성숙한 여인들을 독차지하기 위하여 젊은 남자들을 노역장으로 내몰았다가 백성들로부터 원성을 샀듯, 생명력과 삶의 주기성을 상실한 고니는 어둠속에 내려와 여자들은 짓밟고 남자들은 멀리 내쫓았다. 여자와 남자 사이를 갈라놓고 그들이 생기 넘치는 공동체를 꾸려가는 것을 방해하는 존재는 고니로 상징되는 파괴자이다. 로렌스가 상정하는 파괴자란, 가까이 하면 할수록 삶을 무미건조한 것으로 만들어버리는 현대의 전도된 자본주의적 이념 혹은 그릇된 신앙으로서의 가치관이다. 우리는 종교의 가면을 쓰고 자행되는 온갖 살인적 폭력과 국가간의 전쟁을 역사에서는 물론 동시대의 국제질서에서도 확인할 수 있다. 따라서 인간과 삶의 기원을 설명하고 그것에 의미를 부여하는 신화와 종교가, 오히려 사람들 사이에 분란을 조장하고 삶에 대한 유연한 태도를 질식시키는 덫이 될 수 있음을 우리는 경계해야 할 것이다.

　로렌스는 죽음을 일상의 문제로 느끼는 말년에도 신과 종교에 대한 대단히 밝고 경쾌한 생각을 유지했다. 그리스도교에서 신이 성령으로 나타나는 것과는 다르게, 신은 하나의 힘이며 그 힘이 형태를 얻게 됨으로써 세상은 아름다워진다는 것이 로렌스의 생각이었다. 인간의 땅에 권위적 질서를 세우고 위계적 상하관계를 토대로 사람들이 살아가기를 바라는 신이 있다면, 이는 선민의식과 가부장제에 길들여진 편협한 족장의, '신의 가면'일 뿐이다. 일상의 삶에서 로렌스가 체험하는 '신의 형체'(The Body of God)는 이렇다.

　　신은 아직 몸을 얻지 못한 커다란 힘
　　창조적인 힘으로 형체를 찾다가

　　드디어 붉은 카네이션이 된다. 아! 그것이
　　바로 신. 또 마침내 헬렌이나 니농이 되느니. 사랑스럽고 온유한
　　여인이 지고의 선과 아름다움에 이르면 신이 되어 현신한다.
　　영리하고 용감한 모든 남자들도 또한 신이다.

　　양귀비꽃과 수면으로 치솟는 물고기와
　　노래하는 남자들과 햇볕에서 머리 빗어 넘기는 여인들을 제하면
　　달리 신은 없어.
　　예수처럼 왔다가 훌쩍 떠나버린 사랑스런 존재들만이 신.
　　나머지, 찾을 수 없는 것이 창조주.

God is the great urge that has not yet found a body

but urges towards incarnation with the great creative urge.

And becomes at last a clove carnation: lo! that is god!

and becomes at last Helen, or Ninon: any lovely and generous

      woman

at her best and her most beautiful, being god, made manifest,

any clear and fearless man being god, very god.

There is no god

apart from poppies and the flying fish,

men singing songs, and women brushing their hair in the sun.

The lovely things are god that has come to pass, like Jesus came.

The rest, the undiscoverable, is the demi-urge.

(CP 691면, 「신의 형체」 전문)

    생명현상이 더 내밀한 짜임으로 발전하게 할 수 있다는 의미에서, 현상 깊숙한 곳에서 흐르는 생명의 뇌관으로서의 힘이 하느님이다. 생명과 사물이 가장 아름다운 상태에 도달하는 순간은 바로 신이 현현하는 순간이기에, 두려움에서 벗어나 맑고 깨끗하게 자신을 드러내는 사람이 바로 신이 되는 것이다. 양귀비꽃이 절정에 이르러 자신의 색깔로 주위를 아름답게 할 때, 따스한 가을빛이 물위에 내리쬐는 날 주체할 수 없는 생명의 기운에 수면으로 치솟는 물고기가 비늘을 은빛으로 반짝일 때, 그 생명의 환희가 바로 힘이요 하느님이다. 그것들은 자신의 진부한 모습을 드러낼 때까지 머물러 있지 않는다. 붙잡고 싶은 순간 아쉬움을 남긴 채, 또다시 자신이 현신할 곳을 찾아 떠난다. 그래서 로렌스는 예수처럼 왔다가 그렇게 떠나버린 사람을 하느님이라고 했다.

몸으로 구현되는 아름다운 힘이 제 길을 잡아 활짝 피어나도록, 사람과 모든 피조물을 다독거려야 하는 것이 종교다. 종교가 오히려 권력을 가진 자들을 대변하고 그들에게 적합한 질서를 확대하고 재생산하는 이념적 편향은 재편되어야 한다. 현재의 종교에 교리와 가치관을 제공하는 신화든, 현 사회를 구성하고 인간의 행위를 유도하는 이념이든, 그것이 생태계와 조화를 이루는 삶을 기약할 수 없다면 우리는 그것들과 결별해야 한다.

로렌스가 신화와 종교를 다룬 까닭은, 종교의 도그마에 빠져 허우적대고 현실을 버거워하는 인간과 세태에 경종을 울리고자 했기 때문이다. 로렌스는 현상 너머에서 진행되는 생명활동을 시적 상상력으로 느꼈고, 자신의 생명 역시 대지와 협연하고 있음을 알았기에, 지금은 비록 '그림자'(Shadows)에 싸여 어두울지라도 머잖아 대지에선 생명의 꽃이 피어날 것을 확신하고 있었다.

가을이 깊어가며 마음이 무거워질 때
거센 바람에 시달려 부러지는 줄기와 떨어지는 잎들의 고통을,
애환을, 소멸을, 고충을 내가 느낄 수 있다면
그리하여 짙은 그림자가 부드럽게 내 영혼과 마음을 어루만져준다면
내 입술 기절할 듯 감미롭게 깨워준다면
혹은 졸음에 겨워 나직이 부르는 슬픈 노래처럼 휘감아준다면
나이팅게일보다 더 침울하게 노래 부르며, 동지와
짧은 낮 시간의 침묵과 만추의 침묵, 그리고 그림자에 이르도록 감싸준다면

그때에 나 알게 되리라. 내 생명
어두운 대지와 함께 요동치고 있음을.
대지의 소멸과 소생이 깊은 망각 속에 있듯이.

And if, as autumn deepens and darkens

I feel the pain of falling leaves, and stems that break in storms

and trouble and dissolution and distress

and then the softness of deep shadows folding, folding

around my soul and spirit, around my lips

so sweet, like a swoon, or more like the drowse of a low, sad song

singing darker than the nightingale, on, on to the solstice

and the silence of short days, the silence of the year, the shadow,

then I shall know that my life is moving still

with the dark earth, and drenched

with the deep oblivion of earth's lapse and renewal.

(CP 726면, 「그림자」 3연)

　　자신의 죽음이 임박함을 본능적으로 절감하고 있던 로렌스는, 가을
이 깊어가는 황혼녘에 낙엽과 부러진 나뭇가지가 겪는 소멸의 고통을
자기 것으로 느낄 수 있다면, 자신은 우주적 영혼을 불러올 수 있다고
믿었다. 자신의 우주적 영혼은 그림자에 싸인 어두운 대지와 함께 생명
활동을 이어간다. 우주적 영혼은 대지에 뿌리를 내린 온갖 생명체의 소
멸과 소생의 흐름, 즉 망각 속에서 진행되는 생기의 유동에 자신의 생
명이 흠뻑 젖어 있음을 알게 된다. 영생을 얻었다는 우트나피시팀은 길
가메시에게, 잠과 죽음의 차이는 새날이 되면 깨어날 수 있는가의 여부

에 있다고 했다. 죽음의 상념으로 몸부림치다 새 아침을 맞게 되는 것을 다시 소생한 것으로 느낄 정도로 생명의 자락에 감사했던 로렌스였다.

아무리 하찮은 존재에서라도 숭고한 미를 체험할 수 있는 까닭은, 마지막 순간까지 체념하지 않고 재생을 저주하는 '객관적 사실'[21]을 극복하려는 본능이 생명체에는 있기 때문이다. 비록 생명의 자기 조직화 기능이 정지된 듯 육체는 쇠잔해가지만, 로렌스는 새로운 꽃을 피우는 재생에 대한 열망으로 결코 낙담하지 않았다. 로렌스는 폐결핵과의 사투를 통해 생명 외경(畏敬)의 처연한 아름다움을 실현했다. 마지막 순간까지 생명의 끈을 놓지 않으려는 집념이야말로 생태계 위기를 푸는 열쇠이기도 하다. 생명을 찬미하는 것은 청춘에 대한 예찬과 함께 '아름다운 노년'(Beautiful Old Age)에 대한 꿈을 키워가는 것임을 로렌스는 보여준다.

사랑의 소용돌이에서 벗어난
노인들은 평온하여, 사과처럼 향긋해야 한다.
노란 단풍마냥 향기롭고 가을의 부드러운
고요와 충만으로 몽롱해야 한다.

그래서 소녀는 이렇게 말해야 한다.
'살면서 늙어가는 것은 정말 멋있어
나의 어머니를 봐, 얼마나 여유롭고 평온하신지!'

청년도 말할 수 있어야 한다. '맹세코, 나의 아버진
온갖 세월의 풍상을 다 겪으셨어, 허나 그건 멋진 삶이었어.'

Soothing, old people should be, like apples

when one is tired of love.

Fragrant like yellowing leaves, and dim with the soft

stillness and satisfaction of autumn.

And a girl should say:

it must be wonderful to live and grow old.

Look at my mother, how rich and still she is!

And a young man should think: By Jove

my father has faced all weathers, but it's been a life!

(CP 503면, 「아름다운 노년」 3~5연)

건강하게 유지되는 생명이란, 유기체의 크고 작음에 상관없이 모든 기관과 조직들이 제 기능을 충실히 수행하는 것을 의미한다. 작동의 원리가 같은 공동체도 마찬가지다. 구성원들이 자기가 맡은 기능을 소화해내는 것이야말로 사회가 자기를 조직화하는 과정이다. 미래의 삶이 극히 불투명하다고 말하는 까닭은, 물리적 환경의 황폐화를 체감하기 때문만이 아니라, 자기 파괴적인 욕구와 상대를 억압하는 힘이 사회운영의 근본요소라고 대체로들 여기고 있기 때문이다. 이런 시각에서라면 노년은 쇠락의 상징이자, 인정하고 싶지 않은 삶의 종착역일 뿐이다. 하지만 로렌스는 익어서 향기로운 인생의 황혼을 예찬한다. 어떤 사람이 자신을 유혹하는 온갖 거짓에 물들지 않고 꿋꿋이 살았다면, 그의 주름진 얼굴에 새겨진 미소는 세월의 풍상이 녹아 있어 아름답다는 것이다. 그렇게 산 사람의 인생은 그대로 익은 사과가 되어 향기를 발산한다.

　로렌스는 향기가 스민 인생의 황혼이 그냥 오는 것은 아니라는 사실을 잘 안다. 격정의 젊음이 잔잔한 노년을 외면하는 것은 자신에게 닥칠 노년을 저주하는 행위이다. "열정의 사랑에서 벗어난 노년은 사과처럼 향긋해야 하고, 노란 단풍의 향기와 가을의 고요와 충만으로 몽롱해야 한다"는 말의 의미를 되새겨야 한다. 청춘 시절의 조화로운 삶이 노년까지 이어지기 때문에 노년에 대한 책임은 청춘에 있다는 경구인 것이다. 과거와 미래는 현재의 토대 위에서 서로 대화하고 서로를 조정하기 때문에 청춘과 노년은 시종일관 동반자적 관계를 유지한다.

　한편, 로렌스는 「예수에 대한 반론」(Retort to Jesus)에서 말한다.

> 그리고 타인에 대한 사랑을 강요하는 자는
> 스스로 자신 안에 살인자를 낳느니
>
> And whoever forces himself to love anybody
> begets a murderer in his own body (CP 653면, 전문)

　상대에 대한 유동적 감성의 작용으로 느끼는 사랑이 아니라 종교적 도그마에 의해 강요된 사랑이란, 그 진수가 소실된 채 오히려 관계를 악화시키고 만다는 점에서 살인자를 낳는다는 것이다. 예수가 "사랑하라"고 외친 절규가 물질주의적 세태에 젖은 사람들에게 이르러 공허한 행위로 변질된 실상에 가슴 아파한 로렌스가 그리스도교를 비판하고 있는 시다.

　로렌스는 1914년 7월 한 지인에게 보낸 편지에서 "'네 자신처럼 너의 이웃을 사랑하라'는 그리스도의 말씀은 현대 사회의 불순하고 가식적인 제도를 낳게 한 원인을 제공했다"고 말한다.[22] 추상적 경구들은 자신의 구체적인 번민을 회피케 하는 수단을 제공한다고 로렌스는 믿었다. 그들에게 이웃이란 다만 거울 속에 비친 내 자신들일 뿐이기에, 각자는 서로에게 다가서려는 노력은 하지 않고 여전히 에고이즘(egoism)에 빠져 있다고 한다. 그리하여 "그리스도교 정신은 자아에 대한 사랑, 소유물에 대한 사랑에 근거"하고 있다고 로렌스는 비판한다.[23] 로렌스의 비판을 단순히 세태에 대한 개인적 분노로 평가절하할 수는 없다. 개신교는 면죄부로 천국의 자리를 예약하겠다는 구교의 이기적 물질주의를 극복하기 위해 등장했다. 하지만 그들도 예정된 구원의 증표를 물질적 풍요에서 찾는 아이러니를 반복했다.

로렌스는 부와 권력이 삶을 평가하는 기준은 아니라고 말했다. 진정한 평가기준은 '자신의 본질적 욕망의 진실'이라는 것이다. 이웃을 사랑하고 원수를 사랑하라고 외쳤던 예수의 절규는 일종의 방패가 되고 말았다. 사랑의 참뜻을 실현하지 못하는 사람들은 공허한 말로 자신을 방어하고 타인을 헐뜯는다. 어떠한 사랑이 자신의 삶을 구원하고 타인의 삶을 자유롭게 할 것인가에 대한 근본적인 성찰은 없다. 요란한 말의 성찬으로 '나는 사랑을 베풀고 있다'는 허위의식에 빠져 스스로 사랑에서 멀어져간다. 로렌스에게 영향을 준 니체의 개념으로 파악하자면, 이러한 자기 기만은 무책임한 사회적 통념에 퇴행적으로 안주하는 노예의식이다.

'로렌스가 동조하는 니체'[24]에게 노예란, 자신이 원하는 것은 획득하기 너무 어렵기에 그것을 결코 성취할 수 없다고 지레 겁을 먹는 존재이다. 노예는 자신을 좋아하지 않기에 "지금의 너 자신이 되어라"(become who you are)라는 구호에 매력을 느끼지 못한다. 노예는 자신이 궁극적으로 원하는 것을 쟁취하는 일에 가치를 두는 대신, 오히려 자신이

원하는 것을 얻지 못하는 데 가치를 부여한다. 그들의 덕은 타인이 아닌 것 혹은 타인을 부정하는 것에 있다. 다시 말해 그들의 덕은 주인과 특권층, 즉 억압자를 부정하는 것에 있다. 주인이 노예를 가련하고 불행한 존재로 보는 까닭은 노예가 자신이 원하는 것을 얻지 못할 뿐만 아니라, 그가 원하는 것이 보잘것없기 때문이다. 노예는 자신이 희생자라고 생각하기 때문에, 주인이란 목표를 달성해서 행복한 사람이라고 생각하지 않고 단순히 억압자로 간주한다. 노예는 주인을 그릇된 가치, 그릇된 이상, 특히 삶에 대한 그릇된 이상을 품고 있는 사람들로 생각한다.[25]

물론 니체가 말한 '주인(master)—노예(slave)' 관계는 현실의 정치·경제적 범주가 아니다. 주인은 자신이 좋아하고 자신에게 어울리는 가치나 이상, 실천을 자신의 도덕으로 삼는다. 주인은 자신의 구호를 "지금의 나 자신이 되어라"로 삼는다. 그리고 자신이 다른 사람들과 같은지 다른지, 혹은 다른 사람들의 것을 받아들일 수 있는지 없는지는 주인의 관심 밖이다. 니체는 주인을 선의 의미를 정립하는 사람이라고 했다. 주인은 자신이 보고 판단해서 바람직하고 만족스러운 것을 '좋다'라고 한다는 것이다.

주인이 선과 악을 판별할 때 무수한 원칙, 통치자, 신 등은 필요치 않다. 자신의 이상이나 욕망이 그것들에서 발로하지 않기 때문이다. 주인은 나 자신의 존재, 그리고 내가 원하는 것이 아주 품위있고 고귀한 것이라고 생각하면서, "나 자신으로 존재하는 것, 그리고 내가 원하는 것을 얻는 것"을 도덕으로 삼는다. 니체의 '주인과 노예' 개념은 통속적 의미와는 다르며, '내가 원하는 것을 얻는 것'이란 개인의 이기심을 충족시키는 행위를 뜻하는 것은 아니다.[26] '주인'이란 정치와 경제적 힘을 겸비한 사람이 아니라 경험과 직관을 통하여 자신의 삶을 기획하고 그 결과에 책임지는 사람으로 자신의 판단에 따라 행동하는 존재다.

우리가 특정한 종교에 입문하거나 혹은 자신의 종교적 신념에 따라 언행을 일관되게 하는 까닭은, 사후세계에 관심을 쏟는 것 못지않게 이승에서의 삶에 의미를 부여하기 때문이다. 특정한 종교의 교리적 특성을 이해하면서 그 종교가 생태 친화적인지 아닌지를 판별하는 것보다 더 근본적인 것은, 생태계 원리에 따른 생명공동체 건설에서 인간 스스로 그 일을 추진할 권리가 있음을 인정하는 것이다.

인간이 지상에서 주인이 되어 자신의 지혜로 새로운 세계 즉 생명공동체를 이룩하고 인간적인 삶에 충실했다고 해서 인간을 벌할 하느님이 있을까? 메소포타미아의 신화에 따르면, 최고 신들의 회의에서 신들이 인간을 이 땅에서 쓸어내려고 했던 까닭은, 인간들이 너무 소란스러워 천상의 신들이 조용히 휴식을 취할 수가 없었기 때문이다. 하느님이 노아에게 방주를 축조하라고 한 뒤 세상을 정화하려고 했던 까닭도 "사람의 죄악이 세상에 관영함과 그 마음의 생각의 모든 계획이 항상 악할 뿐임을 보시고"(「창세기」 6장 5절) 하느님이 크게 절망했기 때문이다.

그리스도교의 교리에 따르면 인간은 결코 하느님의 모든 구상을 알 수는 없다. 인간이 하느님을 만든 것이 아니라 하느님이 인간을 만들었다는 논리에서는, 유한한 인간이 전지전능한 하느님의 의도를 안다는 것은 논리적으로도 맞지 않다. 창조주와 그의 이레 동안의 창조에 관한 신화를 믿는 그리스도교인들이 진정한 신앙인으로 사는 길은, 인간의 시각으로 하느님의 뜻을 밝혀내겠다는 오만에서 벗어나는 것이다. 그저 묵묵히 다른 피조물들과 조화와 상생의 길을 모색하고 인간의 능력을 선하게 사용하는 일에 몰두하면 되는 것이다.

문자로 기록된 많은 자료를 통하여, 그리스도교의 신격을 규정하는 핵심적인 내용들은 같은 문화권의 다른 신화에 영향을 받았고, 예수 존재의 근간이 되는 성경의 내용들도 신화와 겹치거나, 인접한 지역의 '대지의 여신 신화'들과 맥을 같이함을 알 수 있다. "인간은 삶이 두려워 사회를 만들었고, 죽음이 두려워 종교를 만들었다"라는 스펜서(Herbert Spencer)의 주장에 공감한다면 특정한 신격을 논리적으로 분석하는 것은 적절하지 않다. 역사적 문헌을 근거로 다양한 종교 교리들의 상호 영향관계를 분석하는 까닭은, 인간이 개입하여 종교의 구체적인 내용이 형성되었다는 사실을 드러내고, 그리하여 생태계 원리에 충실한 생명공동체 건설이란 인간이 역사에 개입했던 선례에 준하는 작업임을 밝히기 위함이다.

지금 이 세상에서 생명공동체를 복원하는 작업은, 지상에서 인간이 수행해야 할 인간 고유의 몫이다. 두 창세 신화[27]에서 보듯 인간이 자신들의 공동체를 잘 꾸려나가는 것은, 파멸을 예방하는 길임을 알 수 있다. 로렌스는, 사람들이 대지를 책임지려는 마음으로 그곳에 더 가까이 다가서면, 이제까지 저만치 있던 '신비한 대지'(Terra Incognita)가 새로운 의미로 다가와 우리의 삶을 감동으로 채워준다고 한다.

아! 사람이 자신의 사상과 기계라는 수단의
사슬에서 헤쳐 나오면
친교와 변화의 아름다움이 넘치는 경이롭고 풍요로운 세계가 있다.
거칠 게 없는 자궁으로 대하는 생동하는 삶에 대한 인식.
그대와 나, 다른 남자와 여자들,
포도와 괴물, 유령과 푸른 달빛 그리고
미지의 공간인 지옥의 변방을 흔들어 깨우는
붉은 오렌지빛 십자가, 별들이 반짝이는 창공보다

더 감미로운 눈빛들,

그리고 모든 물상들과 무, 그리고 존재와 비존재 등이

연이어 숨을 할딱거린다.

Oh when man has escaped from the barbed-wire entanglement

of his own ideas and his own mechanical devices

there is a marvellous rich world of contact and sheer fluid beauty

and fearless face-to-face awareness of now-naked life

and me, and you, and other men and women

and grapes, and ghouls, and ghosts and green moonlight

and ruddy-orange limbs stirring the limbo

of the unknown air, and eyes so soft

softer than the space between the stars,

and all things, and nothing, and being and not-being

alternately palpitant, (CP 667면, 「신비한 대지」 4~14행)

　　니체적 의미의 '주인'이 되어 새로워진 대지를 바라본다. 물질주의와
생명을 대하는 분자적 시각에서 벗어나면, 신비한 요소들이 투명하게
얽힌, 웅장하고 풍요로운 세상이 펼쳐진다. 나와 너, 그리고 다른 여자
들과 남자들, 나무에 달린 모든 열매들, 머리 위를 나는 온갖 물상들,
그리고 초록 달빛의 세상, 이러한 세상에다 모든 사물들과 무, 존재와
비존재 등이 교대로 명암(明暗)을 새겨넣는다. 그런 눈앞의 세상과 생
각 속의 세상, 그리고 만져지는 세상과 감각의 뒤켠에 있는 세상이 주
름져서, 이제까지는 세상을 겉돌기만 하던 개인이 온몸으로 세상을 느
끼게 된다.

감각적 인식은 세상과의 거리를 좁혀주고, 세상과 밀착된 느낌에서 오는 세계에 대한 친밀감은 삶을 더욱 활기차게 한다. 더욱 친밀해진 생명공동체 내의 사람들은 자신과 주위의 생태적 변화에 더욱 민감하게 된다. 그리하여 생태계의 이상 징후가 발생할 때마다 사람들은 감각적으로 그것을 감지하고 생태계의 자기보정 작용의 체계를 회복시킨다. 이것이 바로 생명공동체의 한 전망이다.

제7장

뱀: 생명공동체 지속을 위한 재생의 원리

　남성다움(혹은 남성성, masculinity)이 사회의 발전과 양성간의 관계
를 지배한다고 믿는 가부장적 관점은, 흔히 '여성적'이라고 하는 것들
을 배제하고 여성성(femininity)에 해당하는 모든 것에 대한 지배를 정
당화해왔다. 성별 이데올로기를 바탕으로 사회·문화적으로 구성된 남
성성이라는 개념은 그것의 타자이자 지배대상인 여성성이라는 개념을
창출했다. 남성성의 지배 하에 불평등한 관계를 감수해야 하는 여성성
을 이해하는 방식 중 보부아르(Simone de Beauvoir)로 대표되는 하나
의 입장은, 시바(Vandana Shiva)에 따르면, 남성적인 것과 여성적인
것을 생물학적으로 결정된 범주로 인식하며 제2의 성인 여성성의 지위
역시 성차에 따라 결정되는 것으로 생각한다고 한다.[1] 이 입장에서는
여성이 자신의 타자를 상대로 배타적 욕구를 실현하지 못하는 상태를
피억압으로 간주한다. 그러나 이 입장은 여성만의 독자성을 깨닫지는

못했다. 보부아르는 여성과 남성을 단일한 남성성의 기준으로 평가하려 했던 것이다. 그녀가 생각하는 해방이란 여성들이 남성적 가치를 자유롭게 취할 수 있는 세계를 의미했다. 그래서 그녀는 여성이 직업활동을 통해서 물질적 풍요를 달성하고 이를 토대로 삶을 향유하는 것을, '여성의 감옥'을 '영광스런 천국'으로 전환하는 과업으로 생각했다.

이 해방은 총체적이어야 한다. 이러한 해방은 최우선적으로 여성의 경제적 지위 향상이 이루어지는 것을 전제로 한다. 그러나 이제껏, 그리고 지금도 마찬가지로 여성들은 고군분투하여 개별적 구원을 성취하고자 한다. 그들은 자신들의 내재성에 갇힌 그들의 존재를 정당화하고 있다. 즉 내재적 초월성을 깨닫고자 한다. 자기 도취자, 사랑에 빠진 여성, 신비주의자에게서 관찰하게 되는 것이 바로 이 극한적인 노력이다. 이 노력은 때로는 우스꽝스럽고, 자주 연민을 불러일으킨다. 또한 이 노력은 감옥에 갇힌 여성이 그녀의 감옥을 영광스런 천국으로, 노예상태를 지고의 자유상태로 전환하려는 지난한 몸부림이다.[2]

보부아르에 의하면, 남성성 획득이라는 여성의 해방은 일상적인 현실에서는 성취되기가 거의 불가능하고, 자기 도취에 빠지거나 사랑을 하거나 혹은 신비주의에 빠져서야 그 환각적 성취를 맛볼 수 있다고 한다. 그녀는 여성들이 수동적이고 약하며 비생산적이라는 가부장제적 전제, 즉 지금까지 여성은 어떠한 영역에서도 창조적이지 않았으며 남성들이 투쟁하는 동안에도 자신의 생물학적인 운명에 수동적으로 복종하고 있었다는 편견을 대체로 따르고 있다. 그리하여 보부아르는 여성에게 가해진 가장 심한 비난이란, 여성은 호전적인 침략전쟁에 참가하는 것이 면제되어야 한다는 말이라고 했다. 남성이 동물보다 높은 지위에 서는 이유는, 생명을 부여하기 때문이 아니라 생명을 걸고 투쟁하기 때문이라는 것이다.[3] 보부아르는 수렵자로서의 남성(man-the-hunter)이 여성보다 우월하다는 통념에 동조하고 있었다.

보부아르가 여성의 해방을 여성이 남성성을 획득하여 제1의 성이 누리는 지위를 갖는 것으로 보는 반면, 마르쿠제(Herbert Marcuse)는 해방을 세계의 여성화로 본다. 이제까지의 세계질서는 지적·물리적으로 남성적 원리가 지배적인 힘으로 작용하여 다양한 억압을 방치해왔으므로, 해방된 자유로운 세상은 이 원리를 명확히 부정하고 여성적 원리에 따라 운영되어야 한다는 것이다.[4] 이에 대하여 시바는 "비록 마르쿠제가 보부아르의 해방 개념에 반대하기는 했지만, 두 이론은 공통적으로 남성적인 것과 여성적인 것이 각각 독립적으로 존재하는, 자연적이고 생물학적으로 정의된 특징이라는 전제를 공유한다. 그러므로 양자 모두는 가부장제의 성차별 이념이 만들어낸 범주를 이용하여 그 이념에 대응한다"고 주장했다.[5]

여성해방 이론이 적극성과 창조력 그리고 폭력을 남성적인 것으로 간주하고, 그와 반대되는 개념인 수동성과 비폭력 등을 여성적인 것으로 분류한 것은 성차별적 이원론을 극복하지 못한 것이었다. 이 이론은 양성의 분리와 동성의 정체성을 상정함으로써 세계의 남성화 혹은 여성화를 획책하고 만다. 성차별을 극복하고자 했던 마르쿠제도 바람직한 양상을 여성적인 것으로 간주함으로써 양성간의 차별을 용인하는 자기 부정을 범하고 말았다.

남성의 과도한 적극성은 사회적으로 형성된다. 여성의 과도한 수동성이 그런 것처럼. 남성의 침략성과 여성의 수용성을 결정하는 사회적 요소들 속에는 선천적으로 대비되는 것들이 존재한다. 문자 그대로, 여성만이 평화와 환희 그리고 폭력의 종결에 대한 전망을 구현할 수 있다. 온유, 수용성, 미적 감각 등은 여성의 육체가 갖는 특징(조작된 특징) 혹은 그녀의 (억압된) 인간성의 특징이 되었다. 이러한 여성적 자질들은 자본주의가 발전함에 따라 사회적으로 자연스럽게 굳어진 것들이다.[6]

남성의 공격성과 여성의 수용성을 결정하는 사회적 요소들은 선천적으로 다르다는 것이다. 마르쿠제는 진정한 의미에서의 평화와 기쁨을 구현하고 폭력에 종지부를 찍을 수 있는 세력은 바로 여성이라고 한다. 그러나 지배와 약탈을 통하여 타자를 배제하면서 자신의 이익을 실현시켜나가는, 이른바 가부장적 질서가 생물학적 남성의 영역에만 국한되어 있는 것은 아니다.

그리스 신화에 나타난 여신들의 행태에서, 위대한 모성의 원형으로 이해될 수 있고 생태계 질서 확립을 위한 전범으로 세울 만한 모습은 찾기 어려우며, 대신 배타적 지위를 누리려는 가부장적 여신들의 모습을 주로 만나게 된다. 물론 신화와 종교가 남성들의 이익을 실현시키는 문화적 기제일 뿐이며 여신의 이미지는 남성들이 조작한 것이라고 주장하는 사람도 있다. 하지만 생태계를 작동시키는 생태학적 원리, 즉 생명을 소중히 여기는 삶의 방식이란 생물학적 여성의 생득적 자질은 아니다. 이 원리는 성별의 한계를 뛰어넘는 개념으로서, 남성과 여성의 차이는 인정하되 그 차이를 고착시켜 분별의 준거로 삼는 것에는 반대한다.

폭력 및 적극성을 남성적인 것으로 간주하고 비폭력과 수동성을 여성적인 것으로 환원하는 단순 분류에서 벗어나야 한다. 배타적인 성별에 근거한 남성적인 것과 여성적인 것은 이념적으로 정의된 범주일 뿐인 것이다. 코타리(Rajni Kothari)는 "여성해방 운동가들의 기여는 여성에게는 물론 남성에게도 해방의 결실이 주는 혜택을 누리게 했다. 여성해방 운동이 추구하는 가치와 여성으로 존재하는 것 사이에는 관계의 제한이 전혀 없다"고 말한다.[7] 이와 같이 성별을 전제하지 않는 관점에서의 '여성적 원리'(feminine principle)란, 여성들에게만 독점적으로 구현되는 것이 아니라 자연과 여성 그리고 남성에게도 나타날 수 있는 활동성 및 창조력이다. 그러므로 여성적인 것과 남성적인 것, 자연과 인간을 분리해내는 것은 기존의 편견을 강화하고, 특정 이데올로기를 지속시킬 뿐이다. 새로운 원리에서 남성적인 것과 여성적인 것이란, 단일한 존재의 공존하는 두 가지 측면이다. 이는 독자적이면서도 불가분의 관계를 유지하는 상호보완적 활동성을 의미한다.

시바가 '여성적 원리'라 부른 이 새로운 원리를 공동체에서 회복한다는 것은 가부장적 권력을 용인하지 않으며, 성별에 기반을 두지 않는 창조적 평화가 질서의 근간이 됨을 의미한다. 이는 '평화적 형태를 띠는 창조적 힘이 공동체의 주도적 추진력'이 됨을 의미한다.[8] 이 원리는 억압자와 피해자라는 비꼬인 형태 혹은 생물학적 차원에서 남성과 여성을 이해하는 것이 아니다. 이념적·사회문화적·정치적인 구성물에 불과한 성별 정체성을 초월해 새로운 관계 양상을 조명하는 이 원리는 인간성을 발전적으로 회복할 수 있게 한다. 이러한 새로운 원리를 포괄하고 그 의미를 온전히 담아내기 위해서는 '여성적 원리'보다는 '생태계 원리'(ecosystem principle)[9]라는 개념이 더 합당할 것이다. 이 '생태계 원리'라는 개념은 시바의 '여성적 원리'란 말에서 '여성적'이라는 말이 불러일으킬 수 있는 남성 배제를 용인하지 않고, 인간의 특정 가치관과 행위 양상을 선별해 그 구성요소가 되게 한다.

윤리적 측면에서 생태계 원리의 회복은, 이류의 인간으로 간주되던 여성은 물론, 자연과 비서구적 문화에 가해지는 복합적인 지배와 박탈에 대한 저항이다. 이는 자기보정 작용을 통한 생태계 질서 회복, 자연의 해방, 여성의 해방, 그리고 자연과 여성을 지배하는 과정에서 자신의 인간성을 상실한 남성의 해방을 추구한다.

생태계 원리의 회복은, 철학적 측면에서 인간의 사고를 포괄적으로 향상시켜, 자연과 여성 그리고 남성 등을 각각 창조적인 존재로 인식할 수 있게 한다. 생태계 원리가 작동하는 생명공동체에서 자연은 살아 있는 유기체가 되며, 여성들은 개인의 특성에 따라 창조적이며 활동적인 존재로 새로이 부각되고, 남성들은 가부장적 질서를 타파하고 '여성과의 진정한 동반자적 관계'[10]를 회복한다. 각자의 삶이 축소되고 위협받는 것이 아니라 삶을 강화하는 실천적 활동들이 새로운 평가를 받게 된다. 생태계 원리가 회복되어 구성원들이 생태학적으로 사고한다는 것은 발상의 전환을 의미한다. 기존의 가부장제에서는 그 가치가 폄하되었던 자연과 여성의 수동성은 생명의 창조를 기약하는 특성으로 재평가될 것이다. 또 남성의 활동성도 맹목적인 파괴와 타자 지배의 경향에서 벗어나 창조적 호혜성을 띠게 될 것이다.

생물학적 측면에서 생태계 원리의 회복이란 말은, 커머너(Barry Commoner)가 주장한 바 있듯이, 다른 요소들과 유기적 관계를 맺고 있는 생태계 내의 한 요소가 단일 개체로서 원활하게 자기 조직화를 지속함을 뜻한다. 동시에 종(species)적 연속성을 유지하기 위한 자기 변화도 계속 수행됨을 의미한다. 이러한 생명의 재생원리는 현재의 삶에서 미래를 전망하여, 자신의 분신인 후세대에게 쾌적한 환경을 물려주기 위하여 앞세대로서의 책무를 다하는 것이다.

생명공동체 운영원리로서의 생태계 원리가 확립되면, 이분법에 근거한 조각난 삶이 치유되고, 생명이 자기를 조직화하는 과정에서 보정작용을 통하여 새살이 돋게 되며, 인간이 생명공동체를 통합하는 지혜를 체득케 된다. 현상을 유기적 작용의 틀로 이해하는 생태계 원리는, 생명의 자기 조직화를 대립이 아닌 상호보완으로 인식하는 것이며, 가부장적 질서의 타성에 젖어 자신의 쾌락을 좇는 인간과 인간으로서의 책무를 저버린 그들의 배금주의를 해체하는 것이다.

생태계 위기를 야기한 기존의 가치관은 식물과 동물 그리고 무생물들을, 단지 인간을 위한 부림의 대상으로만 여긴다. 파리가 틈나는 대로 날개를 움직여 비행을 준비하고, 소가 거동을 하기 전에 기지개를 펴서 관절들을 풀어주고, 남극의 바위에 붙어 있는 이끼류가 바위 표면에서 극미량의 광물질을 어렵사리 분해하여 추출하고 조류는 이를 이용하여 광합성을 하는 생태계에서, 인간은 지혜를 터득함과 더불어 그들의 숭고한 생존전략을 존중해야 한다. 이러한 측면에서 우리는 로렌스의 생명현상에 대한 예민한 감수성을 찬미하지 않을 수 없다. 로렌스는 「코끼리는 여유롭게 짝짓기 한다」(The Elephant Is Slow to Mate)에서 경박하게 허둥대며 삶을 허비하는 인간들에게 반성을 촉구한다.

아주 천천히, 거대한 코끼리의 욕정은
서서히 달아올라
이 육중한 동물들은 은밀히 사랑을 나눈다.
그들의 불타는 몸을 식히며.

그들은 지상에 생존하는 동물 중에서 가장 끈질기고 현명하다.
그래서 그들은 안다.
충만한 식사를 위해 가장 호젓한
향연을 기다리는 법을.

그들은 발작적으로 상대에 탐닉하지 않는다.

그들의 불끈거리는 피는 서서히 달궈진다.

달빛에 젖은 바닷물이 밀려갔다 밀려와

마침내 최고조의 격랑에 휩싸일 때까지.

So slowly the great hot elephant hearts

    grow full of desire,

and the great beasts mate in secret at last,

    hiding their fire.

Oldest they are and the wisest of beasts

    so they know at last

how to wait for the loneliest of feasts,

    for the full repast.

They do not snatch, they do not tear;

    their massive blood

moves as the moon-tides, near, more near,

    till they touch in flood. (CP 465면, 4~6연)

　　로렌스가 생명의 가장 원초적인 자기증식 과정인 성적 결합을 아주 중시했다는 사실은 이미 정평이 나 있다.[11] 그런 로렌스의 관심이 인간을 넘어 다른 생명체에게로 확산되고 있음을 우리는 이 시에서 확인할 수 있다. 생물 진화의 역사에서 밝혀진 사실처럼, 코끼리는 현명하게 혹은 본능적으로 생태계와 조화를 이루어왔고, 그리하여 다른 거대한 동물들이 일찍 지구상에서 종적을 감춘 것과는 달리 지금도 종의 역사를 이어오고 있다. 코끼리가 종족을 보존하고 초원지대에서 생태계 질서를 무너뜨리지 않고 살아가는 단면을 짝짓기 하는 모습을 통하여 보여주는 시인은, 산업화가 진전됨에 따라 물질적 기준에 따라 관계가 재편되고 남녀간의 성교도 예외 없이 경박하고 조급해지는 현실을 질타하고 있다.

미각을 환락케 하는 '충만한 식사'가 되기 위해서는 '가장 호젓한 향연'이 열릴 때를 기다려야 하는데, 코끼리는 그런 자연의 섭리를 체현하고 있다고 한다. 종족 번식의 필요와 생명들간의 환희에 찬 결합은 즐거운 창조행위, 최고조로 구현되는 자연질서의 현현(epiphany)으로 승화된다. 교교한 달빛을 받아 띠를 이룬 파도가 앞서거니 뒷서거니 밀려와 포개지고 또 부서지기를 거듭하다가, 드디어 포효하는 격랑으로 하나가 되어 산채만 한 물기둥으로 변해가듯, 두 마리의 코끼리는 달빛과 파도의 몸짓으로 하나가 된다. 이 시에서 우리는 로렌스의 은근하면서도 섬세한 서경의 진수를 맛보게 된다. 이는 생명현상 자체가 함축하고 있는 숭고성을 담담하게 반영한 과즙일 것이다.

생명체들의 사랑과 사람들의 성교가 삶을 구원하고 생태계를 굳건한 터전 위에 세우는 최선의 방법이다라는 로렌스의 믿음은 거의 종교에 가까웠다.[12] 문화와 종교에 따라 죄악시되기도 하는 남녀의 성적 결합은 죄악이기는커녕, 그것이야말로 생태계를 유지해온 원동력이요 생명의 자연스런 현상이라고 로렌스는 주장한다. 그가 생각하는, 인류를 구원하는 성교란 "잡아채거나 쥐어뜯는" 쟁탈의 행위가 아니라 감정의 진전에 온몸을 내맡기고 상대를 배려하는 지순한 관계이다. 「성교는 죄악이 아니다」(Sex Isn't Sin)에서 좀더 분명하게 말하는 로렌스의 목소리에 귀를 기울여보자.

성교는 죄악이 아니다. 그건 남녀간의 미묘한 감정의 교류다.

그 흐름을 차단하고, 강요하고, 더럽히고 혹은

억압하는 것이 죄악이다.

성교는 무료함을 달래는 노리개가 아니다. 성교는 바로 당신,

당신의 생명을 교류하는 행위다. 그것은 당신의 살아 요동치는 자아

그리하여 당신은 그 감정교류의 상태에 솔직해져야 하리라. 교류가 시작
될 때와

평생 함께해야 할 성교에 수반되는

자제와 민감한 자긍심에.

간절히 바라건대, 그대 자신이 유한하다는 사실을 깊이 깨우치기를!

성교의 흐름이 민감하고 섬세하다는 걸 알기를. 바닷물의 흐름과 같다는
사실을.

또한 그런 격정은 깊은 곳에서 죽은 듯 잠재해 있음을.

Sex isn't sin, it's a delicate flow between women and men,

and the sin is to damage the flow, force it or dirty it or

    suppress it again.

Sex isn't something you've got to play with; sex is you.

It's the flow of your life, it's your moving self, and you

    are due

to be true to the nature of it, its reserve, its sensitive pride

that it always has to begin with, and by which you ought
    to abide.

Know yourself, O know yourself, that you are mortal; and
    know
the sensitive delicacy of your sex, in its ebbing to and fro,
and the mortal reserve of your sex, as it stays in your
    depths below. (CP 464면, 7~9연)

하느님의 명을 거역한 벌로 이브에게 아이를 낳는 고통이 주어졌다
는 '창세 신화'의 논리에 따른다면, 성교란 고통의 씨앗일 수밖에 없다.
하지만 로렌스는 성교는 죄악이 아니라 여성과 남성 사이의 '섬세한 교
감'(delicate flow)이며, 오히려 죄는 이 우미한 감성의 교류를 손상시
키고 억제하고 더럽히는 것이라고 한다. 하지만 로렌스가, 방종한 성적
에너지 발산이나 성을 재화로 취급해 사고파는 행위, 노리개 삼아 희롱
하는 행위까지 이 범주에 포함시키는 것은 아니다. 마음의 교류가 익어
가는 과정이기에, 성교는 인간 삶의 한 매듭으로서 감동하는 자아이며,
인간이 언제나 함께해야 할 그 무엇이라고 한다. 이러한 로렌스의 관점
은 남녀의 성적 결합을 미화하고 추상화하여 지상의 관계에서 벗어났
다는 인상을 주기도 한다. 그러나 그가 성교를 강조함으로써 궁극적으
로 의도하는 바는, 가장 친밀한 교감을 완성시킬 수 있는 그런 관계가
인간의 모든 영역에 속속들이 파급되어야 한다는 것이다.

힘의 우열을 바탕으로 한 불균등한 자기 실현이 아닌, 상대를 배려하
고 존중하는 '자제'와 모든 관계의 동력인 '자긍'은 생태계 원리의 필수
적 덕목들이다. 생태계는 가시적인 경계를 설정할 수 있는 공간이 아니

며, 무수한 관계가 다층적으로 얽혀 작용하는 가상의 공간으로, 인간의
사고가 미치는 범위까지 확대될 수도 있다. 이런 까닭에 생태계 질서의
파괴나 복원은, 단기간에 뚜렷한 징후로 나타나지는 않는다. 요나스
(Hans Jonas)가 주장한 부모가 자식에 대해 갖는 무한한 책임의식, 그
리고 부버(Martin Buber)가 가장 이상적인 관계모형으로 설정한 '나와
너'의 관계가 공동체를 작동하는 원리로 정착된다면, 삶의 공간이 바로
생명공동체라는 등식이 성립될 것이다.

생명과 인류의 시원을 설명하는 신화의 세계를 고찰할 때, 어김없이
등장하여 인류의 영생에 영향을 끼친 존재가 뱀이다. 혼돈의 질서에 종
지부를 찍고 질서정연한 세상을 건설하는 과정에서 처치해야 할, 무질
서의 괴수인 뱀 혹은 용, 인류의 영생에 대한 희망을 무참히 무너뜨린
뱀, 때로는 삶의 문제를 해결하는 지혜를 가진 영물로서의 뱀, 인류는
역사의 출발선에서부터 '뱀과 애증의 관계'를 맺는 신화를 창조했고 지

금도 여전히 재생산하고 있다. 페미니즘적 시각의 해석자들은 가부장제가 정착되어가는 과정에서 초기의 여신숭배 신화를 말살하기 위해, 대지를 상징하는 여신들의 생산력과 주기적 재생력을 뱀으로 나타낸 대신 여신들을 저주하는 신화가 만들어졌다고 한다.

부정적 이미지를 아무리 덧씌우려고 해도 결코 탈각시킬 수 없는 뱀의 상징 내용이 바로 재생의 연속성이다. 달이 자신을 변형해가듯, 뱀은 허물을 벗으면서 재생을 거듭한다. 때때로 뱀은 자신의 꼬리를 물고 있는 원환으로 그려지는데, 이는 세대에서 세대로 이어지는 삶의 연속성을 상징한다.[14] 뱀이 영생의 신약인 향기로운 식물을 먹고 영원한 삶을 얻게 되었다는, 기원전 2천년경의 『길가메시 서사시』에 나타난 뱀도 마찬가지이다. 그 신화에 의하면 인간의 숙원인 영생에 대한 희망은 수포로 돌아가고, 오히려 뱀이 영생을 누리게 되었다고 한다.[15]

구약 성경의 창세 신화에서는 뱀으로 인하여 인간이 낙원에서 쫓겨나고 영생을 잃게 되었다는 이야기가 있다.

여호와 하나님이 가라사대 보라 이 사람이 선악을 아는 일에 우리 중 하나같이 되었으니 그가 그 손을 들어 생명나무 실과도 따먹고 영생할까 하노라 하시고 여호와 하나님이 에덴동산에서 그 사람을 내어 보내어 그의 근본된 토지를 갈게 하시니라. 이같이 하나님이 그 사람을 쫓아내시고 에덴동산 동편에 그룹들과 두루 도는 화염검을 두어 생명나무의 길을 지키게 하시니라.(「창세기」 3장 22절~24절)

뱀의 책동으로 하느님을 배반한 인간은 그 죄로 아이를 낳고 땀 흘리며 일하다가 죽어야 할 운명을 맞게 된다. 에덴동산에서 뱀의 위상 혹은 역할은 무엇인가. 이에 대한 캠벨(Joseph Campbell)의 해석은 명쾌하다. 히브리 사람들이 가나안 백성을 정복하면서, 그들이 숭배하던 바알 신의 어머니 아셰라와 바알 신의 연인이자 누이인 아나트를 지워버리기 위하여, 그 대지의 여신들을 그들의 재생적 속성에 따라 뱀으로 상징하게 되었다는 것이다. 결국 동산이 뱀의 서식지라는 점으로 미루어 뱀은 에덴동산의 실질적인 주인이었고, 황혼녘에 시원한 바람을 쐬려고 나온 야훼는 나그네였을 뿐이라는 게 캠벨의 주장이다.[16] 자신의 주장을 옹호하는 증거로 캠벨은 기원전 3500년경에 만들어진 수메르의 봉인을 들어 「창세기」의 내용과 비교한다. 이 봉인에는 뱀과 나무와 여신과 남자가 새겨져 있는데, 여신이 외부에서 들어온 나그네인 남자에게 생명나무의 과실을 주는 장면이 나타나 있다.

만일 뱀이 아담과 이브를 유혹하지 않았다면, 그래서 선과 악, 남자와 여자 등을 알지 못했다면, 인류는 구체적인 삶을 살지 못하고 어리숙한 큰 아이로 에덴에서 그저 그렇게 탄생도 죽음도 경험하지 못했을 것이다. 죽음이 없는데 어찌 삶을 인식할 수가 있겠는가? 허물을 벗음으로써 삶을 새롭게 하는 뱀은 시간과 영원이 만나는, 이 세계의 중심에 서 있는 '세계수'(a central tree)의 주인이었다. 주기적으로 달거리를 하는 여성과, 29.5일을 주기로 커졌다가 작아지고 3일간의 완전 소멸을 거쳐 다시 부활하는 달은 뱀과 더불어 재생을 의미하는 대표적인 상징물이다. 이제까지 억압받고 배제된 여성과 뱀 및 달을 부정적 이미지에서 벗어나게 하여, 상징적으로 재해석해야 한다. 이러한 시도는 왜곡된 질서를 바로잡고 연민의 눈으로 타자를 모실 수 있게 하는 계기가 된다는 의미에서, 생태계 위기를 극복하는 하나의 실천이 된다. 뱀이 상징하는 상관성, 즉 인간과 삶과 대지와 그 모든 것들의 재생에 대한 관계를 밀러(Henry Miller)는 이렇게 말한다.

시체에서 빠져나온 영혼의 벌레에서 진화한 뱀을 보라. 뱀은 땅의 지혜, 땅에 매인 피조물을 상징한다. 그래서 뱀은 배의 감각으로 지혜를 발휘하면서 언제나 뱃가죽으로 땅바닥을 기어다녀야 한다. 로렌스가 말한, 우리 인간에게 가장 결핍되어 있는 촉감을 통해서 말이다. 왜냐하면 로렌스는 우리의 촉감이 변변치 못한 것에 대해 통탄을 금치 않았던 것이다. 땅이 부여한 뱀의 지혜가 유일한 지혜이다. 이러한 지혜는, 인간의 강렬한 호기심이 포착한 영원한 난제들의 흔적이다. 이 지혜는 육감과 근원적인 지각을 지니고 있다. 이러한 지혜는 인간의 미적 본성, 성스런 육체를 통한 삶에 대한 이해와 감식을 나타낸다.[17]

대지를 통한 재생, 본능적 삶을 통한 재생, 낡은 허물을 벗어내는 재생, 지속적인 변신을 통한 재생, 경험적 지혜를 통한 재생, 그리고 파악할 수 있는 실체들을 통한 재생, 이러한 재생을 상징하는 뱀이야말로 인간의 삶을 지상으로 이끈(원죄의 관점에서는 타락시킨) 구세주로 인식된다. 캠벨은 여성이 인간에게 생명을 주어 지상의 생물학적인 삶을 허락했듯, 뱀은 인간에게 선과 악을 판별할 수 있는 선악과를 먹게 함으로써 '상극'(the pairs of opposites)이 상호보완적으로 작용하는, 지상의 구체적인 삶을 영위하게 했다고 말한다.[18] 상극들이 상호파괴적으로 맞서지 않고 상호보완적으로 작용한다는 사실을 깨닫게 된 시점은, 원죄를 범하고 난 이후라는 점이 역설적이다. "시간에 무지하고 상극을 느끼지 못하는 무구한 상태에 대한 은유인 에덴"[19]에서 쫓겨난 사건은, 캠벨의 설명에 따르면 '신화적인 꿈의 시간대'(mythological dreamtime zone)에서 벗어난 것을 의미한다.

에덴동산에서의 삶은 시간이 실재하지 않기에 서로의 다름을 감지할 수가 없었다. 그들이 다르다는 것을 알지 못했던 아담과 이브는 사랑해서 재생을 가능케 하는, 서로를 보완하는 짝이 될 수 없었다. 선악과를 먹음으로써 둘은 자신들의 상극성을 인식하게 되고, 서로 다름을 알게 됨으로써 둘은 가장 상극적인 부분을 부끄럽게 여기고 그 부위를 가린다. 상극성을 인식한 후로 선악에 대한 분별이 생겼고, 결국 그들은 이원성을 인식했다는 죄로 초시간적인 낙원에서 쫓겨난다. 이로써 진정한 의미의 인류 역사가 시작되고, 다양한 상극적인 요소들은 상보적으로 곡진한 삶의 내용을 구성하게 된다. 인류의 원죄를 '복된 죄'(happy fall)로 인식하는 사람들의 논리는 바로 이런 것이다.

　뱀이 갖는 재생성과 새 세계로의 안내자라는 상징으로 인하여, 많은 신화에서 뱀은 여성이나 달과 동일하게 취급된다. 달은 지속과 변화의 리듬으로 인해 변화양상들을 파악하는 척도가 되었고, 태초로부터 신성한 이미지로 인식되었다. 또한 사람들은, 변함없이 처음으로 회귀하는 달의 특성을 조각난 것들을 다시 결합하는 능력으로 이해했다. 기원전 1250년경 철기 시대에 이르기까지, 밤하늘에서 어둠을 밝히는 위대한 달은 만물의 어머니가 지닌 통합의 힘을 상징했다. 여신의 속성은 통합을 바탕으로 한 재생이었기에, 달은 곧바로 여신의 상징이 된다. 달은 시간의 척도이자 천상과 지상의 연결과 상호작용의 기준이었다.

　이집트를 제외한 고대 문명권에서 시간의 주기와 바닷물의 변화를 측정하는 기준이 되었던 달은, 고대인들에게는 신성한 숭배의 대상이었다. 달은 출산을 지배하고 밀물과 썰물을 조절하고 생성 소멸하는 각 국면을 통제하는 존재로 믿어졌다. 달이 지속적으로 모습을 바꿔나가듯이 계절이 순차적으로 변하는 것도 섭리가 작용하는 것으로 여겨졌다. 기우는 달과 함께 소실된 것들은 커져가는 달과 함께 복구되었다. 그리하여 삶과 죽음은 상반된 것들로 인식될 필요가 없었고, 영원한 리듬 속에서 서로를 계승하는 단계들로 이해할 수 있었다. 이런 이유로 세계 도처의 신화에서 달을 숭배하는 신화가 태양에 관한 신화보다 앞서 보편화되었다는 사실은 전혀 놀라운 일이 아니다.[20] 달의 상징적 이미지가 여성과 뱀으로 이어지는 것 또한 일반적이다.

로렌스를 생명현상의 찬미자로 인정하는 이유는 여성·뱀·달을 구원의 이미지로 포착하면서 재생의 원리를 생명공동체의 질서로 시에서 구현해냈기 때문이다. '달이 뜸'(Moonrise)의 상징적 의미를 노래하는 로렌스의 시를 보자.

누가 보았는가? 누가 못 보았는가?

깊은 방에서 솟아나오는 달을.

신방에서 일 치르고 나오듯

낯 붉히며 화사하게 돋는 다 벗은 달을.

희열에 찬 언어로 파도에 자신의 마음을 새기며

파도에 터져나오는 기쁨을 고백하는 달을.

드디어 달의 아른거리는 자태 우리에게로 다가와

널리 퍼져 그 모습 모두 드러낸다.

그리하여 우리는 확신한다.

아름다움은 무덤을 초월하는 것임을. 완전하고 빛나는 체험은

절대로 수포로 돌아가지 않음을. 여기 이 기묘한 삶 속에서

우리의 완전한 성취가 와해되기 전에

시간이 저 달을 먼저 흐리게 할 것임을.

And who has seen the moon, who has not seen

Her rise from out the chamber of the deep,

Flushed and grand and naked, as from the chamber

Of finished bridegroom, seen her rise and throw

Confession of delight upon the wave,

Littering the waves with her own superscription

Of bliss, till all her lambent beauty shakes toward us

Spread out and known at last, and we are sure

That beauty is a thing beyond the grave,

That perfect, bright experience never falls

To nothingness, and time will dim the moon

Sooner than our full consummation here

In this odd life will tarnish or pass away. (CP 193면, 「달이 뜸」 전문)

로렌스가 달을 보면서 여성의 벗은 몸이 발산하는 아름다움을 떠올리며 찬미하는 경우는 이 시만이 아니다. 특별히 이 시는 새롭게 찾은 신비한 세계로서의 여인을 달에 빗대 벅찬 가슴으로 찬사를 연발하는 격정에 대한 기록으로 볼 수 있다. 수평선으로부터 솟아오른 달은, 자신을 바라보는 모든 사람들에게 감동을 불러일으키고 그 감동은 개인의 삶을 정화한다. 신방에서 사랑의 단꿈을 꾸고 막 나온 신부는, 신랑의 마음에 아름답고 신비한 삶을 지속하려는 의지를 강화시켜, 세상을 살 만한 곳으로 만들어간다고 로렌스는 생각한다. 아름다움은 무덤으로 상징되는 죽음의 세계를 초월한다. 아름다움을 체험한 감동의 순간은 이후의 삶에 커다란 변화를 불러온다. 빛나는 미적 체험은 죽음으로 인식될 만한 삶에 희망의 씨앗인 생에의 의지를 심어놓는다. 지상의 기묘한 삶은, 시간이 저 달을 잠식해 들어가 완전히 종적을 감춘 이후에도 계속된다. 어둠에 잠긴 달이 날카로운 표창의 모습으로 다시 밤하늘을 밝히듯, 새로운 세대들이 인류의 대를 이어가리라는 전망은 결코 삭지 않는다. 재생을 통한 영속성이야말로 달이 인류를 감동케 하는 희망이자 로렌스가 제시한 전망이었다.

여성과 뱀과 달이 공유한 재생이라는 속성은 비생명의 기계적인 연장을 의미하지 않는다. 에덴에서 아담과 이브가 영위할 뻔한 삶이란 굴곡과 리듬이 없는 생활이다. 그저 편하고 바랄 게 없는 순간의 반복일 뿐이다. 쳇바퀴 속의 다람쥐처럼 영문도 모른 채 앞발을 구르는 반복 이상의 의미가 없는 것이다. 역사가 없는 삶에서 추방된 것을 오히려 다행으로 생각하는 까닭은, 빛과 그림자가 공존해야 삶의 맛과 멋이 있기 때문이다. 모든 생명체가 하나같이 염원하는 막연한 영생이 에덴동산의 박제된 삶, 즉 무시간의 확장일 뿐이라면 영원히 산다는 것은 지상의 가장 혐오스러운 일일 수도 있다.

영생이 허락된다면, 낙원에서 인간은 어느 시점에서 멈춰야만 하는가? 모든 젖먹이들이 으앙대는 요람에서의 삶? 번민과 욕망에 잠 못 이루는 청년기의 삶? 더 많은 것을 쌓아두고 허식으로 타인을 지배하려는 장년기의 삶? 아니면 파란만장한 삶의 행복과 불운을 모두 경험하고 이제는 물러나 조용히 과거를 회상하는 삶? 도대체 이 모든 단계의 어디에서 우리의 삶이 멈춰야만 우리의 기도가 성취된 것인가? 영생이 허락된다면 그 많은 사람들이 득실대는 그곳은 차라리 아수라장이 되고 말지 않겠는가? 인간은 죽음이 있기 때문에 인생을 더욱 소중하게 여기며 삶을 잘 마무리하겠다는 각오를 다진다.

진실로 인류의 생존을 가장 확고히 하는 방법은 지구의 생명력을 강화하는 것이다. 지구를 생물체로 파악하는 전통은 긴 역사를 거쳤고, 어머니 지구라는 신화적 이미지는 인류의 종교사에서 가장 오래된 것이다. 대지의 여신 가이아(Gaia)는 고대 그리스 시대와 그 이전 시대에는 최고의 신으로 숭배되었다고 한다.[21] 그보다 훨씬 전인 신석기 시대와 청동기 시대의 옛 유럽 지역에서는 어머니 지구의 화신인 여러 여신들을 섬겼다. 가이아는 세멜레(Semele)로부터 유래했는데, 세멜레는 크레타(Creta)의 대지의 여신 혹은 모성의 신이었다. 또한 세멜레는 사이벨레(Cybele)를 계승했는데, 사이벨레는 기원전 4000년경 소아시아에서 숭배되던 위대한 여신이었다.[22] 가이아는 산과 바다를 창조했고, 자기로부터 유래한 우라노스(Uranos)를 남편으로 맞아들여 많은 남신과 여신을 만들어냈다. 우라노스는 가이아와 같은 지위였기 때문에 다른 남신들을 위한 거처가 되었다.

헤시오도스가 말한, 가장 먼저 등장한 '틈(chasm)'으로서의 카오스(Chaos)의 원리는 신화에 선보인 이래로 진화하지 못한 반면에, 가이아에 대한 신화는 더욱 진전됐다. 우주적 원리인 카오스에 대한 개념은 그리스도교의 발흥과 함께 급격히 쇠퇴하다가 18세기에는 완전히 소멸되고 말았던 것이다. 그러나 포세이돈, 디오니소스, 아폴론 이전에 가이아는 델포이 신탁 중에서 최초라는 지위를 인정받았다. 신탁의 음성은 바위 절벽에서 나왔는데, 델포이는 땅의 자궁인 가이아로 들어가는

국부로 인정되었다.[23]

　제우스의 어머니인 가이아는 제우스의 유모를 찾기 위하여 아이가이온(Aigaion)의 동굴을 찾아갔다. 고대 그리스 역사에서 보듯이 제우스 숭배자들이 크레타의 특정한 동굴을 찾아 순례하고 참배하는 것은 필수적인 종교적 의식(儀式)이 되었다.[24] 대지의 성스러운 여신인 가이아의 이미지는 예수의 어머니 마리아에 의하여 명맥이 유지되었지만, 초기 그리스도교가 로마의 '정치적 필요'에 따라 정착되어가는 과정에서 가이아는 우주적 힘으로서의 역할을 완전히 상실하고 만다. 지구를 살아 있는 영적인 존재로 생각하는 개념은 중세와 르네상스 시대를 거쳐 중세의 세계관이 데카르트의 기계적 우주관으로 대체될 때까지 지속되었다. 따라서 18세기의 과학자들이 지구를 살아 있는 생명체로 상상하기 시작한 것은 고대의 전통을 부활시킨 것이라는 의미를 갖는다.

스코틀랜드의 지질학자인 허튼(James Hutton)은 지질학적·생물학적 과정들이 매우 밀접하게 상호 연관되어 있다는 주장을 펴면서, 지구의 물 순환과 동물의 순환계(circulatory system)를 비교 설명했다. 독일의 박물학자(naturalist)이자 탐험가이며, 18~19세기 전일적·유기체적 관점의 사상가인 훔볼트(Alexander von Humbolt)는 이 사상을 더욱 발전시켰다. "지구를 하나의 거대한 전체(a great whole)로 보는 사고체계"에서 훔볼트는 기후를 지구 전체를 하나로 통합하는 힘으로 보았고, 생물과 지구 그리고 지각이 공진화(coevolution)하고 있다는 사실을 인식했다. 이러한 과정을 거쳐 '살아 있는 영적 존재인 지구'라는 개념은, 근대적인 과학적 언어를 통해 가이아 가설로 확립되었다.[26]

인간이 최초로 우주공간에서 우리의 행성을 관찰할 수 있게 된, 1960년대 초에 이루어진 우주비행은 지구라는 행성을 하나의 천체로 지각하는 것을 가능하게 했다. 칠흑같이 어두운 우주공간에서 푸른색과 흰색의 둥근 지구가 발산하는 아름다움은 우주비행사들에게 깊은 감동을 주었다. 그러한 체험을 한 행운의 우주비행사들은 그 감동스런 경험은 지구와 그들의 관계를 철저히 변화시킨 심오한 영적 순간이었다고 말했다.[27] 가이아 가설을 체계화한 러브록(James Lovelock)은 사진을 통해 지구의 신비한 모습을 보고 그런 아름다움은 자체의 특별한 작용에 의해 구성될 것이라는 상상에서 가설의 실마리를 잡았다고 한다.

그런 감동적인 날들을 보내면서 우리는 화성에 존재할지도 모를 생명이라거나 그 표면 두께의 정도에 대해 논쟁했다. 1960년대 후반 미국 항공우주국(NASA, National Aeronautics and Space Administration)은 지구 궤도에서 화성 표면을 관찰하기 위해 매리너(Mariner) 우주선을 발사했다.

우주선에서 전송한 사진은 화성의 표면에, 달과 마찬가지로, 많은 분화구들이 있음을 보여주었다. 또한 히치콕(Dian Hitchcock)과 내가 대기 구성에 관한 연구에서 밝힌 우울한 예언을 확인시켜주는 듯했다. 화성에는 생명체가 존재하지 않을 것이라는 예언 말이다. (…) 바이킹(Viking)호가 지구를 떠나기 오래 전에 나는 생명은 하나의 행성에서 드문드문 생존할 수는 없다고 직관적으로 느꼈다. 생명은, 일생의 초기나 말기를 제외하고는, 몇개의 오아시스에 매달려 생존할 수는 없다. 가이아 이론이 발전해가면서 이 직관도 분명해졌다. 이제 나는 그 직관을 하나의 사실로 간주한다.[28]

러브록은 화성의 대기가 지구와 다른 구성을 갖는 이유는 그 행성에 생명체가 없기 때문이라 했다. 화성에서는 대기를 구성하고 있는 기체들 사이의 모든 반응들이 이미 오래전에 종료되었다는 사실도 깨달았다. 오늘날 화성에서는 어떠한 화학반응도 불가능할 정도로, 화성의 대기는 완전한 화학적 평형상태라고 한다.[29] 그러나 지구의 상황은 다르다. 지구의 대기는 서로 민활하게 상호 작용하며, 높은 비율의 산소와 메탄 등의 기체로 구성되어 있기 때문에 화학적 평형과는 거리가 멀고 지속적으로 기체 혼합물을 생성하고 있다는 것이다.[30] 러브록은 이러한 대기의 특수한 상태가 지구상에 생물체가 존재함으로써 빚어졌다는 사실을 깨달았다.

식물은 지속적으로 산소를 생산하고 다른 생물들도 그밖의 다른 기체들을 생산해낸다. 따라서 지구의 생물들이 화학작용을 계속 수행하는 동안엔 대기 중의 기체들은 자체적으로 보충되는 것이다. 러브록은 평형상태와는 거리가 먼 지구의 열린 시스템 내의 대기가 에너지와 물질의 지속적인 흐름을 야기할 뿐만 아니라 그 흐름으로 인하여 자신의 기능을 계속 수행하고 있음을 인식했다. 그 당시의 러브록은 단지 가이

아의 자동조절 과정이 생물체들을 포함해야 한다는 사실을 알았을 뿐
이었다. 지구가 어떻게 자신의 온도와 성분 구성을 조절할 수 있는지,
그리고 어떤 생물이 어떤 기체를 발생케 하는지에 대해서 러브록은 알
지 못했다.

러브록이 가이아 가설을 과학적으로 치밀하게 발전시키지 못하고 있
을 때, 마굴리스(Lynn Margulis)는 러브록이 이해해야 할 바로 그 내용
—지구의 토양에서 생존하는 무수한 박테리아를 포함한 다양한 생물
들에 의해 기체가 생성되고 소비되는 현상—을 연구하고 있었다. 또
한 마굴리스는 "왜 모든 사람들이 대기의 산소가 생물에서 생성되었다
는 사실에는 동의하면서도, 대기를 구성하는 다른 기체들도 생물에서
나왔다는 사실을 주장하는 사람은 없는가?"에 대해 의문을 품고 있었
다. 이 두 사람의 만남은 그때까지의 의문을 해소하고 창의적 결실을
맺는 계기로 발전했다.

마굴리스는 대기를 구성하는 기체들의 생물학적 기원에 관한 러브록
의 의문에 답해주었다. 러브록은 가이아 가설을 수립하는 데서 화학, 열
역학, 사이버네틱스의 개념들을 제공했다. 두 사람은 행성계(planetary
system)의 자동조절을 수행하는 '되먹임 통로'(feedback loops)의 복
잡한 연결망을 식별해낼 수 있었다. 이 피드백 루프의 특성은 생물 시
스템과 무생물 시스템을 하나로 연결시켜주는 것이었다. 우리는 더이
상 암석, 동물, 식물을 별개의 고립된 실체로 생각할 수 없게 된 것이
다. 가이아 이론은 지구 행성의 식물, 미생물, 동물 등 생물권역과 암
석, 해양, 대기 등 무생물권역이 긴밀히 맞물려 있음을 증명했다. 이산
화탄소의 순환은 맞물려 돌아가는 유기적 작용의 좋은 예가 될 것이
다.[31]

지구의 화산은 지난 수백만년 동안 막대한 양의 이산화탄소를 대기

중으로 방출했다. 이산화탄소는 온실효과를 일으키는 주요 가스 중의 하나이기 때문에, 지구는 이산화탄소를 대기권 밖으로 배출해야만 했다. 만일 그러한 순환이 이루어지지 못한다면 지구는 생물이 살 수 없을 정도로 가열된다. 그러나 식물과 동물은 광합성, 호흡, 부패 등의 과정으로 산소와 이산화탄소의 순환을 반복적으로 유지해왔다. 이러한 순환은 항상 균형을 유지하여 대기 중의 이산화탄소 비율을 일정하게 유지시킨다. 가이아 이론에 따르면, 대기 구성분의 평형을 무너뜨리는 이산화탄소의 과잉분은 거대한 피드백 루프에 따라 소거되고 재순환되는데, 이 과정에는 암석의 풍화작용이 중요한 요인으로 작용한다고 한다. 암석은 빗물과 이산화탄소와 결합하여 탄산염(carbonate)이라는 화학물질을 생성하는 것이다.

과다한 이산화탄소가 대기 중에서 빠져나와 액체 수용액이 되는 과정은 생물체가 개입하지 않는 순수한 화학작용이라고 일반적으로 이해되고 있었다. 그러나 러브록과 몇몇의 과학자들은 토양 박테리아(soil bacteria)의 존재가 암석의 풍화과정에 촉매(catalysts)로 작용하여 풍화의 진행속도를 증가시킨다는 사실을 알아냈다. 수용액으로서의 탄산염은 육지에서 씻겨 바다로 흘러들어가고, 바다에서 떠도는 탄산염은 미세한 해조류가 흡수해 탄산칼슘(calcium carbonate)으로 이루어진 아름다운 껍질을 만들어간다. 이 해조류는 대기 중에서 직접 이산화탄소를 흡수하기도 한다. 이 해조류가 수명을 다하면 껍질은 해저에 가라앉게 되고, 바닥에 쌓인 껍질들은 석회석 침전물을 형성한다. 거대한 무게로 인하여 석회암 퇴적물은 지구의 맨틀(mantle)층으로 가라앉게 되고, 맨틀에서 용해된 퇴적물은 판(板) 모양으로 움직이는 지각의 표층에 작용하여 지각변동을 일으키기도 한다. 암석에 함유된 이산화탄소는 다시 화산작용에 의하여 분출되고, 또다시 장구한 가이아 내의 순

환을 새롭게 시작하게 된다.[32]

지구의 작용을 유기체의 자기 조직화 혹은 자동제작으로 보는 가이아 이론은 지구를 새롭게 이해하게 하는 인식체계이다. 가이아란 지구의 생물권, 대기권, 대양, 토양까지를 포함한 하나의 복합적인 실체이다. 가이아는 바로 우리의 지구인 것이다. 가이아는 이 지구상의 모든 생물들을 위하여 물리적·화학적으로 적합한 환경이 조성될 수 있도록 피드백 기제나 사이버네틱 시스템을 장착한 총합체라 할 수 있다. 가이아는 능동적 조절에 의한 균일한 상태의 유지 즉 '항상성'을 실현한 고도의 유기체라 하겠다. 이러한 가이아 이론은, 목적 없이 태양계의 정해진 궤도를 기계적으로 회전하는 외로운 우주선이 지구이고 거기에 거주하는 인간은 생존하기 위해 주변의 모든 환경적 요소들과 투쟁해야 한다는 비관적 전망을 극복하게 해주었다. 하지만 가이아의 항상성 유지 기능을 맹신하는 것은 자연에 대한 비윤리적 행위에 면죄부를 부여할 수가 있다. 그런 맹신은 생태계 위기를 극복하려는 인간의 노력을 수포로 만들 것이다.

생물군의 어떤 것이자 그것의 영향을 받아 파생된 환경의 부분들인 가이아는 나이가 아마 45억살 정도일 것이다. 가이아는 '제2법칙'을 가장 적절하게 피해가는 물체이다. 결국에는 태양도 너무 달궈질 것이고, 지구상의 모든 생명체도 종적을 감출 것이다. 그러나 그런 일이 수십억년 내에 일어나진 않을 것이다. 개인의 수명은 말할 나위도 없고 인류의 생존기간과 비교해서도, 이 시간은 비극적으로 짧은 순간이 결코 아니다. 오히려 이 시간은 지상의 삶에 거의 무한하다고 할 정도의 기회를 준다. 이 우주의 법칙을 세운 누구라도, 부당하다고 우는 자를 돌볼 겨를은 없다. 상은 주어진 기회를 재치있게 잡을 줄 아는 교활하고 과감하고 강인한 사람에게 수여될 것

이다.[33]

가이아와 인류의 관계에서 힘의 균형이 깨어져 가이아가 자기보정 작용을 수행할 수 없게 된다면, 그날이 바로 지구의 종말이다. 현대 산업사회의 도시인들은 생태문제를 야기할 수 있는 사회적 행위에 대해 대단히 민감하다. 그러나 열대지방의 생태계를 파괴하여 가이아의 복원능력을 마비시키는 행위에 대해서는 무감각하고 별로 관심이 없다. 인류가 가이아적 시각으로 관찰하고 관리해야 할 지역으로는, 열대지방의 산림과 육지와 가까운 연근해안을 꼽을 수 있다.

러브룩은 자신의 가설 '가이아 아론'이 기존의 과학계와 교계에 미친 영향에 대하여 이렇게 말한다. "갈릴레오가 종래의 신학적 견해를 뒤엎고 과학적 진리를 주장하던 때와는 완전히 상반된 현상이 나타났다. 이제는 이단적 견해를 부정하는 무리는 종교 집단이 아니라, 과학자 집단이 앞장서는 세상이 되어버렸다." 학문적 경쟁자들은 가이아 이론을 '목적론적 견해'라고 매도하면서, 그의 논문이 『네이처』(Nature)와 『사이언스』(Science) 같은 최고의 과학전문 잡지에 게재되는 것을 방해했다고 한다. 가이아 이론에 대하여 가장 완고하게 비판을 가하는 둘리틀(Ford Doolittle)과 도킨즈(Richard Dawkins) 등의 생물학자들은, 자연도태(natural selection)가 범지구적 규모로 이타주의(altruism)를 발휘하는 것은 도저히 불가능하다고 한다. 그러나 가이아 이론이 다른 과학적 이론들과의 관계에서 강화되고 새로운 학설에 상당한 공헌을 했음은 인정되고 있다. 예를 들면, 대륙이동설은 판 구조론(plate tectonics)에 의해 지탱되는데, 가이아 이론은 이러한 현상이 생물학적 원인으로 유발될 수 있음을 알아냈다. 가이아 이론이 과학계 내에서 찬반 논쟁을 불러일으키는 것과는 별개로, 인류의 사고를 여유롭게 해주고 생태 친화적인 가치관을 갖도록 하는 하나의 '근사 이론'이라는 점은 분명하다.

생태계 파괴로 인한 문제가 노출된 이후에 해결책을 시행하는 것은 이미 때를 놓친 것이다. 지구는 자기를 조직화하는 유기체이며, '나'라는 개체 생명의 보생명이다. 가이아로 명명되는 영원한 모성으로서의 대지는 지구에 생명이 존재하는 한 자신의 임무를 결코 방기하지 않을 것이며, 반면에 가이아의 질서를 생명 유지의 원리로 체화하지 못한 생명은 가이아로부터 배제될 것이다. 따라서 지구를 가이아적 작용이 다시 가동될 수 있도록 조처하는 것은 삶의 쾌락을 제약하는 것이 아니라 오히려 그 반대이다.

가이아와 존재론적으로 필연적 관계를 유지하는 인간의 운명은 인류가 노래하는 송가의 유구한 주제로서 처음부터 있어왔다. 다음에 인용하는 호머의 시도 그런 특성을 반영한다.

가이아, 모든 이의 어머니여! 나 최고의 신께 노래하나니.
땅에 깃들어 사는 피조물 모두를 먹여 살리시는 반석이시여!
빛나는 대지에 넘치는 자들, 바다를 헤엄치는 무리들,
공중을 나는 수많은 날것들, 그녀의 자비로움이 그들을 양육하는구나!
여신이시여! 당신으로부터 우리의 멋진 자식들과 풍성한 수확이 내려왔나니.
당신의 몫은 유한한 자들에게 생명을 주고 또 거두어가는 힘.

Gaia, Mother of all, I sing, oldest of Gods.
Firm of foundation, who feeds all creatures living on earth.
As many as move on the radiant land and swim in the sea
And fly through the air——all these does she feed with her bounty.
Mistress, from you come our fine children and bountiful harvests.
Yours is the power to give mortals life and to take it away.[34]

우리는 단일 개체의 재생을 바랄 수도 없으며 바라서도 안된다. 생명의 분신으로 종의 연속성이 유지되는 것, 혹은 작년에 새싹을 틔워냈던 뿌리가 올해 다시 싹을 틔워내는 것에서 인류는 영생을 읽어내고 만족할 수 있어야 한다. 그래야만 만지는 모든 것들이 황금으로 될 것을 소원했다가 그 꿈이 이루어지자 곧바로 후회하게 된 어리석은 인간의 전철을 밟지 않을 것이다. 우리는 개인에게 주어진 유한한 삶 속에서도 재생을 경험할 수 있으며, 그 재생의 경험을 통하여 삶은 영원과 맞닿아 있게 된다. 죽음은 또다른 재생이다. 결국 재생이란 떨어져나가야 할 군더더기들을 불사르고 새롭게 맞이하는 세상이다. 진정한 재생은 개인의 편협한 아집으로부터 탈피하는 것에서 시작된다. 로렌스는 자신을 완전히 소진시켜야만 '불사조'(Phoenix)로 되살아난다고 믿었다. 그의 마지막 시집의 마지막에 있는 「불사조」를 보자.

그대는 기꺼이 흡수되어 지워져 소멸하고
그래서 비존재가 되겠는가?
당신은 기꺼이 비존재가 되겠는가?
그리하여 깊은 망각으로 침잠해 들겠는가?

그럴 수 없다면 당신은 신생을 경험할 수 없다.

불사조는 자신의 청춘을 재생케 한다.
자신의 몸을 소진시키고, 산 채로 태워, 뜨겁고
다시 응고되는 재로 변화시킴으로써.
둥지에 안긴 작은 새끼의 미동은
날아다니는 솜털의 숲에 싸여

스스로 청춘을 소생케 하여 불멸의 새
독수리로 승화되었음을 보여준다.

Are you willing to be sponged out, erased, cancelled,

made nothing?

Are you willing to be made nothing?

dipped into oblivion?

If not, you will never really change.

The phoenix renews her youth

only when she is burnt, burnt alive, burnt down

to hot and flocculent ash.

Then the small stirring of a new small bub in the nest

with strands of down like floating ash

shows that she is renewing her youth like the eagle,

immortal bird. (CP 728면, 전문)

　　사람들이 생태계의 상태를 주시하고 이상 징후를 진단하여 치유하려
는 까닭은, 일정한 수준의 생태적 삶에 도달하려는 소망이 있기 때문이
다. 각자 생태적 삶의 모델이 다른 이유는 각자의 경험에 바탕을 둔 전
망의 차이에 있다. 독수리와 같은 강인한 불사조(immortal bird)로 환
생하기 위해서는 공(nothing)의 세계로 망각되어야 한다고 로렌스는
말한다.[35] 아킬레스(Achilles)는 몸이 물에 완전히 잠기지 못하여 영생
을 얻지 못했다. 새로운 청춘으로 다시 태어나기 위해서는 자신의 전부

를 태워야 한다. 소신공양을 하듯 자신을 불태워 뜨거운 재로 사그라져 야 한다. 로렌스가 태워서 재로 무화시켜야 한다고 주장하는 대상은 아집과 탐욕이었다.

로렌스가 꿈꾸는 재생과 영원한 삶은 단일 유기체의 불멸을 의미하지는 않는다. 정체되어 죽음의 상태와 다를 것이 없는 진부한 일상에서 벗어나 생기 넘치는 삶을 추구하고 그러한 목적이 달성되는 상태가 로렌스에게는 재생의 국면인 것이다.

로렌스가 살았던 45년의 기간에는 삶의 터전이 심각한 파괴의 위협에 직면해 있음을 경고하는 문맥으로 '생태계'라는 말이 사용되지는 않았다.[36] 삶의 터전인 생태계 문제를 선구적으로 예견한 시인 로렌스는, 물리적 환경인 자연보다는 주로 생명현상과 이에 대한 인간의 가치관에 관심을 두었다.

로렌스에게 재생이란 날마다 새롭게 세상을 바라보며 느끼는 자기혁신을 의미했으며, 죽음 이후의 부활을 노래하는 경우 로렌스는 일반적으로 신화적 구도에 의탁했다. 「죽음의 배」(The Ship of Death)에서 남은 희망을 실어 타고 "분홍빛 물결을 가르며" "마음 평화롭게" "연약한 영혼이 집에 되돌아온다"는 로렌스의 죽음에 대한 사색은 해의 순환 혹은 달의 출몰을 연상케 한다.

죽음의 배를 건조하라. 우린 망각에 이르는
머나먼 여행을 떠나야 한다.

낡은 나와 새로운 나 사이에 있는
죽음을, 그 길고 고통스런 죽음을 죽어야 한다.

쓰러진 육체는 벌써 심한 상처를 입었고
그 심한 상처 자리로
영혼이 이미 빠져나가고 있다.

어둡고 광대한 종말의 바다가
상처 사이로 밀려든다.
홍수처럼 거세게.

죽음의 배를 건조하라. 너의 작은 방주에
음식과 몇 덩어리의 떡과 술을 실어라.
어두운 망각의 길을 위해.

Build then the ship of death, for you must take

the longest journey, to oblivion.

And die the death, the long and painful death

that lies between the old self and the new.

Already our bodies are fallen, bruised, badly bruised,

already our souls are oozing through the exit

of the cruel bruise.

Already the dark and endless ocean of the end

is washing in through the breaches of our wounds,

already the flood is upon us.

Oh build your ship of death, your little ark

and furnish it with food, with little cakes and wine

for the dark flight down oblivion.

(CP 717~18면, 총 10편의 연작시 중 제5편)

핀토(Vivian de Sola Pinto)는 로렌스의 유고시집 『마지막 시들』이 띠는 종교적인 경향은 에트루리아인들에게 고유한 종교적 속성과 일치한다고 한다. 로렌스는 에트루리아의 자연적 특성과 그곳 주민들의 종교적 특성에 관해 에세이를 쓴 적이 있다.[37] 로렌스는 생명이 자유롭게 펼쳐지는 에트루리아인들의 삶의 방식을 좋아했고, 생동감 넘치는 삶 속에서 생명을 숭배하는 그들의 종교를 예찬했다. 로렌스는 피타고라스(Pythagoras) 학파의 '생명의 비밀들'에 대한 가르침에도 공감했다.[38] "처음의 모양을 영원히 유지하는 것은 아무것도 없다. 무궁무진한 자연의 조화는 끊임없이 이것으로 저것을 만들어낸다. 이 우주의 만물 중에서 소멸되는 것은 결코 없으며, 모든 것은 단지 변하여 새로운 형상을 취할 뿐이다. '태어남'이라는 말은 하나의 물상이 원래의 형상을 버리고 새 형상을 취하는 것이고, '죽음'이라는 말은 그 형상대로 존재하기를 포기하는 것을 의미한다"고 피타고라스는 말했다.[39] 로렌스도 죽음을 일상적 삶의 연장으로 받아들였다.

「죽음의 배」에서는 망각의 세계로 여행하기 위한 최소한의 준비, "음식과 몇 덩어리의 떡과 술"을 배에 실으라고 한다. 로렌스의 시적 상상력에서 죽음이란 하나의 전환이었다. 강인한 불사조로 재생하기 위해서는 온갖 것들에 오염된 자신을 불태워 재로 사그라들게 해야만 한다. 모든 삶의 때를 털어내야만 자유로울 수 있다고 한 로렌스가 시에서처럼 저승으로 가져갈 음식을 싸라고 했을 리는 없다. 결국 죽음이라는 신천지로 여행하기 위한 몇 가지의 준비물은, 죽음을 앞둔 사람의 절제된 삶의 방식에 소요되는 최소한의 양식일 것이다. 삶의 터전인 생태계는 인간의 물질적 탐욕으로 더럽혀지고 황폐해졌다. 그 탐욕은 인류 최초의 조상인 아담과 이브가 낙원에서 추방된 사건의 원인일 정도로 오래된 것이다. 상징적 의미로서의 재생을 진정으로 바란다면 우선 우리의 삶이 새롭게 전개될 기반인 생태계가 건강해야 한다.

인간이 탐욕으로부터 자유로워질 수는 없다. 또 생명이란 욕망의 분출과 작용을 통해서 자신을 증식하기 때문에 욕망의 완전 소멸을 추구할 수도 없다. 그러나 문제는 1945년 7월 16일 미국 뉴멕시코 주의 앨러머고도(Alamagordo)의 사막에서 최초의 원폭 실험이 실시된 이후, 지구는 인간의 탐욕 때문에 종말의 비운을 초래할 수도 있다는 사실이다. 다른 모든 생물들을 포함하여 생태계에 대한 생사여탈권을 인간들이 갖게 된 것이다. 현재의 인류가, 수억년 후에 진화하여 다시 출현할지도 모르는 또다른 인류에게 '자멸한 호모사피엔스'로 그들의 신화에 기록되지 않기 위해서 우리는 로렌스가 '죽음의 배'에 실은 것만으로도 행복한 삶은 가능하며, 어떠한 가치보다도 '지속 가능한 지구 생태계 보존'이 우선해야 한다는 것을 인정해야 한다.

　죽음을 향한 배에 싣고자 한 약간의 음식·떡·술로도 행복한 삶을 충분히 향유할 수 있다는 말은 상징적 의미를 갖는다. 편의와 행복을 추구하는 과정에서 물질적 성찬이라는 늪에 빠져 허우적대는 현대인들은 소박한 삶이 마련하는 진한 감동을 감식할 수 없게 되고 말았다. 인류를 절멸하려는 대홍수 때 우트나피시팀이 건조한 방주에서 최소한의 음식만으로도 시련을 극복했듯, 이 시대의 인류도 인간의 품위를 잃게 하는 물질적 탐욕을 제거해야 한다는 것이 로렌스의 생각이었다. 생태계 위기 시대의 우리는 우트나피시팀과 노아의 방주에서 혹은 로렌스가 재생을 꿈꾸며 타는 배에서 그랬던 것처럼, 생태계 원리라는 새로운 가치관을 실현해가야 한다.

III. 맺음말: 생명력을 향유하는 삶과 문학

앞에서 우리는 로렌스의 '시적 상상력이 구현된 작품'[1]들, 특별히 생태적 삶에 대한 신념이 담긴 시들을 중심으로 생명공동체 원리를 도출해내어 생태계 위기 극복을 위한 모색의 틀을 마련하고자 했다. 로렌스가 사회체제를 비판하고 개선책을 제시하던 시기는, 생태계가 본격적으로 위기적 양상을 노출하기 전이었다. 아울러 로렌스의 시들과 편지글 등에 나타난 신념들 사이에는 일관성의 결여도 적잖이 드러난다. 그러므로 로렌스의 시작품들 사이에 드러난 모순들을 해소하고 설득력 있는 생태계 원리를 도출해내기 위해서는, 로렌스의 사고에 나타난 일정한 간극을 메우는 작업도 병행해야만 한다. 로렌스를 문학생태학적 시각으로 조명할 때 우리는, 생태계 위기 극복에 지혜를 제공하는 예지자로서 그의 위상을 정립할 수 있을 것이다.

'로렌스의 사고에 나타난 일정한 간극'이란, 로렌스가 자신의 이념을 문학
적으로 생경하게 또는 논리적으로 비약해서 전개함을 의미하는 것은 아니다.
'간극을 메우는' 작업이란 우리가 로렌스를 특정한 목적, 즉 생태계 위기 극복
을 위한 지혜의 담지자로 재해석하는 과정에서 그 목적에 맞게 체계를 세우는
것을 말한다. 이러한 추상적 체계는 특정한 의도로 사태를 해석하기 위한 불가
피한 조치일 뿐, 사고의 완결성과는 무관하다. 오히려 우리는 로렌스가 상황에
따라 생각을 번복하는 듯한, 그래서 과거의 자기를 부정하는 듯한 사례에서
'삶을 위한 예술가'로서의 그의 진면모를 볼 수 있었다. 이는 데리다(Jacques
Derrida)가 「에프롱(Eperon), 니체의 문체들」에서 니체를 평하여, "자신이
지은 고르지 못한 거미줄에서 길을 잃은 거미처럼, 텍스트의 직물에서 약간 길
을 잃었다"고 말하면서도, 니체를 낡은 체계로부터 인류를 자유롭게 한 해방자
로 인식하는 방식과 같다. 니체와 로렌스의 글에서 드러난 모순은 삶을 생성과
과정으로 이해하고 표현했기 때문에 나타난 당연한 결과였다.

부패한 풍속을 배태시키는 외설가라는 비난이 평가의 주종을 이루며
로렌스를 국외자로 내몰았다. 로렌스에 대한 의도적인 왜곡과 전용은
성적 욕망을 상품화하는 문화산업과 맞물려 현재에도 여전히 반복되고
있다. 로렌스를 대하는 시각이 성적 파격이라는 전위성에 한정되어, 비
난과 변호의 공방이 그의 사후에도 오래 지속되었던 것이다. 로렌스의
진가를 인식하는 비평적 시각의 등장은 더뎠다. 들뢰즈(Gilles
Deleuze)와 가따리(Félix Guattari)는 『앙띠 오이디푸스』(Anti-
Oedipus)에서 성(sex)이 자본의 논리에 따라 관음증의 대상으로 전락
한 것을 논하면서, 로렌스 문학의 내용과 형식에 나타난 선구적 요소에
대해 다음과 같이 평가한다.

기묘한 영미문학의 흐름이 있었다. 하디(Thomas Hardy)로부터 시작해, 로렌스에서 로우리(Malcolm Lowry)로, 밀러(Henry Miller)에서 긴즈버그(Allen Ginsberg)와 케루악(Jack Kerouac)으로 이어진 전통 말이다. 이들은, 떠나고, 규준들을 무너뜨리고, 흐름을 순환케 하고, 기관이 없는 몸의 사막을 가로지는 방법을 알았다. 그들은 한계를 극복하고, 하나의 벽인 자본주의적 빗장을 허물었다. 물론 그들은 과정을 마무리하지는 못한다. 하지만 그렇게 실패하는 것을 멈추지 않는다.[2]

이러한 해석은 현대의 사상적 조류를 반영하고, 로렌스의 전복적 잠재력에 주목한 창조적 독법이었다. 과거를 계승해야 할 전통으로 규정하고 미화하는, 그리하여 변화의 욕구와 그것의 자연스런 분출을 통제하는 규준들(codes)을 혁파하고, 사회적 제약으로서의 격자를 이탈하려 했던 로렌스야말로 '가로지르는(traverse) 사람'이었다.

들뢰즈적 의미의 주체는 유목민 즉 노마드(nomad)적 주체를 뜻한다. 제도의 일정한 규준들에 순응하며 체제가 요구하는 가치와 인간형을 실현하려는 대부분의 사회구성원들과는 달리, 노마드적 주체는 삶의 영역을 규정하는 격자로서의 사회적 틀을 거부하며 니체적 의미의 '주인'으로서 자기를 구현하면서 새로운 질서를 생성해간다. 기존의 질서를 거스르며 새로운 유형의 삶을 모색하는 저항성을 들뢰즈와 가따리는 '가로지른다'는 말로 개념화했다.

살아 있는 몸의 언어를 통제하는 시대적 기류, 의식을 옥죄는 통념, 자본주의적 장벽에 틈을 내고자 했던 로렌스였다. 그래서 그의 문학세계에 드러난 구체적 양상과 창작기법은, 대중들로부터 우호적인 관심을 얻기 전에 대체로 비난을 받았다. 또한 동시대의 주류 문학인인 엘리엇(T. S. Eliot)과 포스터(E. M. Forster) 등으로부터 기괴한 이단자 취급을 받았다.[3]

이른바 모더니스트들에게, 로렌스의 탈규준화를 위한 시도는 전통에 역행하는 부질없는 짓이었다. 들뢰즈와 가따리는, "위대한 작가는 자신의 작품이 조형해내는 정통적이고 전제군주적인 시니피앙(signifiant)을 허물고 종국적으로 지평선에 혁명의 기계를 키우는 흐름들을 그려내어 이 흐름들이 지속되게 하는 사람이다. 이 작업을 가능케 하는 것이 문체요, 아니 구문법과 문법을 거스르는 반(反)문법 혹은 문체의 부재인 것이다"라고 했다.[4] 이로써 '문학을 통한 사회와의 대화'가 취하는, 내용을 효과적으로 전달하는 적절한 형식에 대한 로렌스의 집착을 인정하는 사례가 등장했다. 로렌스의 일관된 경향, "자신의 예술은 삶의 시녀"[5]가 되어야 하며 변화된 내용에 생기를 불어넣기 위해서는 문학의 형식이 고착되어서는 안된다는 신념은 문학의 탈근대적 특성이 된다. 「현재에 대한 시」(Poetry of the Present)에서 펼친 다음과 같은 로렌스의 선구적 주장은 이제 정당하게 평가받게 되었다.

자유시에 관한 많은 글들이 발표되었다. 하나같이 자유시란 준비하지는 않았지만 완벽한 사람에게서 터져나온 즉흥적인 말이며 마땅히 그래야 한다고 한다. 그런 말은 파도처럼 한순간에 밀려오는 정신이며 마음이며 몸이다. 결코 남겨진 어떤 것이 아니다. 그들은 모두 함께 말한다. 약간의 혼돈과 불일치는 있을 수 있다. 혼돈과 불일치는, 물의 돌진이 시끄럽듯, 단지 실체에 속하는 요소일 뿐이다.(CP 184면)

「현재에 대한 시」에서 로렌스는 문학의 소재가 어떤 시간대에 있느냐에 따라 작품의 내용과 형식이 달라진다는 사실에 주목했다. 과거와 미래는 현재라는 경계의 양쪽에서 회상과 소망이라는 관념 속에서만 존재한다. 이들 시간성에 근거한 삶과 세계는 완결된 정제미를 구현할 수가 있다. 관념적으로 존재하는 그런 세계에서는 생명력이 거세되어 의외성이 없다. 우아하고 세련된 형식으로 포장된, 완벽하게 조형된 과거와 미래의 세계, 박제된 미의 세계가 바로 엘리엇이 신화의 세계를 넘나들며 형상화하고자 했던 것임을 로렌스는 간파했다. 반면에 로렌스는 생명이 은빛 비늘을 파닥이며 질곡의 몸짓을 멈추지 않는 '지금 이 순간'에서 발을 뺄 수 없기 때문에, '현재의 순간을 노래하는' 자신의 시는 결코 완결될 수 없다고 했다.

생명은 엔트로피(entropy)가 증가하는 과정에서는 목숨을 거두지 않는다. 영원한 생성으로서의 생명을 포착해서 그것이 지닌 신비를 통해 인류의 비꼬인 질서를 정화하려 했던 로렌스였다. 그의 문학이 판에 박힌 질서 속에서 안락을 추구하는 사람들에게는 광란에 가까운 무질서의 향연으로 비춰졌음은 당연하다. 다음과 같은 로렌스의 소망은 자신에게는 문학적 일상이었고, 자본주의적 질서에 찌든 사람에게는 몸과 혼을 세례하는 살풀이요 씻김굿이었다.

연꽃이 뿌리를 박은 진흙과 그 꽃이 연 천국을 동시에 느끼는 내가 되기를! 누르듯 질척거리는 진흙과 하늘 바람의 회오리를 함께 느끼는 내가 되기를! 가장 순수한 감촉으로, 끈덕지게 빨아들이는 솔직함으로, 거침없이 지나치는 빛살로 나 오롯이 그들을 느껴봤으면! 제발 내겐, 고착되어 미동도 않는 것들은 주지 마시길. 무한하고 영원한 그 무엇도 나는 사양하나이다. 무한한 것, 영원한 것이 도대체 어디 있는가? 내게는, 고요하고 하얀 물거품, 형체를 갖춘 순간의 백열광과 냉기를 허락하소서. 모든 변화와 성마름과 상반적인 것들이 교차하는 순간, 즉각적인 현재와 바로 지금의 이

258

순간을 허락하시길!(CP 182~83면)

　'영원의 허상'을 추구하기보다는, 연꽃이 그 자태를 드러내기 위하여 뿌리를 묻어둔 진흙의 끈적거림과 연꽃 만발한 연못을 휘감아 도는 바람을 감촉케 해달라는 로렌스를, 한 세대 이상 줄기차게 변호하고 재발견했던 비평가는 리비스(F. R. Leavis)였다. 로렌스가 세상을 떠난 1930년에 발표한 「D. H. 로렌스」와, 로렌스 서거 30주년을 기념해 발표한 「사후 삼십년의 로렌스」(Lawrence after Thirty Years), 그리고 로렌스의 소설들이 전반적으로 판매 금지되면서 독자들의 관심에서 비켜나 있던 1955년에 발표한 「로렌스에 반대한 쇼」(Shaw against Lawrence) 등의 논문을 통하여 지속적으로 로렌스의 진면모를 조명해 낸 리비스는 로렌스 이해의 초석을 마련한 비평가였다.[6]

　로렌스가 세상을 떠난 해에 발표한 글에서 리비스는 로렌스의 천재성에 주목했다. 이 천재성만큼은 로렌스에게 냉소적이었던 엘리엇도 인정한 바 있었다.[7] 로렌스의 타고난 천재성이란 타성에 젖은 감상과는 다른, 자신만의 느낌과 감성을 표출해낼 수 있는 능력, 섬뜩할 정도의 솔직성이었다. 선입견의 굴레로부터 벗어나 열린 마음으로 몰입하는 진정성(sincerity)이야말로, 로렌스가 삶에 임하고 삶을 문학에 구현하는 자세였다. 로렌스가 필생의 관심을 쏟았던 것은 생물을 관통하는 '공통의 불꽃'(common flame)인 생명력, 인간이 세계와 소통하는 유기적 상호작용이었다. 그리하여 삶에 대한 조명이자 상징인 로렌스의 문학은, 생성의 장인 삶에서 직면하는 다양한 문제들을 부각하고 해결하는 작업이었다.

　블레이크에게 루소(Jean Jacques Rousseau)와 프랑스 혁명이 있었듯, 로렌스 문학의 배경엔 19세기의 사회적 변화와 다윈(Charles

Darwin), 그리고 시대적 기류를 반영하는 심리학과 인류학 등이 있었다.[8] 생성과 변화의 관점으로 사회를 이해하고 관념적 목적론을 배제했던 로렌스는 생명과 삶 그리고 자연과의 조화로운 상호작용에서 존재의 의미를 실현코자 했다. 존재와 삶에 대한 강한 열망은 로렌스로 하여금 "인간은 내면의 침체를 조장하는 의식 혹은 자의식으로 말미암아 스스로 붕괴되고 만다. 건강 즉 생명은 철저한 감성적 자발성에 좌우된다"는 믿음을 갖게 했다.[9]

로렌스는 소설 『사랑하는 여인들』(*Women in Love*)에서도 비개성적이고 자아에 대한 총체적 이해 부재라는 현대인들의 특성을 생생하게 그려낸 바 있다. 로렌스의 이러한 문학적 성취를 1930년에 포착해낼 수 있었던 리비스는, 30년이 흐른 뒤에 자신의 비평적 안목이 적절했고 선구적이었다고 자평했다. 리비스가 초기 비평에서 거론한 로렌스의 탈근대적 특성은, 생명을 근본으로 한 삶에의 몰입, 삶 자체의 다양한 층위를 온전히 구현할 문학 형식의 탐색이었다. 후기의 리비스는 초기의 관점을 유지하면서 사회에 대한 작가의 책무라는 로렌스의 태도를 부각시켰다. 로렌스에게는 사회적 삶을 영위하는 인간에 대한 책임의식과 관계적 층위를 투시할 수 있는 탁월한 능력이 있음을 추가로 인정한 것이다. 「사후 삼십년의 로렌스」에서 로렌스의 '생명(혹은 삶)과 인류에 대한 책임의식'을 리비스는 다음과 같이 말한다.

> 엘리엇을 찬미하는 자들이 로렌스에 대해서 인정하고 싶지 않은 바는, 그가 강렬한 생명력과 놀라운 연민의 통찰력을 갖춘데다 결코 현저한 이기주의자가 아니라는 사실이었다. 또한 의심할 여지없는 철저한 균형감, 흔치 않은 분명한 책임감을 지녔다는 점이다. 그들은 로렌스의 이 모순적 특질에 매우 공평한 책임의식과 습관을 결부시키지 않을 수 없었다. 삶을 향한 책임의식을.[10]

로렌스에게 문학적 기법이란 삶 자체의 특성인 생성과 변화에 대한 '단편적 글쓰기'와 다르지 않았다. 니체의 잠언(aphorism)과 같은 형식으로 구성된 시들에서 로렌스는 단편적 글쓰기의 한 전형을 보여주었다. 단편적 글쓰기는 우선 체계에 대한 거부이고 불완전성에 대한 열정이며 사유의 종결되지 않는 운동을 추구하는 것이었다. 그것은 자기만족을 용인하지 않고 통일성을 보장하지 않는 사유의 위험을 수용한다. 이때 이러한 글쓰기는 변증법적 방식이 아니라 무한정한 차이의 방식을 취한다. 이러한 차이는 다원론의 고유한 형식이며, 다양성도 아니고 통일성도 아닌 일종의 불연속성이다.

로렌스의 '인간 중심성'은 근대 산업주의의 분석적 이성처럼 '생태학적 안목'과 공존할 수 없는 개념이 아니었다. 로렌스는 생명계와 무생명계의 상호작용을 감지했고 생명에 대한 외경심이야말로 자연질서를 유지하는 원동력이라고 인식했다. 하지만 근본생태학이나 영성을 강조하는 생태주의자들이 주장하는 생물권 평등주의와는 다른 입장이었다. 인류의 지속 가능성이란 측면에서 생태계 위기를 고찰하고, 가치관을 포함한 총체적 변혁을 실현하지 못하면 인류의 미래는 없다고 강조한 로렌스의 배경에는, 인간의 지성을 결코 포기하지 않았던 것이다.

자본주의가 부여하는 혜택을 누리며 그들만의 은어로 섹스를 상품화하는 시대적 허위에 로렌스는 저항했다. 로렌스에게 남녀관계의 '창발적' 진전으로서의 성교는 일상적 관계의 한 형태였으며, 생명을 해방시키고 생명을 전개해간다는 의미에서 가장 소중하고 성스런 관계였다. 과거와 미래의 연속성을 보장하는 가장 현재적인 생명전개 과정인 양성의 상호보완적 결합, 즉 성교는 로렌스에게 종교적인 의미를 지니는 것이었다. 성적 결합을 억압하는 가치체계와 제도를 로렌스는 죄악시했다. 재생을 이어가고 자신의 주체성을 상실하지 않은 채 타자와 함께 삶을 향유하는 로렌스적 남녀관계는, 레비나스(Emmanuel Levinas)의 타자 개념을 충족시키는 일례라 하겠다.

생명과 생명활동에 대한 유린행위를 근절시키는 것은, 생명 자체를 즐기는 미적 감각을 키우는 것에서 시작된다고 로렌스는 보았다. 그가 경계하는 내면의 조종자는 (신을 포함한) 관념적 절대권력 혹은 심리적 강제요인이었다. 그것에서 자유로울 수 있으려면 생명을 매개로 한 관계에 충실하고 몸이 내는 본능적 언어에 귀 기울여야 한다고 로렌스는 말한다. 새로운 시각으로 삶을 인식하고 변화된 의지를 강화시키는 것이 바로 로렌스의 시적 상상력이었다.

산업화가 이룬 결실이 독을 지닌 열매임을 절감하던 시절에 로렌스는 사회의 병든 생명을 일깨웠다. 그리고 동시대인들이 도덕적으로 거듭나기를 갈망했다. 자본이 자기 증식을 위하여 사회적 약자들을 착취하고 국경을 넘어 정글의 생리를 실현해갈 때, 로렌스는 병든 시대의 광인이 되고자 했다. 로렌스는 교환가치만을 부풀리는 돈을 죽여야 한다고 주장했다. 돈이란 단순히 중립적 매개수단에 그치는 것이 아니라 개인과 사회의 비꼬인 심리를 실현하는 도구이자 상징물임을 간파했던 것이다. 사랑을 음습한 곳의 가학적 유희로 타락시킨 것이 돈이었다. 부나방이 불길에 빨려들듯 사람들이 소비의 늪에 빠져 허우적대게 만드는 것도 돈이었다. 돈이 조장하는 악순환의 고리를 끊는 방법은 생명의 소리, 생명의 질서, 생명공동체의 상생관계에 마음의 눈을 뜨는 것이라고 로렌스는 말한다.

로렌스는 이승의 자기 몸을 천대하는 사람들에게 외쳤다. "현생의 삶과 그 동반자인 몸을 사랑하라"고. 영혼의 눈을 뜨기 위해 욕망을 절제하고 육신의 촉수들을 억압하라는 그리스도교의 교의에 로렌스는 동의하지 않았다. 몇 가지의 음식만을 죽음의 배에 싣고 이르는 사후세계는 이승의 삶을 근거로 한 꿈이라고 생각했다. 로렌스는 생명의 관계적 삶을 하나의 종교적 교의로까지 숭앙했다. 이러한 과정에서 삶과 타자에 대한 로렌스의 시각은 필연적으로 영성과 신비를 수반하게 된다.

사회생태론자들은 사회구조적 차원에서 현실을 인식하지 못하는 주관적 생태주의자들이 문제를 악화시킬 수 있다고 비판한다. 인간의 비판적 이성을 죄악시하고 영성과 신비주의에 빠져 전체를 강조하는 유기체론 또는 전일론 등에 집착하다 보면, 생태주의의 대의를 상실하고 그것을 부정하는 자가당착에 직면한다는 것이다. 이러한 사회생태론자들의 비판이 과장된 것만은 아니다.

『에코파시즘』(*Ecofascism*)에서 빌(Janet Biehl)은, 생태학과 생태주의에 관심을 갖는 독자들이 자칫 간과하기 쉬운 것으로, '생태학'의 창시자 헤켈(Ernst H. Haeckel)의 반생태적 성향에 대해 지적하며 다음과 같은 가스만(Daniel Gasman)의 글을 인용한다.

인종적으로 영감을 받은 독일의 사회적 다원주의는 (…) 그 탄생에서 거의 전적으로 헤켈에게 빚을 졌다. (…) 그의 관념은 인종주의, 제국주의, 낭만주의, 반유대주의, 민족주의의 추세를 잘 익은 이데올로기에 통합시키는 데 기여했다. (…) 과학의 충만한 무게를 순수 독일주의의 본질적으로 비합리적이고 신비주의적인 관념의 수준까지 끌어내린 것이 헤켈이었다.[11]

헤켈의 과오는 '과학의 충만한 무게'를 지닌 생태학에서 과학적 요소를 간과하여 '비합리적이고 신비주의적인 관념의 수준'으로까지 생태학을 끌어내린 것에만 있지 않다. 헤켈의 또다른 과오는, 그가 인종주의적이고 국수적인 정치적 성향을 호도하기 위하여 비판적 이성의 작동영역 밖으로 숨어들었다는 점이다. 독일의 제3제국과 히틀러(Adolf Hitler) 시대에 파시즘을 대중화하는 데 기여했던 사람들이 생태주의를 내세웠고, 유기체론 혹은 전일론의 구호로 그들의 전체주의를 포장했다는 사실을 빌(Janet Biehl)과 스타우든마이어(Peter Staudenmaier)는 『에코파시즘』에서 밝히고 있다.[12] 생태학적 이념들이 반생태주의적 발상을 위장하는 선전구호일 수도 있다는 말이다.

현재의 생태학과 생태주의는 생성과 변화를 거쳐왔다. 탠슬리(A. G. Tansley)는 생태학에서 인본주의적 요소들을 제거하기 위하여 '생태계'라는 용어를 사용했고, 이는 생물과 무생물에 대한 관계적 시각을 확대하는 계기를 마련했다. 자연과학의 한 분과로 출발한 신생태학은 생태계 내의 열평형 수지를 계산하는 물리학과 수학을 방법적 근간으로 하고 있다. 그러나 생태학의 자연과학적 특성이 낭만주의의 생태학적 요소들을 비과학적이라 매도하고 배제하는 것은 결코 현명하지 못하다.

　논리적 차원의 빈 공간을 채우며 생태학적 실천의지를 키워가기 위해서는, 간결한 운율의 언어가 주는 감동으로 차가운 마음에 소용돌이를 일으키는 것이 필요하다. 그러한 힘을 지닌 것이 바로 시적 상상력일 것이다. 로렌스의 소설이 아닌 시들에서 생태계 원리를 도출하고자 했던 까닭도 여기에 있다. 바람직한 생명공동체는, 우아한 생태학적 이론에 앞서 윤리적 각성과 삶에 대한 열망을 분출하는 가슴에 발맞춘다. 지금 이곳에서 그 넘치는 생명력을 향유하는 삶만이 지속 가능한 것이다.

| 주 |

들어가는 말

1 Eugene P. Odum, *Ecology: A Bridge Between Science and Society*, Sinauer Associates 1997, 43면

2 Martin Warnke, *Political Landscape: The Art History of Nature*, Harvard University Press 1995, 115면.

3 인문학적으로 자연을 개념화하는 소퍼는 이어서 다음과 같이 말한다. "가장 일반적이고 근본적인 의미에서 '자연'이라는 개념은 인간적이지 않은 것, 인간에 의해서 만들어진 것이 아닌 것을 말한다. 그러므로 자연이란 문화, 역사, 관습, 인위적으로 만들어진 것, 간단히 말해 인간 질서에 속한 것들과는 상반된 모든 것들이다."(Kate Soper, *What is Nature?*, Wiley-Blackwell 1995, 15면)

4 박이문,『문명의 미래와 생태학적 세계관』, 당대 1998, 76면.

5 Donald Worster, *Nature's Economy: A History of Ecological Ideas*, Cambridge University Press 1977, 10면에서 재인용.

6 같은 책 7~10면.

7 국내의 연구자들 사이에서도, 워즈워스와 그로 대표되는 낭만주의를 현대 생태주의 사상의 연장선상에서 파악할 수 있는가에 대한 논란이 끊이지 않고 있다. 「생태여성주의적 환경윤리를 향하여」(『영어영문학연구』 제46권 1호)에서 최동오는 「폐허가 된 오두막」(The Ruined Cottage)을 분석하면서, "시인은 배려와 연민이 자아중심적이 아니라 타자 지향적이라고 말하는바, 이 타자의 영역에 자연과 여성을 위치시켜 독자의 공감을 불러일으킨다"고 말한다. 그는 워즈워스의 시에서 생태주의적 요소를 발견하려는 차원을 넘어, 워즈워스의 시에 나타난 생태계 원리가 가부장

적 질서를 대체하고 있다고 적극적으로 워즈워스를 해석한다. 「생태적 관점에서 본 자연시인 워즈워스」(『문학과 환경』 창간호)에서 신양숙은 "워즈워스를 짙은 녹색 이론의 선구자라 보는 베이트와 같은 견해는 워즈워스의 시 도처에 드러나는 상반되는 태도 및 강한 인간중심주의를 간과한 결과"로 보고, 워즈워스가 상상력을 통하여 신의 차원으로 격상시킨 인간과 인간중심주의야말로 자연 파괴의 방패로 작용했다고 주장한다. 「휘트먼의 몸의 시학: 생태주의의 낭만주의 비판을 넘어서」(『안과밖』 제14호)에서 손혜숙은 "휘트먼은 다양한 존재태를 증거하는 의무, 존재들을 그들의 존재로부터 끌어내 자기답게 실현하게 해주는 의무, 인간의 언어가 떠맡은 이 신성한 의무의 실현이 인간의 자아 발현과 밀접하게 연관되어 있음을 보여주는" 시인으로, 관계성으로서의 자아의 모습을 인식한 반면에, 소로우는 자기 몸의 유기적 관계성을 체현하지 못하고 초월을 꿈꾸는 낭만주의자의 모델에 포함시킨다. 워즈워스를 생태 시인의 반열에서 제외하는 비평가들의 주된 판단근거는 워즈워스의 인간중심주의이다. 그런데 비판적 이성을 통하여 자신을 성찰하는 인간중심주의는 인간과 타자에 대한 관계를 유기적 관점에서 인식한다는 점에서 배타적이고 종(種)적인 이기주의와는 구별해 새롭게 이해되어야 한다.

8 Donald Worster, 앞의 책 295면.

9 같은 책 302면.

10 같은 책 24면.

11 Joseph R. DesJardins, *Environmental Ethics: An Introduction to Environmental Philosophy*, Wadsworth Publishing 2001, 164면.

12 Vivian de Sola Pinto & Warren Roberts (eds.), *Complete Poems of D. H. Lawrence*, Penguin Books 1977, 185면.

13 로렌스의 시들을 옮길 때, 김정매 옮김 『바바리아의 용담꽃』(혜원출판사 1987)과 정종화 옮김 『죽음의 배』(민음사 1988)를 참고하였다.

14 핀토와 로버츠(Vivian de Sola Pinto & Warren Roberts)가 엮은 시집 *Complete Poems of D. H. Lawrence*(Penguin Books 1977)를 나타낸다.

15 Sandra M. Gilbert, *Acts of Attention: The Poems of D. H. Lawrence*, Southern Illinois University Press 1990, 33면.

16 Jillian de Vries-Mason, *Perception in the Poetry of D. H. Lawrence*, Herbert Lang Et Co Ag 1982, 24면.

17 Eugene P. Odum, 앞의 책 123면.

18 같은 책 154면.

19 같은 책 159면.

20 같은 책 60~61면.

21 길가메시 서사시는, 막강한 힘을 가진 지배자가 자신의 위엄을 과시하고 국가의
대외적 위신을 높이기 위해 신전과 궁전의 개축을 성공적으로 수행하였음을 보여
주고 있다. 길가메시 왕은 숲의 신 훔바바를 죽이고 벌목한 나무로 신전과 궁전을
지었다. 아마 산을 개간하여 밭을 만들고 비대해진 도시에 식량을 조달하였을 것이
다. 신화가 보여주지 못한, 추측컨대 인류가 저지른 최초의 대규모 자연 약탈의 결
과는, 말없는 자연이 지금도 간직하고 있는 상흔에 잘 나타나 있다. 나무를 베어내
고 숲으로 문명의 손길을 뻗친 수메르 왕국은, 잠깐 동안은 번성하였지만 삶의 터
전은 그들이 만든 사막에 잠식되고, 사람이 떠난 그곳은 지금 황량한 사막으로 남
아 있다.

22 Eugene P. Odum, 앞의 책 133~34면. 오덤(Eugene P. Odum)에 따르면 뉴욕주
의 아디론닥스(Adirondacks)에 있는 여러 호수에서 물고기들이 자취를 감추고, 독
일의 흑림(Schwarzwald)에서 나무들이 죽어가는 것이 전적으로 산성비 탓인지는
확실치 않지만 일반적으로 산성비를 주 원인으로 꼽고 있다고 한다.

23 같은 책 138면.

24 John Worthen, *D. H. Lawrence: The Early Years 1885-1912*, Cambridge
University Press 1992, 5~6면.

25 Raymond Murphy, *Rationality and Nature: A Sociological Inquiry Into a
Changing Relationship*, Westview Press 1994, 52면.

26 René Dubos, *A God Within*, Scribner Book Company 1972, 92면.

27 Vandana Shiva, *Staying Alive: Women, Ecology and Development*, Zed Books
1989, 96면. 시바는 농업과 임업 그리고 축산업 사이의 유기적인 관계를 중시하는
데, 이러한 다자의 협업관계는 생산성을 높일 뿐만 아니라, 산업 쓰레기를 최소화
하여 생태계 파괴를 막을 수 있기 때문이다. 유기적 공조의 원리는 시바의 핵심 개
념인 '여성의 원리'로 이어진다. 시바는 여성의 원리를 다음과 같이 설명한다. "여
성의 원리는, 세상을 인식하는 비폭력적 방식들이라는 대항적 범주, 자연의 내적
결속과 다양성을 유지함으로써 모든 생명을 유지하는 범주가 된다. 그것(여성의 원
리)은 폭력에서 비폭력으로, 파괴에서 창조로, 반생명에서 생명 부여의 과정들로,
획일성에서 다양성으로, 그리고 파편화와 환원주의에서 전체주의와 다양성으로의

생태학적 변화를 허락한다.”(같은 책 14면)

28 Barry Commoner, *The Closing Circle: Nature, Man, and Technology*, Knof 1971, 41~42면.

29 Emmanuel Levinas, Alphonso Lingis (trans.), *Totality and Infinity: An Essay on Exteriority*, Duquesne University Press 1969, 21~30면.

30 나와 타자의 대등한 독립성을 강조하고 쌍방의 필연적 대립을 근거로 하는 사르트르(Jean-Paul Sartre)의 실존주의 안에서는, 자아와 타자는 갈등과 투쟁의 관계를 피할 수 없다. 타자에 의해 내가 타자의 세계에 편입되는 타유화가 아니면, 내가 타자를 나의 세계에 편입하고 마는 아유화에서 양자택일하는 것이 사르트르가 사유하는 자아와 타자의 관계이기 때문이다. 결국 사르트르의 철학에서는 자아와 타자의 독립적 주체성이 동시에 양립할 수는 없으며, 타자의 타자성은 자아에게는 불안을 야기하는 요인이자 정복되어야 할 위협으로 존재하는 까닭에 자아와 타자는 언제나 시소게임을 벌이게 된다.(Jean-Paul Sartre, Hazel E. Barnes (trans.), *Being & Nothingness*, Washington Square Press 1956, 301~303면)

31 Emmanuel Levinas, 앞의 책 109~42면.

32 같은 책 79~80면.

33 같은 책 215~16면.

34 같은 책 267~69면.

제1장

1 Sandra M. Gilbert, *Acts of Attention: The Poems of D. H. Lawrence*, Southern Illinois University Press 1990, 174면.

2 기독교란 ‘Christianity’를 관행적으로 옮긴 경우다. 그리스도(Christ)를 우리나라 개신교 역사 초기에 ‘기독’이라 음차하여 그리스도를 신봉하는 종교를 ‘기독교’라 하였다. 하지만 근래에 그리스도를 기독이라 칭하는 사람은 거의 없다. 그래서 관행적으로 사용해온 ‘기독교’가 익숙함에도 불구하고 이후로는 ‘그리스도교’라는 명칭을 사용할 것이다.

3 자크 브로스, 주향은 옮김, 『나무의 신화』, 이학사 1998, 380면.

4 Dolores LaChapelle, *D. H. Lawrence: Future Primitive*, University of North Texas

Press 1996, 95~96면에서 재인용. 이 책의 저자는 이어서 다음과 같이 말한다. "학교생활로 순치되지 않은 아버지의 취향은 교육에 대한 로렌스의 관점에 영향을 준 또하나의 요인이었다."

5 로렌스의 시에서 뱀이 구세주를 상징한다면 콜리지의 「노수부의 노래」에서는 신천옹이 구세주로 나타난다. "마침내 신천옹이 하늘을 가르며,/안개를 헤치고 나타났다./마치 성령이라도 되었듯이,/우리는 외쳐 그를 하느님이라 불렀다."(At length did cross an Albatross,/Through the fog it came;/As if it had been a Christian soul,/We hailed it in God's name. ──"The Rime of Ancient Mariner" 64~67행)

6 「창세기」의 창조 순서에 따르면 에덴에서는 뱀이 아담과 이브보다 앞선 거주자였다. 낙원에서 인간의 원 조상들을 추방한 하느님은 그들이 생명과를 따먹지 못하게 케루빔(지천사)들과 화염검을 두어 접근을 막는다. 반면에 뱀이 먼저 와서 물을 마시는 곳에는 거대한 캐럽나무가 서 있지만, 이 나무는 더위에 지친 사람들이 쉴 수 있는 시원한 그늘을 제공하고 그윽한 향기를 발산한다.

7 Gladys Lebolt, *D. H. Lawrence: The True Redeemers*, Portals Press 1986, 12면.

8 이러한 로렌스의 생각은 그의 에세이 「왜 소설이 중요한가?」(Why the Novel Matters)에 잘 나타나 있다. "이제 단호하게 말한다. 나는 영혼만으로, 육체만으로, 마음만으로, 신경조직만으로, 혹은 내 부분들의 나머지 어떤 것만으로 존재하지 않는다. 총합은 부분보다 더 위대하다. 그러므로 살아 있는 나는 내 영혼보다, 내 정신보다, 내 육체보다, 내 마음보다, 내 의식보다, 혹은 나의 일부분일 뿐인 그 어떤 것보다 위대하다."(D. H. Lawrence, Bruce Steele (ed.), *Study of Thomas Hardy and Other Essays*, Cambridge University Press 1985, 195면)

9 엘리엇에게 반인본주의의 단초를 제공했다는 흄(T. E. Hulme)은 인간의 본성에는 두 가지 관점이 있다고 한다. 하나는 인간이 악하다고 보는 종교적 태도이고, 다른 하나는 인간이 천성적으로 선하다고 보는 인본주의적 태도이다. 인간이 원죄로 타락되었다고 보는 종교적인 것과는 대조적으로 인격이 완전해질 수 있다는 믿음을 갖는 인본주의자들에게 인간은 "무한한 가능성의 보고(寶庫)"이다.(T. E. Hulme, Herbert Read (ed.), *Speculations: Essays on Humanism and the Philosophy of Art*, Routledge & Kegan Paul 1924, 116면) 흄에 따르면 이러한 인간관은 인간에게 신의 완전성을 부여함으로써, 인간이 모든 가치의 기준이 되었다는 것이다. 그리하여 생명의 세계와 무기체적인 세계 그리고 윤리와 종교적인 세계가 통합되고 말았다고 한다. 흄이 반인본주의를 통하여 자신의 종교적 교의를 강화하는 데 기여한 점

은 인정되지만, 그의 사상은 생명공동체 내의 위계질서를 고착시켜 생명들의 유기
적 상호작용을 부정하는 논리가 되고 만다.

10 Vivian de Sola Pinto & Warren Roberts (eds.), *Complete Poems of D. H. Lawrence*, Penguin Books 1977, 594면에서 재인용.

11 연대기 형식으로 로렌스 개인에 대한 다양한 정보를 제공한 워든(John Worthen)은, 로렌스와 글(writing)의 관계를 다음과 같이 말한다. "글은 그의 배경과 계급에 얽힌 가장 뿌리깊은 문제들을 심화시켰다. 그의 글은 세상의 실제적인 일들로부터 차단되는 위험에 그 자신을 노출시켰다. 그러나 글은 그가 체험한 분열의 실체와 복합성을 표현하는 최선의 방식이었다. 또한 그의 경험이 그를 표현할 때의 원칙을 작동시키는 최선의 방식이었다."(John Worthen, *D. H. Lawrence: The Early Years 1885-1912*, Cambridge University Press 1992, 150~51면)

12 Vivian de Sola Pinto & Warren Roberts (eds.), 앞의 책 1면 참조.

13 『로렌스: 모든 사람의 시』(*D. H. Lawrence: Everyman's Poetry*)라는 로렌스 시선집을 엮은 로튼(John Lawton)은 로렌스가 프리다를 만난 것에 대하여 이렇게 말한다. "1912년에 로렌스는 성애 철학의 신봉자인 한 독일인 남작의 딸이자, 대학시절 스승의 아내인 프리다를 만났다. 그녀는 20분이 채 안되서 그를 매료시켰다. 또한 그녀는 남편과 세 아이들을 남겨두고 로렌스와 사랑을 찾아 떠났다. 이후 그들은 떠돌아다니며 격정적이고 경제적으로 매우 불안정한 삶을 살아야 했다. 그러나 그러한 삶은 대부분 다양한 형태로 로렌스 소설의 주제가 되었다."(John Lawton (ed.), *D. H. Lawrence: Everyman's Poetry*, Phoenix Press 1998, vii면)

14 로렌스는 「들어가는 말」(Introduction to Pansies)에서 시집 *Pansies*의 제목이 의미하는 것은 기본적으로 '삼색 제비꽃' 말고도, 파스칼의 『팡세』(*Pensees*)가 '단상들'이라는 뜻을 갖듯, 자신의 'Pansies'도 짧은 생각들의 모음집이라며 다음과 같이 말한다. "각각의 작은 부분은 한 생각의 산물이다. 생경한 관념도, 하나의 견해도, 훈계조의 말씀도 아닌, 진정한 생각의 산물이다. 이러한 생각은 머리에서라기보다는 가슴과 성기로부터 분출한다."(CP 417면)

15 Gilles Deleuze & Félix Guattari, Robert Hurley & Mark Seem & Helen R. Lane (trans.), *Anti-Oedipus: Capitalism and Schizophrenia*, University of Minnesota Press 1983, 268면.

16 카프라는 자신의 생태학적 경향인 심층생태학(deep ecology)을 다른 생태학적 경향과 비교하면서 이렇게 설명하고 있다. "표층생태학은 인간중심적이거나 인간

이 축을 형성하고 있다. 표층생태학은, 인간이 자연 위나 밖에 있고, 모든 가치의 원천이라고 믿는다. 자연에는 수단적 가치 이상을 부여하지 않으므로 자연은 이용의 대상일 뿐이다. 하지만 심층생태학은 자연환경으로부터 인간을 포함한 여타의 것들을 분리하지 않는다. 심층생태학은 세계를 분리된 물상들의 결합체로 인식하지 않고, 원천적으로 긴밀히 연결되어 상호 의존하는 현상들의 그물망으로 인식한다. 심층생태학은 모든 생명체들의 고유한 가치를 인정하고, 인간을 거미줄처럼 짜인 생명망의 한 실선으로 간주할 뿐이다."(Fritjof Capra, *The Web of Life: A New Scientific Understanding of Living Systems*, Anchor Books 1996, 7면)

17 Martin Buber, Walter Kaufmann (ed.), *I And Thou*, A Touchstone Book 1996.

18 레비-스트로스는 이렇게 말한다. "우리에게는 잃어버린 어떤 것들이 있고, 우리는 애써 그것들을 되찾아야 한다고 나는 생각한다. 왜냐하면 나는, 우리가 살고 있는 세계에서나 우리가 신봉하는 과학으로는, 원상을 그대로 유지한 그것들을 되찾을 수 없다고 생각하기 때문이다. 그러나 우리는 그것들이 존재했었다는 사실과 그것들의 중요성을 알려고 할 수는 있다."(Claude Lévi-Strauss, Massey Lectures on the CBC Radio, 1977, 'the first lecture'의 첫부분. 이 CBC 라디오 강연은 국내에 『신화와 의미』라는 책으로 번역 소개됨)

19 헨리에타 맥컬, 임웅 옮김, 『메소포타미아 신화』, 범우사 1999, 166~67면.

20 Mircea Eliade, Philip Mairet (Trans.), *Image and Symbol: Studies in Religious Symbolism*, Princeton University Press 1991, 57면.

21 F. R. Leavis, G. Singh (ed.), *Valuation in Criticism and Other Essays*, Cambridge University Press 1986, 112면.

22 Gilles Deleuze & Félix Guattari, 앞의 책 49면.

23 같은 책 267면.

24 쇤베르너(Franz Schönberner)는 "로렌스에게 섹스는 생명의 성스런 상징"이었다고 말한다.(Dolores LaChapelle, *D. H. Lawrence: Future Primitive*, University of North Texas Press 1996, xvii면에서 재인용)

25 Michael Squires & Keith Cushman (ed.), *The Challenge of D. H. Lawrence*, University of Wisconsin Press 1990, 3~4면.

26 김정매, 『한국에서의 로렌스 수용: 서지학적연구 1930~1987』, 한신문화사 1989, 24면.

27 Thomas J. Lyon, "introduction", Dolores LaChapelle, 앞의 책 xvii면.

28 Tony Pinkney, "Romantic Ecology", Duncan Wu (ed.), *A Companion to Romanticism*, Wiley-Blackwell 1998.

제2장

1 Hans Jonas, *The Imperative of Responsibility: In Search of an Ethics for the Technological Age*, University Of Chicago Press 1984, 140면.

2 Thomas S. Kuhn, *The Structure of Scientific Revolutions*, University Of Chicago Press 1996, 184~85면.

3 Hans Jonas, 앞의 책 140면.

4 "법률적 자연상태가 만인의 만인에 대한 투쟁상태인 것처럼, 윤리적 자연상태는 선의 원칙이 모든 인간에 내재하는 악에 의해 끊임없이 공격받는 상태이다." (Immanuel Kant, Theodore M. Greene (trans.), *Religion Within the Limits of Reason Alone*, Harper Torchbooks 1960, 88면) 칸트는, 윤리적 자연상태에서 인간은 서로의 도덕적 소질(predisposition)을 부패시키며, 선한 의도조차도 개인들을 결속시키는 원리가 없기 때문에 스스로 악의 도구가 되어 선을 위한 공동체의 목표에서 멀어지고 악의 지배에 빠지게 된다고 한다.

5 Chris Fitter, *Poetry, Space, Landscape: Toward a New Theory*, Cambridge University Press 1995, 315면.

6 엄정옥 옮김, 『D. H. 로렌스 서한집』, 원광대학교 출판국 1987, 90면.

7 "「맨발로 뛰노는 아가」에서처럼 주로 형식을 발전시키고 이미지를 선명히 하기 위해 작품을 다시 손질하는 아주 드문 경우에, 로렌스는 탁월한 운율과 섬세하게 관찰한 이미지들이 빛나는 소네트를 완성할 수 있었다." (Gail Porter Mandell, *The Phoenix Paradox: A Study of Renewal Through Change in the Collected Poems and Last Poems of D. H. Lawrence*, Southern Illinois University Press 1984, 77면)

8 Hans Jonas, 앞의 책 11면.

9 같은 책 37면.

10 부모가 자식을 훌륭하게 성장시키는 것과 정치가가 공동체를 정치적 이념에 따라 건설하는 의도가 유사하다고 한 요나스는 자식과 다른 사람에 대해 갖는 책임의 능력으로 인하여 인간은 윤리적 공동체의 전망을 실현할 수 있다고 한다.

11 슈나이더(Daniel J. Schneider)가 말하는 로렌스의 지론은, 살아가고 존재하는 능력인 삶(생명활동) 자체가 투쟁보다 훨씬 중요하다라는 것이다. 일은 살아가는 것에 부차적이어야 하는데, 그 이유는 로렌스에게 노동이란 당시의 사회가 보여준 비정상적인 집착의 일종이었기 때문이다.(Daniel J. Schneider, *The Consciousness of D. H. Lawrence: An Intellectual Biography*, University of Kansas Press 1986, 126면) 이러한 생각을 보여주는 1918년 2월에 쓴 로렌스의 편지 한 대목은 다음과 같다. "일에 대해 말하자면, 나는 일하는 것이 살아가는 것이라고 생각지 않네. 일은 나름대로 좋은 면이 있지. 그러나 어떤 사람은 자기 내부에서 상당한 부와 만족을 얻고자 한다네. 분명히 그것은 물건 이상의 가치를 지니지. 또 어떤 사람은 존재하기를 원하지. 내 생각에, 우리는 그림을 그리고 글을 쓸 필요가 있는 게 아니라, 우리 자신으로부터 해방되고, 그리하여 완전히 자유로워져야 한다고 믿네."(같은 책 126면에서 재인용)

12 강미숙은 마음으로부터 아버지와 화해한 로렌스의 심경을 다음과 같이 말한다. "말년에 쓴 한 에쎄이에서 로렌스는 자신이 아버지의 세계를 온당하게 바라보지 못했음을 술회하고 있다. 아버지에게는 노동하는 사람들 특유의 동류의식이 있었고, 그것이 기계적 소식사회의 폭압성에 꺾이지 않는 힘의 원천이 되었음을 뒤늦게 깨닫게 된 것이다. 그리고 광부가 된 어린 시절 친구들의 모습에서 아버지 시대의 천진하고도 활기찬 패기가 사라지고 말았음을 가슴 아프게 바라보게 된다."(강미숙, 「D. H. 로렌스」, 『영미문학의 길잡이 1』, 창작과비평사 2001, 509면)

13 David Boadella, *The Spiral Flame*, Paunch 1977, 9면.

14 Murray Bookchin, *The Philosophy of Social Ecology*, Black Rose Books 1996. 북친은 서구의 영성 생태론자들이 인간과 자연의 관계를 정립할 때 하나의 모범으로 언급하는 노자의 『도덕경』에 대해, "노자가 저술하였다는 『도덕경』은 자연의 '수확물'을 다루는 '방식'을 다루었을 뿐만 아니라, 지배자들이 농민들을 통제하는 지침서로도 읽힐 수 있다"(같은 책 103면)고 말한다. 또한 동양의 현인들이 깊이 사유하고 사물을 궁구했다는 사실이 그들 저작의 모호성을 변호해주지는 못한다고 한다. 그가 비판하는 서구의 동양사상 신봉자들은 자주 그들의 우월성을 입증하기 위해 이러한 모호성에 의탁하고, 자신들의 자가당착적 주장을 지적인 것으로 호도하기 위해 동양 현인들의 은유를 차용한다고 말한다. 아울러 전통적으로 중국에서, 비록 자연이 인간과 소중한 관계를 유지했다고 할지라도, 그들 준종교적 저작들로 인하여 당시의 농민들은 운명에 복종하고 간단히 조작될 수 있는 존재들로 다루어졌다

고 한다. 그래서 북친은 동양사상의 순기능에 관심을 가질 때는 반드시 그 역기능
도 고려해야 한다고 말한다. 그의 내면에는 "동양과 신비주의가 득세하는 곳에서
구할 수 있는 지혜라면 모두 서구에 있다"(같은 책 98~99면)는 전제가 깔려 있다.

15 같은 책 3면.

16 같은 책 35면.

17 같은 책 8면.

18 같은 책 30면. 북친은 "자연은 존재하는 모든 것이고 그 이상의 것을 의미한다. 특
히 생물학적 자연은 요동치고 상호 작용하는 비유기체적 세계와 더불어 끊임없이
분화하고 복잡해지는 생명체들의 진화의 축적물"이라고 한다. 그는 무의식적인 자
연의 전개를 '1차 자연'이라고 부르고, 이른바 1차 자연에 의도적으로 개입하고 영
향을 주려는 인간의 자연적 경향이 '2차 자연', 즉 문화적 자연, 사회적 자연, 정치
적 자연 등을 발생시켰다고 한다. 그런데 이 2차 자연은 오늘날에 거의 모든 1차 자
연을 흡수하고 말았다고 말한다.(같은 책 29면) 북친은 이 두 종류의 자연에 또다른
자연을 추가한다. 그에 따르면 생물권의 미래는 전적으로 2차 자연이 새로운 사회,
또는 새로운 유기적인 협력체계로 이행해갈 수 있는가에 달려 있는데, 이 새로운
체계를 그는 '자유로운 자연'이라고 칭하겠다고 한다.(같은 책 33면) 이 자연은 1차
자연과 2차 자연에 내재하는 고통과 억압을 최소화하는 자연으로서, 의식적이고 윤
리적인 자연이며 생태학적 공동체이다.

19 같은 책 12면.

20 같은 책 106면.

21 같은 책 12면.

22 Murray Bookchin, *Toward an Ecological Society*, Black Rose Books 1991, 69면.

23 Fritjof Capra, *The Turning Point: Science, Society, and the Rising Culture*,
Bantam Books 1982, 41~42면.

24 Murray Bookchin, *The Philosophy of Social Ecology*, Black Rose Books 1996,
115~16면.

25 Carolyn Merchant, *Radical Ecology: The Search for a Livable World*, Routledge
1992, 86면.

26 Murray Bookchin, 앞의 책 116면.

제3장

1 스티븐즈(C. J. Stevens)가, 로렌스가 콘월(Cornwall)에서 살 때 그 이웃이었던 호킹(Stanley Hocking)을 만나 인터뷰한 것을 보면 로렌스 부부의 삶의 일단을 짐작할 수 있다. "로렌스는 프리다를 때렸다. 그는 낯선 이들과 친구들 면전에서 그녀에게 비열하게 굴기도 했다. 그러나 그녀가 도망쳤을 때 그는 제정신이 아니었다. 그녀는 그의 성마른 행위 대부분이 병과 관계되어 있음을 알았다. 그가 계속 그녀를 괴롭히는 동안에도 그녀는 그의 건강을 돌보았다. 때때로 그의 따뜻한 본성이 그녀를 놀라게 하기도 했다. 로렌스는 그녀가 문짝에 머리를 부딪혔을 때 관심과 동정을 쏟았으나 불현듯 다시 대들었고 그들은 지독하게 다투었다." (C. J. Stevens, *The Cornish Nightmare: D. H. Lawrence in Cornwall*, John Wade Pub 1996, 27면)

2 Gamini Salgado, *A Preface to D. H. Lawrence*, Longman 1982, 139~40면.

3 엄정옥 옮김, 『D. H. 로렌스 서한집』, 원광대학교 출판국 1987, 124면.

4 Robert C. Solomon & Kathleen M. Higgins, *What Nietzsche Really Said*, Schocken Books 2000, 16면.

5 같은 책 17~18면.

6 같은 책 208~209면.

7 니체가 "신은 죽었다"라고 말했을 때, 그 선언을 통해서 그가 하고자 했던 말은 초월적인 신에 대한 믿음이 이 시대에는 사라졌다는 것과 함께, 기존의 신으로부터 정당성을 인정받았던 모든 전통적인 가치와 규범이 그 권위를 상실했다는 것이었다. 이는 바로 가치평가 기준의 부재로 인한 정신의 공백상태, 즉 니힐리즘 상태의 도래에 대한 예견과도 같은 것이다.

8 니체는 니힐리즘을 초래한 원인을 합리성을 추구한 서구의 과학과 함께 그리스도교의 도덕에 근거한 해석에서도 찾고 있다. 『권력에의 의지』(*The Will to Power*)의 첫부분을 보자. "우리 시대는 가장 품위있고 동정심이 넘치는 시대이다. 궁핍 그 자체는 정신적이든, 육체적이든, 지적이든 니힐리즘(달리 말하면 가치·의미·갈망에 대한 철저한 거부)을 산출할 수 없다. 그런 궁핍은 언제나 다양한 해석들을 용인한다. 단언컨대, 니힐리즘은 하나의 특별한 해석인, 그리스도교 도덕에 근거한 해석에 그 뿌리를 두고 있다." (Friedrich Nietzsche, Walter Kaufmann & R. J. Hollingdale (trans.), *The Will to Power*, Vintage Books 1968, 7면)

9 Friedrich Nietzsche, R. J. Hollingdale (trans.), *Thus Spoke Zarathustra*, Penguin

Books 1969, 46면.

10 같은 책 42면.

11 포이어바흐는 신은 인간이며 인간이 신이 되었고, 합리적인 존재에 불과한 신을 부정하는 것은 종교 자체라고 하면서 이렇게 말한다. "종교나 신학이 부인할지라도, 인간을 숭배하는 자는 내가 아니라 종교다. '하느님이 인간이고, 인간이 하느님'이라고 말하는 자는 하찮은 인간인 내가 아니고 종교 자체다. 인간이 아니라 단지 합리적 존재에 불과한 하느님을 부인하는 자는 내가 아니고 종교다. 종교는 신이 인간이 되게 하고, 인간과 다르지 않은 신으로 하여금 인간의 형상을, 인간의 감정을, 그리고 인간의 생각을 갖게 하여 결국엔 경배와 숭배의 대상으로 삼는다." (Ludwig Feuerbach, *The Essence of Christianity*, Harper & Row 1957, XXXVI면)

12 Robert C. Solomon & Kathleen M. Higgins, 앞의 책 88면에서 재인용.

13 Friedrich Nietzsche, R. J. Hollingdale (trans.), *The Twilight of the Idols and The Anti-Christ*, Penguin Books 1990, 133면.

14 "그리스도교에서는 모든 것이 벌이 되어버린다. 그것도 정말 받아 마땅한 벌 말이다. 그리스도교는 고통받는 자의 상상을 또다른 고통으로 만든다. 그래서 그리스도교인은 불행할 때마다 자신이 도덕적으로 비난받아 마땅한 자이며, 자신은 그렇게 내팽개쳐진 자라고 느끼는 것이다."(Robert C. Solomon & Kathleen M. Higgins, 앞의 책 89면에서 재인용)

15 Herbert Marcuse, *Counter-revolution and Revolt*, Beacon Press 1974, 121면.

16 Robert C. Solomon & Kathleen M. Higgins, 앞의 책 220면.

17 같은 책 82~83면.

18 이러한 과정을 입체적으로 모형화시키면 전형적으로 '소산(消散)구조'가 된다. 카프라는 프리고진(Ilya Prigogine)의 소산구조를 다음과 같이 설명한다. "모든 소산구조가 생물체계인 것은 아니다. 지속적인 흐름과 구조적 평형의 공존을 시각화하기 위해서는, 간단한 무생물 소산구조를 살펴보는 것이 이해하기 더 쉽다. 이런 종류의 가장 간단한 구조들 중 하나는 흐르는 물에서 형성되는 소용돌이이다. 욕조에서 물이 빠져나갈 때 생기는 소용돌이 말이다. 물은 멈추지 않고 소용돌이를 통해 욕조 밖으로 빠져나가지만, 나선과 깔때기 모양으로 잘 알려진 그 특별한 모양은 뚜렷하게 안정적인 형태를 유지하고 있다." (Fritjof Capra, *The Web of Life: A New Scientific Understanding of Living Systems*, Anchor Books 1996, 169면)

19 Friedrich Nietzsche, R. J. Hollingdale (trans.), *Beyond Good and Evil*, Penguin

Books 1990, 194면.

20 Friedrich Nietzsche, R. J. Hollingdale (trans.), *Thus Spoke Zarathustra*, Penguin Books 1969, 42면.

21 같은 책 146면.

22 같은 책 146면.

23 D. H. Lawrence, Bruce Steele (ed.), *Study of Thomas Hardy and Other Essays*, Cambridge University Press 1985, 154면.

24 Fiona Becket, *D. H. Lawrence: The Thinker as Poet*, Palgrave Macmillan 1997, 5면.

25 Sandra M. Gilbert, *Acts of Attention: The Poems of D. H. Lawrence*, Southern Illinois University Press 1990, 55면.

제4장

1 블랙머(Richard P. Blackmur)와 엘리엇(T. S. Eliot)이 로렌스를 '낭만주의적 유산' (Romantic heritage)을 계승한 시인으로 비판한 까닭은 로렌스의 자연 친화적 취향에 있었다. 하지만 로렌스가 노래한 자연은 범신론에 나타나는 신의 의지를 구현하는 형상물로서의 자연이 아니라, 생명이 갖는 유기적 특성이 고려되고 신화적 특성이 가미된, 로렌스의 인식체계로 재구성된 주관적 자연이라는 점에서 반낭만적(반인본주의적) 경향의 비판은 적절하지 않다. "이런 생략(로렌스의 시에 대한 논의들 중에서 메타포에 대한 것은 거의 언급되지 않음)의 이유들 중 하나는, 로렌스와 동시대 비평가들이 공유한 형식주의적 비평 경향에 있다. 또한 로렌스의 시는 시가 아니라 감상적 기록물의 원본일 뿐이라는 엘리엇의 견해를 낳게 한 사회적 기류도 하나의 이유이다. 로렌스가 물려받은 낭만주의적 유산 때문에 그는 엘리엇과 블랙머 같은 반낭만주의자들의 표적이 되었다. 그들은 내부의 무신론자를 탄핵하는 원리주의자들처럼 로렌스를 격렬하게 헐뜯었다."(Patricia L. Hagen, *Metaphor's Way of Knowing: The Poetry of D. H. Lawrence and the Church of Mechanism*, Peter Lang Publishing 1995, 1면)

2 같은 책 37면.

3 같은 책 37면.

4 가이아 이론(Gaia theory)을 구축하는 데 유기적 상호작용 개념이 중요했다는 밀러

(Alan S. Miller)는 『관계의 산물 가이아』(*Gaia Connections*)의 「발문」에서 다음과 같은 로렌스의 『묵시록』(*The Apocalypse*)의 한 대목을 인용하고 있다. "인간이 가장 열정적으로 원하는 것은, 영혼의 구원만이 아니라, 살아 있는 자신의 영육 합일체와 생기 왕성한 조화이다. 내 눈이 나의 한 부분이듯 나는 태양의 부분이다. 내 발은 내가 지구의 한 부분이라는 사실을 완벽할 정도로 잘 알고 있다. 내 피 역시 바다의 한 부분이다. 마음을 제외하고 홀로 절대적인 것이 내겐 없다. 마음도 홀로 존재할 수 없다는 사실을 우리는 깨닫게 될 것이다. 마음이란 수면에 반짝이는 태양빛일 따름이다."(Alan S. Miller, *Gaia Connections*, Rowman & Littlefield 1991, 「발문」에서 재인용)

5 세이건(Carl Sagan)의 『우주』(*Cosmos*)에 인용된 '자연 선택' 개념에 대한 다윈의 설명은 다음과 같다. "인간은 실제로 변이를 발생시킬 수 없다. 인간은 단지 유기체들을 새로운 생명상태에 우연히 노출시킬 수 있을 뿐이다. 그러면 자연이 생명체에 영향을 주고 그 결과 변이를 발생시킨다. 그러나 인간은 자연에서 발생한 변종들을 선택할 수가 있고 실제로 선택하기도 한다. 그리하여 바람직한 방식으로 변종들을 축적한다. 자신의 이익이나 쾌락을 위하여 인간은 동물과 식물을 변형시키기도 한다. 인간은 이런 작업을 의도적으로 할 때가 있다. 혹은 변종시켜야겠다는 생각 없이 특정한 시기에 자신에게 가장 유용한 개체들을 보존함으로써 무의식적으로 변형을 발생시키기도 한다."(Carl Sagan, *Cosmos*, Ballantine Books 1980, 18~19면에서 재인용)

6 장회익, 『삶과 온생명』, 솔 1998, 176면. 176면 각주 5에서 장회익은 "생명의 형성을 위해서는 국소질서의 존재가 필수적이며 이러한 국소질서는 오직 일정한 온도 차이를 지닌 에너지 발산체와 에너지 흡수체 사이에서만 존재할 수 있다"고 한다.

7 Carl Sagan, 앞의 책 27면.

8 같은 책 22면.

9 이러한 진술이 분열균류와 인간, 즉 모든 생물들이 공통의 조상에 연결되어 있음을 의미하는 것은 아니다. 물론 『종의 기원』(*The Origin of Species*)을 관통하는 다윈주의 사상(Darwinian thought)의 핵심은 원래의 생명을 기점으로 하여 임의적인 돌연변이와 자연 선택의 결과가 진화의 최종 산물이라고 본다. 그러나 생물 진화를 발전 개념으로만 보지 않는 '생물계의 창발이론'(the emerging theory of living systems)은, 생명의 창조적인 전개과정을 모든 생물계의 고유한 특징인 다양성과 복잡성이 지속적으로 증가하는 형식으로 이해한다. 특히 유전학자 모노(Jacques

Monod)는 진화과정의 창발적(emergent) 특성과 우연성(chance)을 강조하여, "우
연만이 생물권의 모든 혁신과 창조의 근원이다"라고 말한다.(Fritjof Capra, *The
Web of Life: A New Scientific Understanding of Living Systems*, Anchor Books
1996, 225면에서 재인용)

10 Glenn W. Rowe, *Theoretical Models in Biology: The Origin of Life, the Immune
System, and the Brain*, Oxford University Press 1994, 103면.

11 '근본생태학'의 이러한 주장은, 기계론을 극복하는 새로운 과학의 가설들, 즉 원
자 단위가 아닌 전체, 부분의 재배열이 아닌 과정, 외부와의 관계가 아닌 내부적 작
용, 근본적인 변화의 비선형성과 예측 불가능성, 환원주의가 아닌 다원주의와 일맥
상통하고 있다.(Carolyn Merchant, *Radical Ecology: The Search for a Livable
World*, Routledge 1992, 100면)

12 장회익, 앞의 책 175~76면.

13 같은 책 179면. 장회익은 『삶과 온생명』의 179면 각주에서 밝히기를, '온생명'이
라는 개념은 1988년 유고슬라비아 두브로브닉에서 개최된 '과학철학 모임'에서 사
용한 'global life'라는 개념을 우리말로 옮긴 것인데, 처음부터 온생명으로 번역되
었던 것이 아니라 '세계 생명' '우주적 생명' '우주 생명'의 단계를 거쳐 '온생명'으
로 정착되었다고 한다.

14 '대단히 종교적'이라는 말은 로렌스에게 특정한 종교적 경향이 있음을 의미하는
것은 아니다. 유고시집 『마지막 시들』(*Last Poems*)에 나타난 로렌스의 종교적 경향
은 그리스도교로 많이 편향되어 있는 것이 사실이다. 이는 많은 로렌스 평자들이 지
적하듯 죽음에 대한 의식으로부터 자유로울 수 없었던 그의 처지를 고려한다면 충
분히 이해할 수 있는 것이다. 하지만 마지막 시집에서 로렌스는 그리스도교의 틀을
벗어나는 경우가 많았다. 본문에서 인용한 「사람과 박쥐」 첫부분을 보면 그리스도교
적인 듯하지만 오히려 그리스도교의 대척점에 선 로렌스의 종교관을 엿볼 수 있다.
종(species)마다 다른 창조주가 있다는 믿음은 그리스도교의 유일신 교리와 대치되
는 것이 분명하고, 이는 그리스도교의 근간을 이루는 교리를 부정하는 것이다.

15 Doug Beardsley & Al Purdy (eds.), *No One Else Is Lawrence!: A Dozen of D. H.
Lawrence's Best Poems*, Harbour Publishing 1998, 39면.

16 Martin Buber, Walter Kaufmann (ed.), *I And Thou*, A Touchstone Book 1996.

17 Doug Beardsley & Al Purdy (eds.), 앞의 책 75면.

18 '생물중심주의' 혹은 '생물권 평등주의'의 주창자 중에는 무엇을 위한 생태학적

실천인가라는 의심을 품게 하는, 완전히 방향을 상실한 주장을 펴는 사람들도 있다. 『단순하게 살기』(*Simply Living*) 제12권(1986)에 실린 「나무에 깃든 자벌레 한 마리」(A Spanner in the Wood)에서 포맨(David Foreman)이 한 말을 들어보자. "내가 사람들에게 방법을 말할 때, 에티오피아에서 우리가 할 수 있었던 최악의 일은 원조를 제공하는 것이었다. 최선의 방책은 자연이 스스로 균형을 유지하도록 자연에 맡기는 것이다. 즉 그곳 사람들이 굶어 죽도록 내버려두는 것이다."(Murray Bookchin, *The Philosophy of Social Ecology*, Black Rose Books 1996, 117면에서 재인용)

19 Fritjof Capra, *The Web of Life: A New Scientific Understanding of Living Systems*, Anchor Books 1996, 77면.

20 Robert Lilienfeld, *The Rise of Systems Theory*, John Wiley & Sons 1978, 192면.

21 Fritjof Capra, 앞의 책 79면.

22 같은 책 xviii면.

23 같은 책 160면. '조직'이라는 말 속에 구성의 과정을 강조하는 '조직화'의 의미가 있기에 굳이 조직화라고 하지 않았지만, '자동제작'(autopoeisis) 혹은 '자기 구성'(self-construction)이 내적으로 자기를 형성해가는 역동성을 강조하기 때문에, '조직패턴'이란 용어 대신 '조직화 양상'이란 용어가 더 타당할 것이다.

24 같은 책 86면.

25 프리고진(Ilya Prigogine)은 '자기 조직화'와 '소산구조'라는 개념이 현대 과학에 끼친 영향을 이렇게 말한다. "지난 수십년에 걸쳐, 새로운 과학이 탄생하게 되었다. 그 과학이란 바로 비평형 과정들의 물리학이다. 이 과학은 자기 조직화와 소산구조와 같은 개념들과 닿아 있다. 이 개념들은 생태학과 사회과학은 물론 우주론, 화학, 생물학을 포함한 다양한 분야에서 널리 활용되고 있다."(Ilya Prigogine, *The End of Certainty*, Free Press 1997, 3면)

26 Fritjof Capra, 앞의 책 86면에서 재인용.

27 Ilya Prigogine & Isabelle Stengers, *Order Out of Chaos: Man's New Dialogue with Nature*, Bantam Books 1984, 12면.

28 평형상태에서의 기계적 반복을 프리고진은 "눈이 멀었다"고 표현한다. "인간화된 언어를 사용하자면, 평형상태의 물질에서 그것(기계적 반복)은 눈이 멀었고, 비평형 상태에서 그것은 (약한 중력장이나 전기장 같은) 외부세계의 차이들을 인식하기 시작하고, 기계가 작동하는 방식을 통해 차이들을 고려할 수 있게 된다."(Ilya

Prigogine & Isabelle Stengers, 앞의 책 14면)

29 프리고진은 화석 형태의 생명이 최초의 암석 형성 시기와 거의 비슷한 38억년 전
에 출현했다고 한다. 이렇게 생명이 이른 시기에 출현했다는 것은, 생명은 조건이
허락되기만 하면 생성될 수 있는 자발적인 자기 조직화의 산물이라는 주장을 뒷받
침하는 근거라고 한다.(같은 책 176면)

30 베이트슨은 패턴이야말로 생물 모두를 아우를 수 있는 틀이라고 했다. "어떤 패턴
이 게를 랍스터에, 난초를 앵초에, 그리고 이 네 가지 모두를 내게, 또 나를 네게 연
결시키는가? 또 무엇이 우리들 여섯을 어떤 곳에서는 아메바에, 또 다르게는 퇴행
성 정신분열증 환자에게 연결시키는가?"(Gregory Bateson, *Mind and Nature: A
Necessary Unity*, Hampton Press 2002, 7면)

31 이에 대해 카프라는 "박테리아나 식물은 보지는 않지만, 그들의 환경에서 나타나
는 상황의 변화——빛과 그림자의 차이, 열기와 냉기, 일부 화학물질 농도의 고저
등——를 감지한다"고 했다.(Fritjof Capra, 앞의 책 175면)

32 같은 책 175면.

33 키따자끼(Kaien Kitazaki)는 로렌스의 힘에 대한 이원론적 인식에 대해 다음과 같
이 말한다. "로렌스는 '성령'이 '이원론적 힘들'로, 혹은 『토머스 하디 연구』(*Study
of Thomas Hardy*)에 나타난 것처럼 '남성과 여성'으로 작용하고 있다고 보았다."
(Kaien Kitazaki, "A Question of 'Dual Forces': D. H. Lawrence and
Buddhism——A comparative Approach", Lawrence B. Gamache, (ed.), *D. H.
Lawrence: The Cosmic Adventure*, Borealis Press 1996)

34 『도덕경』의 제1장에서 "도로서 도라고 할 것은 참 도가 아니고, 이름으로서 이름
이라 할 것은 참 이름이 아니다. 무명은 천지의 시작이요, 유명은 만물의 어머니다"
라는 말로, 노자는 사유를 통한 개념화 작업이 실체를 축소 왜곡할 수 있음을 언급
하고 있다. 노태준의 해설에 따르면, "이름이 없는 것 즉 '도'가 천지의 시작이고,
처음으로 이름이 생긴 것 즉 '천지'는 만물을 낳은 어머니다. 그러므로 우리는 참으
로 없는 것 즉 '도'에서 그 유현 기묘한 작용을 볼 수가 있고, 참으로 있는 것 즉 '천
지'에서 그 차별상을 볼 수가 있다"고 한다. '도'의 자리에 '생명'을 대체해도 의미
가 자연스러울 수 있는 까닭은, 노자의 '도'에 내포된 속성이 생명의 속성과 유사하
기 때문이다.(노태준 역해, 『도덕경』, 홍신문화사 1979)

제5장

1 Gail Porter Mandell, *Phoenix Paradox: A Study of Renewal Through Change in the Collected Poems and Last Poems of D. H. Lawrence*, Southern Illinois University Press 1984, 130면.

2 칸트의『이성의 한계에서의 종교』(*Religion within The Limits of Reason Alone*)에서 1권 3장의 제목인 "인간은 본성적으로 악하다"는 호라티우스의『풍자들』(*Satires*)의 한 구절인 "그 누구도 악과 무관하게 태어나지 않는다"와 밀접한 관계를 갖는다.

3 Immanuel Kant, Theodore M. Greene (trans.), *Religion Within the Limits of Reason Alone*, Harper Torchbooks 1960, 40면.

4 안성림·조철수,『사람이 없었다 신도 없었다』, 서운관 1995, 307~308면.

5 Sandra M. Gilbert, *Acts of Attention: The Poems of D. H. Lawrence*, Southern Illinois University Press 1990, 218면.

6 1917년 10월 12일에 애스퀴스 부인에게 보낸 편지에는 "지금 또다른 재난이 닥쳐옵니다. 경찰이 갑자기 집에 들이닥쳐 수색을 했습니다. 그러고는 다음 월요일까지 콘월을 떠나야 한다는 통지를 보내왔습니다"라는 대목이 있다.(엄정옥 옮김,『D. H. 로렌스 서한집』, 원광대학교 출판국 1987, 132면)

7 Friedrich Nietzsche. R. J. Hollingdale (trans.), *Thus Spoke Zarathustra*, Penguin Books 1969, 55~56면.

8 Martin Buber, Walter Kaufman (trans.), *I and Thou*, A Touchstone Book 1996, 56~57면.

9 같은 책 57면.

10 같은 책 57~58면.

11 '인과의 점진적인 경과'라는 하나의 도그마는, 증대되는 '그것'의 세계에 대한 인간의 권리 포기이고, 따라서 결단과 삶에 임하는 태도의 전환에 의해서만 그것을 극복할 수 있다고 한다. "전환함으로써 우주적 문제를 극복하는 사람, 전환함으로써 옭아매는 그물망을 찢어버리는 사람, 전환함으로써 계급의 굴레를 벗어버리는 사람, 전환함으로써 털고 일어나 다시 젊어지는 사람, 그리하여 이제껏 익숙한 역사의 형식들을 변형시키는 사람들을 이 도그마는 알지 못한다."(같은 책 106면) 그리고 모든 인과의 도그마를 무시하고 깊은 곳에서 결단하는 사람, 모든 것을 벗어던지고 맨몸으로 '너'의 앞으로 걸어나가는 사람, 곧 자유를 택하는 사람은 자유의

'맞상대 상'(counter-image)으로서의 운명을 상대하게 된다. 이런 사람에게 자유와 운명은 서로를 채워주며 하나의 의미를 갖게 된다고 한다.(같은 책 102면)

12 『나 그리고 너』(*I and Thou*)를 영어로 번역한 카우프만(Walter Kaufmann)의 각주에 따르면, 부버가 염두에 둔 괴테의 시는 세 편이라고 한다. 그중의 한편인 「축복받은 눈」(Blessed Eye)의 일부분은 다음과 같다. "그 눈이 태양과 같지 않다면,/그 눈으로는 결코 태양을 바라볼 수 없으리./우리에게 신령스런 힘이 없다면,/신적인 것이 어떻게 우리를 기쁘게 하리오?"(Were not the eye so like the sun,/It never could behold the sun:/If the god's own power did not lie in us,/How could that which is godlike delight us? —같은 책 116면에서 재인용)

13 같은 책 116면

14 같은 책 94면.

15 1924년 11월 멕시코에서 머리(J. M. Murry)에게 보낸 편지에서 로렌스는 "내가 세상을 알면 알수록 세상은 나를 소름끼치게 합니다. 다시 말하자면 세상 사람들이 나를 소름끼치게 합니다"라는 구절이 있다. 그리고 자본주의의 폐해에 대해 이야기 했던 그가 사회주의에 우호적일 것 같은데 사실은 그렇지 않았다. 같은 편지의 다른 구절에서 그는 "인디언들은 작고 이상한 야만인들이며, 무서운 선동가들은 그들을 충동질하여 사회주의를 만연케 합니다. 일종의 혼돈입니다. 사회주의는 쓸모없으며 사람들을 망쳐놓을 뿐입니다"라고 했다.(엄정옥 옮김, 『D. H. 로렌스 서한집』, 원광대학교 출판국 1987, 181~82면)

16 같은 책 193~94면.

17 James T. Boulton (ed.), *The Selected Letters of D. H. Lawrence*, Cambridge University Press 1997, 427면.

18 총체적 삶을 실현하려는 인간의 노력은 자신의 삶을 다른 요소들과의 직접적인 접촉, 느낌을 기반으로 한 접촉으로 이끈다는 로렌스의 생각은 근본생태학의 기반이 된다고 라차펠은 말했다.(Dolores LaChapelle, *D. H. Lawrence: Future Primitive*, University of North Texas Press 1996, 160~61면)

19 David Held & Anthony McGrew & David Goldblatt & Jonathan Perraton, *Global Transformations*, Stanford University Press 1999, 437면.

20 E. F. Schumacher, *This I Believe and Other Essays*, Green Books 1997, 85~89면.

21 같은 책 86면.

22 E. F. Schumacher, *Small is Beautiful: Economics As If People Mattered*, Hartley

& Marks 1999, 38면.

제6장

1 James T. Boulton (ed.), *The Selected Letters of D. H. Lawrence*, Cambridge University Press 1997, 130면.

2 "검은 신할라 사람들과 순수하게 혹은 단순하게 접촉하다 보면 광활한 피의 흐름을 느끼게 됩니다. 그 피는 어둡고 뜨겁고 현실에서 멀찍이 벗어나 있습니다. 삶은 무엇을 특별히 중히 여깁니까? 왜 우리는 걱정해야 합니까? 어떤 사람은 걱정하지 않습니다. 아직도 나는 부처님을 믿지 않습니다. 사실 그를 싫어합니다. 그의 쥐구멍 같은 절들과 쥐구멍 같은 종교를 말입니다. 예수를 더 좋아합니다."(James T. Boulton (ed.), 앞의 책 239면) 로렌스의 불교와 불교 사원에 대한 생각은 에드워드 사이드가 규정한 이른바 '오리엔탈리즘'의 한 전형을 보는 듯하다. 비서구 세계를 보는 로렌스의 일반적인 관점과 비교해볼 때, 앞의 인용에서 볼 수 있는 동양과 동양문화에 대한 그의 시각은 매우 이례적인 경우라 할 수 있다. 이러한 불일치는 한 작가의 사적인 글들을 공개하지 않는 이유를 이해하게 해주는 실례라고 하겠다. 엘리엇을 포함한 일부의 작가들이 사후에 자신의 사적인 글들이 공표되는 것을 금했던 것과는 달리 로렌스는 그런 제한을 두지 않았다.

3 우리는 사랑을 통하여 삶에 산적한 문제를 해결하려는 로렌스의 일반적인 생각을 매우 빈번하게 접할 수 있다. 1914년 7월 7일 한 지인(T. D. D.)에게 보낸 편지에서 이를 확인해보자. "당신의 욕망이나 기본적인 필요가, 출세를 함으로써, 당신의 삶을 활기차게 해주며, 당신의 가족을 물질적으로 풍요롭게 해주는 것이라고 생각하지 마십시오. 삶을 역동적인 과정이 되도록 하는 데 가장 필요한 것은 당신의 아내를 가장 완벽하게, 그리고 일상에서 알몸으로 사랑하는 것입니다. 이럴 때만이 당신은 어떠한 역경 속에서도 균형잡힌 삶과 내적 안정을 얻게 될 것입니다."(엄정옥 옮김, 『D. H. 로렌스 서한집』, 원광대학교 출판국 1987, 68면)

4 로렌스가 그리스도교에 대해 취하는 이러한 입장은 니체가 삶을 긍정하고 허무주의로부터 탈피하기 위해 그리스도교를 부정하는 것과 비슷하다. 솔로몬(Robert C. Solomon)과 히긴스(Kathleen Higgins)가 말하는, 삶과 그리스도교에 대한 니체의 입장에 주목하자. "『짜라투스트라는 이렇게 말했다』 전편에 걸쳐 경쾌하고 환희에

찬 숭배가 녹아 있다. 그러나 이 숭배는 이승과 이곳의 삶에 대한 숭배이지, 사후세계나 저승의 삶에 대한 숭배가 아니다. 니체가 유대교-그리스도교적 도덕을 거부한 것은, 그가 모든 가치를 부정하기 때문이 아니라 유대교-그리스도교적 허무주의를 거부하기 때문이다. 이전의 소크라테스처럼 그리스도교는 삶 자체는 선이 아니라고 판단한다. 따라서 니체는 우리가 도덕에 대해 완전히 다른 개념을 갖기를 갈망한다. 도덕에 대한 완전히 다른 개념이란, 우리로부터 자생했지 결코 부과된 것이 아니며, 이승의 삶을 찬미할 뿐 저승의 삶을 기약하지 않으며, 삶에 수반된 고통의 불가피성을 인정할 뿐 '삶은 결코 좋지 않다'는 염세주의적 결론에 빠지지 않는 도덕 개념이다."(Robert C. Solomon & Kathleen Higgins, *What Nietzsche Really Said*, Schocken Books 2000, 198~99면)

5 Gary Greenberg, *101 Myths of the Bible: How Ancient Scribes Invented Biblical History*, Sourcebooks 2002, 32면.

6 그린버그는 이러한 자신의 논지를 예증하는 근거로 기원전 2200년경 이집트 제9왕조 때 어느 왕이 자신의 아들을 가르치는 내용을 기록한 『메리카레를 위한 교육서』(*The Instruction Book for Merikare*)라는 책의 일부를 인용한다. "신의 가축들인 인간은 잘 보살펴진다./신은 인간을 위해 하늘과 땅을 만드셨다./또한 수중 괴물을 평정하셨다./인간이 호흡할 수 있도록 생기를 불어넣으셨다./인간은 신의 형상을 본떠 그의 몸으로 태어났다./신은 인간을 위해 하늘에서 빛을 발하고 있다./신은 인간을 먹여살리기 위해 식물과 가축, 가금과 물고기를 만드셨다."(같은 책 32~33면에서 재인용)

7 Karen Armstrong, *A History of God*, Alfred A. Knopf 1994, 49면.

8 「신명기」는 배타적인 여호와의 명을 따르지 않는 자에 대해 현실에서 그 심판이 이루어질 것을 경고한다. "여호와께서 너의 재앙과 네 자손의 재앙을 극렬하게 하시리니 그 재앙이 크고 오래고 그 질병이 중하고 오랠 것이라. 여호와께서 네가 두려워하던 애굽의 모든 질병을 네게로 가져다가 네 몸에 들어붓게 하실 것이며, 또 이 율법책에 기록치 아니한 모든 질병과 모든 재앙을 네가 멸망할 때까지 여호와께서 네게 내리실 것이니, 너희가 하늘의 별같이 많았을지라도 네 하느님 여호와의 말씀을 순종치 아니하므로 남는 자가 얼마 되지 못할 것이라."(28장 59절~62절)

9 『발굴된 성경』(*The Bible Unearthed*)의 저자들은 "이 「신명기」라는 율법책은 요시아 왕 때 발견된 고대의 문서가 아니라 기원전 7세기 요시아의 재위 이전이나 재위 중에 집필되었을 것으로 결론짓는 것이 타당할 것"이라고 주장하며, 문자 보급과

모세의 '언약의 말씀'과의 관계를 이렇게 설명한다. "신뢰할 만한 기록문서의 출현과 왕이 권장한 대중적 독서에 대한 보고서는 기원전 7세기경 급속하고 대대적으로 확산된 유다 국가의 문자 해독률과 일치한다. 수백 종의 개인 도장의 문양들과 이 시기부터 헤브루어로 새겨진 도장 기록들은 글쓰기와 기록문서의 광범위한 사용을 입증한다. 우리가 언급한 대로 비교적 널리 확산된 문자 해독률은, 이 시기에 유다 국가가 충분히 발달된 상태에 도달했음을 나타내는 중요한 지표가 된다. 이전에 유다 국가는 많은 서책을 생산할 능력을 갖추지 못했다."(Isael Finkelstein & Neil Asher Silberman, *The Bible Unearthed: Archaeology's New Vision of Ancient Israel & the Origin of Its Sacred Texts*, A Touchstone Book 2002, 280~81면)

10 Karen Armstrong, 앞의 책 55면.

11 Timothy Freke & Peter Gandy, *The Jesus Mysteries: Was the 'Original Jesus' a Pagan God?*, Three Rivers Press 2000, 9면.

12 같은 책 5면.

13 『영지주의 복음서』(*The Gnostic Gospels*)에서 일레인 페이절스(Elaine Pagels)는 나그함마디에서 영지주의 문서들이 발견된 사건의 의미를 이렇게 평한다. "나그함마디에서 발견된 책들은 이러한 '이교도적' 자료들과 정통 자료들 사이에 커다란 차이가 하나 있음을 보여주고 있다. 영지주의 자료들은 하느님을 묘사하기 위하여 지속적으로 성적 상징주의를 활용하고 있다. 이러한 문서들은 어머니 여신들이라는 원형적 이교도 전통의 영향을 보여주는 거라고 기대할 수 있다. 그러나 대체로 그들의 언어는 그리스도교적이고, 명백히 유대 전통과 연결되어 있다. 일원론적 남성 신으로 하느님을 묘사하지 않고, 상당수의 문서들은 남성적 요소와 여성적 요소를 모두 갖춘 양성동체의 하느님에 대해 언급한다."(Elaine Pagels, *The Gnostic Gospels*, Vintage Books 1989, 49면)

14 Timothy Freke & Peter Gandy, 앞의 책 7면.

15 초기 그리스도교 신학에 정초를 세운 정통 신학자들 중 영지주의와 당대의 이교 철학에 우호적인 교부들이 있었는데, 그 대표적인 사람들이 클레멘스와 그의 제자 오리게네스(Origenes, 185~254)였다. 클레멘스는 영지주의에 대해 "영지주의는 진정한 정신적 그리스도교였다. 또한 소수의 선택받은 사람들에게는 그리스도교의 내밀한 신비들을 드러내 보였다"고 했다.(같은 책 91면에서 재인용)

16 엄격한 교회 규율의 준수를 주장하여 교황 칼리스투스 1세와 대립하기도 했던 히폴리토스는 신화와 영지주의자들의 신비의식과의 관계를 이렇게 말한다. "그것들

은 모두 위대한 어머니의 신비들에 도입되었다. 왜냐하면 그들은 재생에 관한 모든 신비는 이런 의식들에서 가르쳐진다는 것을 알았기 때문이다."(같은 책 93면에서 재인용)

17 같은 책 89~110면.

18 프레케와 갠디에 의하면, 영지주의가 원래의 그리스도교였지만 그들의 자유분방한 신비주의는 당대의 정치권력자들에 의해 말살되었고 이후에도 거대하고 잔혹한 은폐행위에 놓여졌다고 한다. 은폐행위를 한 정치권력의 중심에는 콘스탄티누스(Constantine, 재위 306~337) 황제와 에우세비우스(Eusebius, 263~339)가 있다고 한다. 에우세비우스는 4세기 초에 전설을 수집하고 자신의 상상력을 가미하여 자신의 의도에 맞게 그리스도교의 초기 역사를 집필했는데, 이후의 그리스도교는 이 조작된 사료에 의존할 수밖에 없었다고 한다. 인용할 다른 정보들이 거의 남아 있지 않았던 것이다. 또한 에우세비우스를 고용하여 조작을 지시했던 콘스탄티누스 황제는 그리스도교를 국가적으로 용인한 황제였으나, 문자주의적 그리스도교를 신봉하는 자들에게 교권을 부여하여 이교도와 영지주의자들을 말살하게 했다고 한다.(같은 책 11면)

19 "그의 성취는, 어렸을 때 그에게 전수된 신앙의 규범과 한계에 갇히는 것도, 종교적 존재로 인간을 인식하는 종교를 간단히 포기하는 것도 아니었다. 그는 스물두살 무렵에 교회 중심의 그리스도교와 결별했다."(John Worthen, *D. H. Lawrence: The Early Years 1885-1912*, Cambridge University Press 1992, 68면)

20 Sandra M. Gilbert, *Acts of Attention: The Poems of D. H. Lawrence*, Southern Illinois University Press 1990, 257면.

21 밀러(Henry Miller)는 삶에 팽배해 있는 비생명적·반생명적 요소에 대한 로렌스의 일상적 투쟁을 이렇게 말한다. "그의 현실과의 투쟁은 더욱 날카로워지고 가혹해지며 숭고해진다. 그가 파악하기를 거부한 상황의 희생자로 자신을 인정하기보다는, 그는 강력한 의지로 현실을 극복하고자 한다. 그는 '객관적 사실'을 깨뜨려야 한다. 그는 다른 국면에 우뚝 서야 한다. 이 점을 깨닫고, 자신이 운명의 도구임을 깨달으면, 모든 문제는 그에게 분명해진다. 그는 예술적 해방, 정신적 자유를 얻게 된다. 이제 그는 인류의 구원자임을 자임한다."(Henry Miller, *The World of Lawrence: A Passionate Appreciation*, John Calder 1985, 125면)

22 엄정옥 옮김, 앞의 책 68~69면.

23 같은 책 113~14면.

24 로렌스는 1921년 6월 3일 셀처(Thomas Seltzer)에게 보낸 편지에서 다음과 같이
   이야기하고 있다. "사람들은 호헨졸레른과 니체와 그밖의 사람들이 내세운 과거의
   질서는 사라졌다고 느낀다. 과거의 질서와 함께 사랑과 평화 그리고 민주주의 시대
   도 지나갔다. 전쟁의 시대가 도래할 것이다. 그것의 실상은 모르겠지만 주목할 만
   한 전투 말이다. 마르스(Mars)가 바로 우리가 대면한 신이다. 무장한 예수가 아닌
   전쟁의 신 마르스가 바로 우리 시대의 신이다."(James T. Boulton (ed.), 앞의 책
   209면)

25 Robert C. Solomon & Kathleen Higgins, 앞의 책 110~11면.

26 같은 책 110면.

27 유대교와 그리스도교의 근간이 되는 '창세 신화'와 바빌론에서 신년 축제에서 낭
   송되던 마르둑(Marduk)에 대한 찬미시인 「에누마 엘리시」(Enuma Elish)를 일컫는
   다. 「에누마 엘리시」에서 최고신 엔릴이 인간을 지상에서 멸절케 하려는 이유는 과
   도하게 늘어난 사람들이 소란을 피우는 바람에 신들이 휴식을 취할 수 없었기 때문
   이라고 한다. 「창세기」의 '죄가 만연한 세상을 정화'하겠다는 의도나 에누마 엘리시
   의 '세상을 평온케' 하려는 의도는 공통적으로 죄의 원인이 책무를 다하지 못한 인
   간에게 있음을 말해준다.

제7장

1 Vandana Shiva, *Staying Alive: Women, Ecology and Development*, Zed Books
   1997, 49면.

2 Simone De Beauvoir, H. M. Parshley (trans.), *The Second Sex*, Vintage Books
   1989, 627~28면.

3 "여성에게 가해진 최악은 여성이 전투적인 약탈행위에서 배제되는 것이다. 남성이
   동물보다 우월하게 양육되는 원인은, 생명을 부여하는 데 있지 않고 목숨을 거는
   데 있다. 그것이 바로 인간의 우월성이란 생명을 낳는 성에 있지 않고 생명을 살해
   하는 성에 있는 까닭이다."(Simone de Beauvoir, 앞의 책 95~96면)

4 "후자(파괴적 생산성)는 훨씬 더 분명한 남성 지배의 모습이었다. '남성 원리'가 정
   신적으로나 육체적으로 지배적인 힘이 되어왔으므로, 자유로운 사회는 남성 원리
   에 대한 명확한 부정이어야 할 것이다. 즉 여성적 사회가 되어야 한다. 이 사회는 어

떤 종류의 가부장제와도 관련이 없다. 어머니로서의 여성 이미지는 억압적이다. 그
것은 생물학적인 사실을 윤리·문화적 가치로 전환한다. 그리하여 여성의 사회적
억압을 지지하게 된다."(Herbert Marcuse, *Counter-revolution and Revolt*, Beacon
Press 1972, 74~75면)

5 Vandana Shiva, 앞의 책 51면.

6 Herbert Marcuse, 앞의 책 77면.

7 Vandana Shiva, 앞의 책 52면에서 재인용.

8 Vandana Shiva, 앞의 책 52면.

9 지구 생태계가 부분과 전체, 개체와 환경이 긴밀히 연결되어 있는 유기적 통일체라
는 인식에서 출발하는 개념이 '생태학적 원리'(ecological principle)이다. 논리와
체계성이라는 상대적으로 정태적인 관계를 생태학적 원리라고 한다면, '생태계 원
리'란 말은 생태계가 공동체의 장이라는 사실을 고려하여, 단일 개체의 생명에 대한
이해와 생명체들간의 유기적 관계에 대한 이해는 물론, 인간들이 사는 사회공동체
가 제대로 운영되기 위한 윤리를 포함하는 개념이다. 이 생태계 원리는 여성적 원
리처럼 생명체의 재생을 통한 생태계의 지속을 필수요건으로 삼는다. 또한 대등한
관계를 통한 원활한 생태계 유지는 가부장의 이기적 횡포를 허용하지 않는다는 윤
리적 측면도 내포한다. '생태계 원리'란 개념은 '여성적 원리' 개념이 정의할 수 있
는 영역보다 외연이 더 넓으며, '여성적'이라는 한정어를 통하여 여성에게 시혜를
베푸는 듯하지만 자기를 부정하고 마는 논리적 모순을 범하지 않는다.

10 아이슬러(Riane Eisler)는 자신의 『잔과 칼』(*The Chalice & The Blade*)의 제13장
「진화에 있어서의 비약: 동반자적 관계의 미래를 위하여」에서, 양성간의 새로운 관
계는, 어느 한쪽이 상대방을 지배하는 가부장제(patriarchy) 혹은 가모장제
(matriarchy)를 뜻하는 칼(blade)이 아니라 동반자를 상징하는 잔(chalice)이 소중
한 대접을 받는 방향으로 발전할 것이라고 한다. "인간의 진화는 이제 갈림길에 서
있다. 진상이 확연히 드러난 상태에서, 인간의 주된 과업은 사회를 구성하여 인류
의 생존과 인류의 고유한 잠재력을 증진시키는 것이다. 이 책에서 우리는 남성지배
는 이러한 요구를 감당할 수 없다는 사실을 확인했다. 왜냐하면 남성지배 사회에서
는 파괴적 기술에 대한 필연적 강조, 사회통제를 위한 폭력에의 의존, 사회가 토대
를 둔 지배-피지배의 인간관계에 의해 만성적으로 야기되는 긴장상태 등이 상존하
기 때문이다. 또한 우리는 진정한 동반자 관계를 유지하는 사회가 생존을 보장하고
대안적 선택을 가능케 한다는 사실도 알고 있다. 이 사회는 치명적인 칼보다는 생

명을 보존하고 고양시키는 잔으로 상징되는 사회이다.(Riane Eisler, *The Chalice & The Blade*, Harper Collins 1995, 186면)

11　이와 관련해 밀러(Henry Miller)는, 남성과 여성이 더 가까워질 필요가 있음을 역설한 로렌스의 편지를 소개하고 있다. "모든 삶과 지식의 근원은 남성과 여성에 있다. 생명체의 근원은 이러한 둘의 교류, 만남, 결합에 있다. 즉 이 둘이란 남성의 삶과 여성의 삶, 남성의 지식과 여성의 지식, 남성 존재와 여성 존재 등을 말한다." (Henry Miller, *The World of Lawrence: A Passionate Appreciation*, John Calder 1985, 34면에서 재인용)

12　로렌스가 나이 28세(1913년) 때 어니스트 콜링즈(Ernest Collings)에게 쓴 편지에서 이러한 경향을 확인할 수 있다. "나의 위대한 종교는, 지식보다 더 현명한 것들인, 피와 살에 대한 믿음입니다. 우리는 마음으로 잘못 판단할 수 있어요. 지식은 한낱 파편이요 굴레일 뿐입니다. 나는 지식에 개의치 않아요. 내가 간절히 원하는 것은, 마음이나 도덕 혹은 그밖의 다른 것이 끼어들어 시간을 낭비하게 하지 않고, 내 피에 직접 대답하는 것입니다." (James T. Boulton (ed.), *The Selected Letters of D. H. Lawrence*, Cambridge University Press 1997, 53면)

13　Anne Baring & Jules Cashford, *The Myth of the Goddess: Evolution of an Image*, Penguin Books 1993, 43면, 302면.

14　Joseph Campbell, *The Power of Mith*, Anchor Books 1991, 53면.

15　이러한 상징적 사건의 전말이 『길가메시 서사시』(*The Gilgamesh Epic*)에서는 다음과 같이 나타난다. "'내 자신이 그것을 먹어 회춘하게 될 것이다.' 마흔 시간이 지난 후에 그들은 한입 떼었다. 이어서 예순 시간이 지난 후에 밤을 보내기 위해 걸음을 멈췄다. 길가메시는 찬 물이 가득 고인 웅덩이를 발견했다. 그는 물속으로 뛰어들어 미역을 감았다. 뱀 한 마리가 그 식물의 향기를 맡고, 물에서 나와, 자신의 허물을 벗어두고 그 식물을 낚아채 갔다. 상황을 파악한 길가메시는 땅바닥에 앉아 하염없이 울었다." (Alexander Heidel, *The Gilgamesh Epic and Old Testament Parallels*, The University of Chicago Press 1963, 92면)

16　Joseph Campbell, 앞의 책 54면.

17　Henry Miller, 앞의 책 204면.

18　Joseph Campbell, 앞의 책 55면.

19　같은 책 59면.

20　Anne Baring & Jules Cashford, 앞의 책 21면.

21 헤시오도스(Hesiodos)의 『신통기』(*Theogony*)에 따르면 가이아의 지위는 이렇다. "틈(Chasm)이 가장 먼저 등장했다. 그후에 눈덮인 올림푸스 정상을 차지한 인간들의 영원한 안식처인 가슴이 넓은 지구(Gaia)가 나타났다."(Hesiodos, M. L. West (trans.), *Theogony, Works and Days*, Oxford University Press 1999, 6면)

22 Ralph Abraham, *Chaos, Gaia, Eros: A Chaos Pioneer Uncovers the Three Great Streams of History*, HarperSanFrancisco 1994, 146면.

23 Jane Ellen Harrison, *Prolegomena to the Study of Greek Religion*, Princeton University Press 1991, 260~61면.

24 Ralph Abraham, 앞의 책 147면.

25 Karen Armstrong, *A History of God*, Alfred A. Knopf 1994, 110면.

26 Fritjof Capra, *The Web of Life: A New Scientific Understanding of Living Systems*, Anchor Books 1996, 22~23면.

27 『한 세포의 생명들』(*The Lives of a Cell*)에서 토머스(Lewis Thomas)가 한 말은 그러한 감흥을 전하는 예가 된다. "달에서 관찰되는 지구에 관한 놀라운 일, 숨을 사로잡는 놀라운 사실은 지구가 살아 있다는 점이다. 사진들은 전경에 놓인, 오래된 뼈처럼 죽어 있는 달의 표면, 건조해 먼지가 날리는 달의 표면을 보여준다. 밝고 푸른 하늘의 촉촉하고 반짝이는 은박지 아래서 솟아오르는 지구가 멀찍이 자유롭게 떠 있었다. 우주의 한 부분에서 유일하게 생명력으로 충만한 물체이다."(James Lovelock, *The Age of Gaia: A Biography of Our Living Earth*, W. W. Norton & Company 1995, 「발문」에서 재인용)

28 James Lovelock, 앞의 책 6면.

29 Fritjof Capra, 앞의 책 101~102면.

30 "대기가 고정되어 이산화탄소에 의해 안정된 화학혼합물들로 채워진 주변의 화성이나 금성과 달리, 지구는 에너지를 충원해왔다. 적절한 시간의 산물인 지구는 생명의 창조적이며 자동생산적 과정에 휘말려들게 되었다."(Lynn Margulis & Dorion Sagan, *Microcosmos*, University of California Press 1997, 114면)

31 James Lovelock, *Gaia: A Look at Life on Earth*, Oxford University Press 2000, 91~92면.

32 Fritjof Capra, 앞의 책 104~105면.

33 James Lovelock, *Gaia: A Look at Life on Earth*, Oxford University Press 2000, 117면. 여기에서 '제2법칙'은 열역학 제2법칙을 의미한다. 열역학 제2법칙은, 무질

서의 정도를 뜻하는 엔트로피(entropy)가 폐쇄 시스템(closed system)에서는 지속적으로 증가한다는 것이다. 모든 생물들은 폐쇄 시스템이기 때문에 결국 우리 인간은 사멸하고 만다는 것이 이 법칙이 의미하는 바이다. 우리 인간을 포함한 모든 생물들은 끊임없이 죽어가지만 이 죽음은 생명을 이어가는 필연적 과정이라는 사실을 사람들은 간과하고 있다. 그러므로 열역학 제2법칙이 의미하는 생명의 사멸이란, 한 개별체의 아이덴티티의 소멸과 단일한 폐쇄 시스템의 소멸만을 뜻할 뿐이다. 그러므로 개인의 죽음이란 종으로서의 생명체가 아이덴티티를 유지하기 위해 지불하는 댓가인 것이다.(같은 책 115~17면)

34 Alan S. Miller, *Gaia Connections*, Brownman & Littlefield 1991, 「발문」에서 재인용.

35 자기에 대한 집착에서 벗어나야 한다는 로렌스의 생각은 죽음을 한달여 앞둔 1930년 1월 21일 루한(Mabel Dodge Luhan)에게 보낸 편지에도 나타나 있다. "내가 해야 할 것은 몸에서 완전히 손을 떼는 일입니다. 자기 나름으로 살아가게 하고 자신의 의지를 갖게 해야 합니다. 우리는 몸으로 살아갑니다. 이제껏 우리는 몸을 학대해왔습니다. 그래서 몸은 살아가기를 거부합니다. 당신의 몸도 마찬가지예요. 이제 나는 몸이 스스로 기동할 때까지 가만히 누워 있어야 합니다. 자신의 생명력을 발산할 때까지 말이에요. 완전히 내맡기는 것은 매우 어렵지요. 당신도 나처럼 당신 자신을 포기하려고 노력해봐요. 당신의 몸에게 모든 것을 맡기려고 노력하세요. 몸이 자신의 방식대로 살아가도록 놓아주세요."(James T. Boulton (ed.), 앞의 책 487면)

36 1962년에 출판된 카슨의 『침묵의 봄』(*Silent Spring*)이 DDT와 같은 살충제가 생태계에 미치는 영향을 선구적으로 경고한 이래 국제적으로 그 대책을 협의하게 된 것은 1971년이다. "1971년 스웨덴의 스톡홀름에서 개최된 인간 환경에 관한 국제 회의와 그 결실인 국제환경 프로그램 계발을 이끌어낸 것은, 지구 전반에 걸친 환경 재앙의 끔찍한 사실들이었다. '하나뿐인 지구'라는 구호는 스톡홀름 회의가 채택한 공식 보고서에서 처음으로 등장했다."(Donald Worster, *The Ends of the Earth: Perspectives on Modern Environmental History*, Cambridge University Press 1999, 5면)

37 로렌스가 쓴 에세이란 「에트루리아 명소에 대한 스케치」(Sketches of Etruscan Places)를 말하며 다음과 같은 구절이 있다. "삶이 자연스럽게 꽃피어나는 것! 인간에게 이것은 말처럼 그렇게 쉽지 않다. 모든 에트루리아인의 충만한 생명력 이면엔

삶의 종교가 있었다. 모든 춤의 이면엔 전망, 삶의 과학, 우주에 대한 인식, 그리고 인간을 가장 심오한 경지에 도달케 하는 위치, 즉 우주에서의 인간의 자리에 대한 인식이 있었다."(CP 17면에서 재인용)

38 Gail Porter Mandell, *The Phoenix Paradox: A Study of Renewal Through Change in the Collected Poems and Last Poems of D. H. Lawrence*, Southern Illinois University Press 1984, 114면.

39 Ovid, A. D. Melville (trans.), *Metamorphoses*, Oxford University Press 1986, 359면.

맺음말

1 『모든 시들』(*Complete Poems*)의 「서문」에서 핀토(Vivian de Sola Pinto)는, 블랙머 (Richard P. Blackmur)가 로렌스의 문학을 비판하며 "예술은 멀고 인생이 너무 가깝다"고 한 것에 대하여, "내용이 형식을 결정한다"는 로렌스의 말, 즉 내면을 표출하기 위해 언어를 인위적으로 가공하지 말라는 말을 들어 로렌스를 변호한다. 작가가 마스크를 쓰지 않고 작중화자로 직접 등장하는 것에 대해서도 시대의 흐름임을 수장했다. "아마노 20세기에 시인은, 그전 인류 역사의 어느 순간에서보디 훨씬 더 고립되었다. 다른 시대엔 매우 유용한 소통의 수단이었던 마스크가, 이제는 시인에게 도움을 주기보다는 방해물로 전락했다."(CP 4면) 아울러 시가 의미를 전달하면서 갖는 파급력을 다음과 같이 말한다. "그러나 현대 세계에서 최고의 생명력을 발휘할 수 있는 것은 아마도 일종의 시 형식일 것이다."(CP 4면)

2 Gilles Deleuze & Félix Guattari, *Anti-Oedipus*, 132~33면.

3 로렌스에게 결코 호의적이지 않았던 포스터가 로렌스의 사망 소식을 접하고 "우리 시대의 상상력이 가장 풍부한 소설가"라고 하며 그의 죽음을 애도했던 것과는 달리, 『크라이티어리언』(*The Criterion*)이라는 비평지에 관여했던 엘리엇은 로렌스의 죽음에 대해 철저히 함구함으로써 그의 존재 자체를 무시했다. 「로렌스와 최근의 미국시」(Lawrence and Recent American Poetry)에서 골딩(Alan Golding)은 로렌스에 대한 엘리엇의 평가를 다음과 같이 요약한다. "엘리엇은 로렌스가 감수성의 정통적 관행, 즉 전통의 감각을 결여했다고 본다. 그의 주인공들 역시 도덕적이거나 사회적 감각을 지니지 못했다고 한다. 따라서 엘리엇이 생각하는 로렌스는 이단의 전형일 뿐이다."(Alan Golding, "Lawrence and Recent American Poetry",

Michael Squires & Keith Cushman (Ed.), *The Challenge of D. H. Lawrence*, The University of Wisconsin Press 1990, 200면의 각주 12번)

4 여기에서 언급된 내용은 엥겔스(Friedrich Engels)가 발자크를 평하면서 '위대한 작가는 어떤 작가인가'를 논한 대목을 상기하는 것임을 들뢰즈와 가따리는 밝히고 있다.(Gilles Deleuze & Félix Guattari, 앞의 책 133면)

5 Alan Golding, 앞의 글 107면.

6 블랙머가 「로렌스와 표현 형식」(D. H. Lawrence and Expressive Form)이라는 글을 통하여, 삶을 드러내고 해석하기 위한 방편으로 문학을 활용한 로렌스를 비난한 것에 대해 골딩은 「로렌스와 최근의 미국시」라는 글에서 문학에 대한 열정으로서의 '진정성'(sincerity)에 근거해 로렌스를 이해하는데, 이는 로렌스를 해석하는 리비스의 핵심어이기도 하다. 들뢰즈와 가따리가 『앙띠 오이디푸스』에서 "자본주의의 자기합리화 논리인 오이디푸스 신화"에 '저항(anti-)'하는 혁명가로 로렌스를 인식하는 근거는 로렌스가 생명을 '생성하는 관계의 산물(혹은 과정)'로 인정한 데 있다.(Gilles Deleuze & Félix Guattari, 앞의 책 351면) 생명은 관계의 산물이며 과정이라는 시각 역시 로렌스를 이해하는 리비스의 주된 관점이었다.

7 F. R. Leavis, G. Singh (ed.), *Valuation in Criticism and Other Essays*, Cambridge University Press 1986, 17면.

8 "블레이크의 배경엔 루소와 프랑스 혁명이 있다. 로렌스의 배경엔 19세기의 변화된 산물들이 있다. 예를 들면 다윈, 전쟁, 심리분석, 인류학 등이 그것이다. 내적 실체와 숨겨진 생명의 물줄기에 대한 탐구는 로렌스에게 많은 결실을 선사했다."(F. R. Leavis, 앞의 책 18면)

9 같은 책 19~20면.

10 같은 책 108면.

11 자넷 빌, 피터 스타우든마이어 지음, 김상영 옮김, 『에코파시즘』, 책으로만나는세상 2003, 139~40면에서 재인용.

12 같은 책 40~41면.